ハヤカワ文庫NF
〈NF610〉

『百年の孤独』を代わりに読む

友田とん

早川書房
9073

まえがき

本書はガブリエル・ガルシア＝マルケスの長編小説『百年の孤独』を、まだ読んでいない友人たちの代わりに読む、という試みを綴《つづ》ったものである。しかし、「代わりに読む」と言っても、単に小説をあらすじの形に要約したり、作品の背景を解説したりしたわけではない。それでは、代わりに読んだことにはならない。なぜなら、小説を読み進めている時間に読む者の心のなかにだけ立ち上がる驚きやワクワクというものは、要約や解説では伝えられず、そのまま時間が過ぎれば消えてしまうものだからだ。なんとかしてその消えてしまうはずの驚きやワクワクを生のまま伝えたかった。

ガルシア＝マルケスが亡くなった２０１４年の春、『百年の孤独』を読み返していて、読者をからかう冗談話として書かれていると気づいた私は、そこで読む側もある種の冗談的な方法で受けて立てばいいのではないかと思いついた。とにかく脱線しながら読むことにしたのだ。無数の挿話からなる『百年の孤独』を読み進めながら、連想したドラマや映画、ドリフのコント、Yahoo! 知恵袋の回答に、こんまりの片付け術まで。不思議なことに、こうして関係ないような物事に次々と脱線し、やがてまた『百年の孤独』へと戻る運動を綴ることによって、自分たちからは遠く離れた世界のように思われた『百年の孤独』の舞台・マコンドとそこで暮らす人々が、身近な存在に感じられ、荒唐無稽な物語が途端に腑に落ちたような気がしてくる。

そんな冗談のような読み方を思いついたのにはきっかけがあった。かつてイタリア・ピサに駐在する友人を訪ねた時、古い建物が囲む石畳の円形広場を歩いていると、友人の奥さんが目を輝かせながら、

「友田さん、ここはディズニーシーみたいでしょ！」

と言ったのである。ピサの街の方がずっと古く、歴史的な順序は逆だ。だが、そうであったとしても、友人の奥さんにとっての出会った順序はディズニーシー、ピサの広場である。ピサの広場を見て、ディズニーシーを思い浮かべてしまう、というこの感覚こそが実感なのだ。なるほどと感心した私は、これをずっと覚えていた。そして、『百年の孤独』を代わりに読むことになった時、作品の背景ではなく、読者にとって作品の手前にあるもの、つまりより新しいドラマや映画などに脱線するという方法を思いついたのだ。今になって振り返ってみると、これは、私や友人たちのなかにある様々な記憶を組み合わせるこ

とで、身近な場所に自分たちなりの『百年の孤独』のパッチワークを作り出すような試みだったと言えるのかもしれない。こうすることで、誰よりもまず私自身が『百年の孤独』を面白がりながら読み進められるという気がしていたし、これを続けていくと、終《しま》いには何が起こるのだろうかという期待があった。

　このように本書は『百年の孤独』を代わりに読むという試みであると同時に、そもそも「代わりに読む」とはどういうことで、いかにしてそれが可能であるかを考え続けた本でもある。やがてその思考は、より一般に、人の「代わりに」何かをすることの可能性や限界を考えることへと至った。言うまでもなく、独りで生きている者などおらず、わざわざ「代わりに」などと言わないだけで、世界は誰かの代わりに何かをすることだらけなのだ。例えば食事を作る、物を運ぶ、布団を敷くといったことを、誰かにしてもらったり、誰かの代わりにしてあげた経験が、あなたもきっとあるだろう。さらに、代わりにできることの中には、例えば、自身の背中を見る、手術する、見取る、弔うというような当の本人にはできず、代わりにしてもらうより方法のないものもある。一方で代わりにできないことも存在する。食べるなどの行動自体に意味があるものである。それらの区別は人々の間で暗黙のうちに共有されており、だからこそ、原理的には代わりにできないはずのことを「代わりにする」と言う時、それは冗談として受け止められるのだ。忙しそうにしている人に、しばしば発せられる「代わりにトイレに行ってくる」とか、「代わりにご馳走を食べておく」などといった表現のことである。

では、「小説を人の代わりに読む」はどうか。やはり、これも冗談に過ぎないのかもしれない。ただ、冗談をなんとか現実にできないかと試みることはできる。まるで本当のことのように振る舞ってみる。そうすることには、いくらかの価値があるように思う。少なくとも、それによって、代わりにはできないかもしれない「読む」という行為とは何であるのか、そしてそこに私が何を期待しているのかを照らし出すことはできるだろう。

私自身、まさか四年も掛けて読むことになるとは思わなかった。せいぜい一年あれば、読み通せるだろうという軽い気持ちで始めた脱線だったのである。ところが事はそう簡単には進まなかった。だが、途中で投げ出すこともできなかった。何やら、可笑《おか》しな事態が生じつつあるという、よくわからない手ごたえを感じていたからだ。そして、最後まで読み終えた時、『百年の孤独』と「代わりに読む」という組み合わせが、実は切っても切れない必然であったと知った。私はこれに気づいた時、驚きのあまり、涙してしまった。

とは言え、元は冗談話として読むという冗談である。ふざけていたのだ。だから気楽に読んでほしい。まどろっこしく感じたら、本書を投げ出して、直《じか》に『百年の孤独』を読んでもらってもいい。なぜなら、私の願いはこれを読んだ読者が『百年の孤独』の続きが気になって自力で読んでしまうということだけだからだ。

『百年の孤独』を代わりに読む

ガブリエル・ガルシア＝マルケスへ

そして、あなたへ

目次

まえがき　3
第0章　明日から『百年の孤独』を代わりに読む」をはじめます　14
第1章　引越し小説としての『百年の孤独』　18
第2章　彼らが村を出る理由　30
第3章　来る者拒まず、去る者ちょっと追う『百年の孤独』のひとびと　44
第4章　リズムに乗れるか、代わりになれないか　60
第5章　空中浮揚に気をつけろ　76
第6章　乱暴者、粗忽者ども、偏愛せよ　90
第7章　いつもリンパ腺《せん》は腫《は》れている――大人のための童話　104
第8章　パパはアウレリャノ・ブエンディア大佐　119
第9章　マコンドいちの無責任男　134

第10章　NYのガイドブックで京都を旅したことがあるか？　150
第11章　ふりだし　168
第12章　レメディオスの昇天で使ったシーツは返してください　184
第13章　物語を変えることはできない　200
第14章　メメに何が起こったか　218
第15章　ビンゴ　239
第16章　どうして僕らはコピーしたいのか？　258
第17章　如何にして岡八郎は空手を通信教育で学んだのか？　273
第18章　スーパー記憶術　288
第19章　思い出すことでしか成し得ないものごとについて　308
第20章　代わりに読む人　329
あとがき――代わりに読むことはできないという希望　351
文庫版あとがき　357
初出一覧　361

第0章　明日から「『百年の孤独』を代わりに読む」をはじめます

ガルシア＝マルケスの『百年の孤独』をはじめて読んだ時のことが忘れられない。あれは本当に世界がひっくり返るような経験だった。現実には起こりそうもないことがつぎつぎとまるで手品ショーのようにして起こる。それでいて、かつてこんなことが私の家族にも起こったのではないかという親密な感覚が、すっかり忘れていたことを思い出した時のように迫ってくる。こんなことが小説でやれるのかと私はひどく驚いたのだ。ただただずっとこれを読んでいたいと思った。と同時に、多くのひとに読んでほしい。『百年の孤独』について語り合いたい。そして、この小説についていつかなにか書いてみたいとずっと思いつづけていた。

ある日思いついたのだ。『百年の孤独』を代わりに読もう。ほかに読む本がないから代わりにというのではない。多くのひとが読まないのなら、その人たちの代わりに私が『百年の孤独』を読みつづけ、その経過について書こうと思った。いや、もちろん冗談だ。言っている私もその「代わりに読む」ということがなにを意味しているのかわからない。ただ、わからないながらも、なにかおもしろいことが起こりそうな気がするのだ。『百年の孤独』を読みながら、それと合わせて「代わりに読む」ということについても考えを深めたい。その中で、これまで触れることのなかった、ひとりでも多くのひとに『百年の孤独』を手に取ってもらえたらいいなと思う。

『百年の孤独』は難解だと言われることがあり、敬遠しているひとがいるかもしれない。私もその一人だった。だから、はじめての時は自分には読み通せるだろうかと恐る恐るだったし、しゃちほこばって「世界の名作」を真面目に読んだのだった。おもしろかった。しかし今回読み返しながら、実はこの小説は冗談話として読めるのではないかと気づいた。すでに読まれた方からすれば、当たり前のことなのかもしれないが、評価の定まった「名作」であることはひとまず忘れて、肩肘張らずに愉しみながら読みたい。そうやることでもっともっとおもしろく読めると思うのだ。

『百年の孤独』を「代わりに読む」にあたり、なんとなく決めていることがある。日本語訳で全体が５００ページ近く（文庫版は６００ページ余り）あり、それらは20の章（のようなもの）に分かれている。本書では毎章、この章（のようなもの）を1つ分ずつゆっくりと読んでいきたいと思う。その際に心がけようと思っているのは、

・冗談として読む
・なるべく関係ないことについて書く（とにかく脱線する）

ということだ。なぜそうするかの目論見がいちおうあるわけだが、それはまた追って述べたいと思う。

さて本文だ。冒頭は次のようにはじまる。

「長い歳月が流れて銃殺隊の前に立つはめになったとき、恐らくアウレリャノ・ブエンディア大佐は、父親のお供をして初めて氷というものを見た、あの遠い日の午後を思いだしたにちがいない」（[1]p.9）

いったいアウレリャノ・ブエンディア大佐とは誰なのか。父親のお供って、どこへいったというのか。そして、彼はなぜ銃殺隊の前に立つはめになってしまうのか。というわけ

で、「『百年の孤独』を代わりに読む」明日からはじまります。どうぞよろしくお願いします。

参考文献

1. ガブリエル・ガルシア＝マルケス『百年の孤独』（鼓直訳）、新潮文庫、二〇二四年。
2. Gabriel García Márquez, “Cien años de soledad,” 1967.

以降、出典としてページ数のみを示している場合は、文献[1]からの引用です。

第1章　引越し小説としての『百年の孤独』

ホセ・アルカディオ・ブエンディアの一族が海から遠く離れた内陸の土地にマコンドという村を開拓し、繁栄させ、百年の後に村も一族も滅んでしまう。大雑把に言えば『百年の孤独』はその一族と村の年代記である。しかし、それを知ったところで『百年の孤独』を体験したことにはならない。この文章では、大雑把なあらすじとは対極のこと、細かいところに拘《こだわ》りながら読み進めたいのだ。なにしろ、可笑《おか》しなことは細部に宿るのだ。町を繁栄させるのも、滅ぼすのも、国家を転覆しうるものもやはり最初は細部に宿ったはずだからだ。そうやって冒頭から読みはじめてまず引っ掛かるのは、マコンドを開拓した若き族長ホセ・アルカディオ・ブエンディアの腰が据わっていないという事実だ。開拓者らしからぬその姿に驚かされる。彼はマコンドが本来あるべき場所を求めていまだに彷徨《さまよ》って

社宅にやってくる山村夫妻 [3]

おり、心は引越しの最中なのだ。

せっかく開拓したにもかかわらず、たちまち引っ越そうと試みる。それはいったいどうしてなのか。まるではじめて出勤する日から、別の仕事を探しているひとのようではないか。なぜか、このふらついている男のことが気になった。そんなホセ・アルカディオ・ブエンディアについて考察を深めなければと思いながら、私もまた雑念を払いきれずに、たまたま見つけたテレビドラマを観てしまったのだ。それは『それでも家を買いました』（'91）というドラマだった。バブル絶頂期の地価が高騰しつづける時代に、夢のマイホームを求めて東奔西走するサラリーマン夫婦を描いた名作だ。主人公は化学専攻を卒業してプラスチック加工機械を手がける企業に勤める山村雄介と、その妻・山村浩子。それらを演じるのが若き三上博史と田中美佐子だ。神戸支社で出会

リビングで集う社宅の同志たち [3]

った二人は神奈川への転勤を機に結婚し、ハネムーンから南武線沿いの社宅に引っ越してくる。そんな場面からドラマははじまる。

社宅にはさまざまな人たちが住んでおり、浩子は引越し早々息苦しさを感じる。たまたま知り合った社宅の近所に住む夫婦から、

「今後ますます土地は高騰し、今マイホーム探しをしておかなければ、サラリーマンには手が届かなくなる。後になって後悔してしまってもいいんですか」

と半ば脅されて、少しずつマイホーム探しをはじめる。

そして、当時中学生だった私の記憶に鮮明に残っているシーンが、夫の雄介が「海老名のマンションにしとこうぜ」と言ったときの妻・浩子のセリフだ。

「海老名は、ゼッタイにいやー!!」

テレビのスピーカーがうなるほどの大絶叫だった。私は当時、海老名はとても酷い場所なのだと記憶し、会社に入って出張で海老名を通るたびに、

「海老名は、ゼッタイにいやー!!」

といったときのあの田中美佐子の悶絶した表情を思い出したのだった。そうだ、彼らもまた入ったばかりの社宅から一刻も早くマイホームに引越ししようとしているのだった。『百年の孤独』のブエンディア夫妻、『それでも家を買いました』の山村夫妻。時代や場所は異なれど、これらをいっしょに考えることは、なにかこれまで気付かなかったところへと私たちを連れて行ってくれるのではないか。私はその分の悪い賭けに懸けてみたいと思った。そう思った途端に、もし山村浩子たちが『百年の孤独』の舞台マコンドに引越しすることになったら、どうなっただろうかという割とどうでもいい考えが頭をよぎったのだ。

『それでも家を買いました(、マコンドに)』

それは大変だ。なにしろ「マコンドも当時は、先史時代のけものの卵のようにすべすべした、白くて大きな石がごろごろしている」ような「川のほとりに、葦《あし》と泥づくりの家が二十軒ほど建っているだけの小さな村」だったし「ようやく開けそめた新天地なので名前

のないものが山ほどあっ」(p.9)たからだ。

「なによぉ、ここぉ。話をするたびに、いちいち指ささなきゃいけないじゃない。私こんなところには住みたくないわ。オープンキッチンじゃなきゃいやなの、こんな漆喰の家では暮らせないわよ」

「そんなこと言ったって仕方がないだろ。俺の給料じゃ、ここが精一杯なんだよ」

浩子がしかめっ面をして雄介に嚙み付く姿が容易に想像できる。ホセ・アルカディオ・ブエンディアとその妻ウルスラたちはその住むのに骨の折れる土地に入植して暮らしていたのだ。どんな土地であれ人を導き村を開拓するという仕事は簡単に成し遂げられるものではない。ホセ・アルカディオ・ブエンディアにも「若き族長として振る舞い……村の発展のためならば……協力を惜しまなかった」(p.20)時代があったのだ。しかし、その注力ぶりを読み進めるにつけ、やはりこの人は大丈夫なのだろうかと不安にもなった。「どの家からも同じ労力で川まで行って水汲《みずく》みができるように家々の配置をきめ」たり「ほかの家よりよけいに日があたる家が出ないように考えて通りの方向をさだめた」(p.21)りする族長は、頼りになるというよりも、生真面目で、若干神経質な融通の効かぬ男なのではないかというふうに考えざるをえないのだ。

そして、その熱意や真面目さが、ちょっとしたきっかけでまったく違うものに湯水のごとく注ぎ込まれることになったと知り、私はなにか既視感を覚えた。これはなんだろうか。

きっかけはジプシーたちが持ち込んだ発明品だった。「毎年三月になると、……村のはずれにテントを張り、笛や太鼓をにぎやかに鳴らして新しい品物の到来を触れて歩」(p.9)くジプシーの一家がやってくるようになった。ジプシーのひとりメルキアデスが持ち込んだ磁石や巨大なレンズ、錬金術やらに魅せられて、ホセ・アルカディオ・ブエンディアは献身ぶりを示して実験や研究に没頭し、部屋に籠りきりになってしまう。「率先して社会に奉仕するというこの心がまえも……世界の不思議を見たいという願望などに引きまわされて、あっさり消えた」(p.21)。

万一の時のためを思っていた山羊や、妻ウルスラの父がくれた植民地時代の金貨やらを、ジプシーの発明品と交換してみたり、錬金術を試すために、金貨をどろどろに溶かして、わけのわからないものと混ぜ合わせて、結局鍋の底に焦げ付かせて使い物にならなくしてしまったりする。まったく動じない夫で、言い出したら聞かないことも知っているため、ウルスラの悩みは深い。レンズを兵器として利用しようとして、「焦点を結んだ太陽光線にわざわざ体をさらし、崩れて容易に治らぬほどのやけどを負った」り、「火事を出しかけた」(p.12)りした。また、「天体の運行を観測するために中庭で徹夜をし、正午をはかる精密な方法をきわめようとして日射病で倒れかけた」(p.13)りもする。ひとによってはこんな男許せないと思うかもしれない。けれど私はこういう人たちに既視感を覚えるのだ。そうだ、彼はまさに真理の追究に命を懸ける研究者なのだ。

彼は熱に浮かされたようにぶつぶつと独りごとを言い、そしてある日ある結論を得て家族の前で突然こう叫ぶのだ。

「地球はな、いいかみんな、オレンジのように丸いんだぞ！」(p.14)

それが正しいかどうかなど関係がない。むしろ、村での生活ではそんなことはどちらだって構わないのだ。そしてどちらでも構わないことを突然叫びだした夫に妻のウルスラは叫び返す。

「変人は、あんただけでたくさんよ」(p.14)

そう言って、彼が研究に使っていた天体観測儀を「腹立ちまぎれに床に投げて……壊した」(p.14)。悪夢だ。私なら泣いてしまうかもしれない。ところが、それでも彼は諦めない。これまでに触れた遠方からやってくる発明品だけでは飽き足らず、文明世界との接触を目指して、村の男たちを連れて村を出る。そして、求めてもいない海に遭遇すると、彼はこう言い放った。

「なんだ！　マコンドは、海に囲まれているのか！」(p.26)

ついて行った男衆には言いたいこともあったと思うのだ。

「なんだじゃないよ、ブエンディアさん。あんたがうまくいくって言うから付いてきたんだよ。これどうするんですか」

でもそんなことを周囲には言わせない。いや、言っても無駄だと思わせる。正直で真面目な性格だからこそなせる技だ。リーダーならこういう落胆の時にも、その落胆を表に出さずに、気の利いたことのひとつも言うに違いない。

「えぇ、結果として今回は海にたどり着いたわけですけれども、これは我々の村・マコンドの発展に今後必ずや助けとなることでしょう」

とかなんとか、当たり障りのないことを言い、尽力した人たちの努力を労うものではないか。しかし、そんなことはしないのだ。諦めず、村の周辺の「地図を書きあげ」ると、「マコンドをもっと適当な土地へ移すことを思いつ」(p.26)く。ウルスラがその計画の先回りをして邪魔をする。なぜいつも企てが頓挫するのか、身内を疑うことのない純粋な彼はひとり準備をし、妻にこう言う。

「誰にも行く気はないらしい。わしらだけで出かけるか」

するとウルスラは、

「出かけませんよ。この土地に残ります」(p.27)

とおだやかだが固い決意で言い、

「ここに残りたけりゃ死ねというのなら、ほんとに死ぬわよ！」(p.28)

と叫ぶのだ。

私はここで再び『それでも家を買いました』のあのシーンを思い出さずにはいられなかった。

「海老名は、ゼッタイにいやー！！」

田中美佐子は絶叫していた。社宅の食器棚がガタガタと揺れ、カーペットはジジジッと地響きを立てた。海老名は嫌なのだ。そんなところには引っ越したくない。昨今のドラマではNGになりそうなセリフだが、その時、ウルスラと田中美佐子演ずる山村浩子は通じ合うのだった。

三上博史演ずる山村雄介は妻・浩子に顔を寄せ、やさしい声でなだめるようにその海老名の家のよいところを説明する。

「横浜までの電車はちょっと時間が長くなるけどさ、駅からは近いわけだしさ。こんなにいい条件の物件、なかなかないって不動産屋も言ってただろ？」

それはまたホセ・アルカディオ・ブエンディアと重なるのだ。ホセ・アルカディオ・ブエンディアも妻の意志の強さに驚きながら、「地面に魔法の液をまくだけで思いどおりに作物がみのり、苦痛を消すためのあらゆる器具がただ同然の値段で手にはいる不思議な土地」(p.28)があるのだと言って気を引こうとした。

しかし当然のことながら、彼女はそんなことは信じずに、こう言い放った。「おかしなことばかり考えるのはやめて、少しは子供たちの面倒をみたらどうなの」(p.28)

何もかもがその時に起こった。マコンドを移すことを諦めきれなかった彼が、「妻の言葉をまともに受けとめた」。「これから先も離れることがないとわかった家のなか」から「ぼんやりと子供たちをながめ」(p.28)るうち、瞼《まぶた》が濡《ぬ》れていき、それを拭いながら、地に足のついた暮らしをしていく決心を固めた。

素晴らしいですよ、ブエンディアさん。やれば出来るんです。私は感動した。でも、「その瞬間から地上に存在しはじめたという印象を与え」(p.28)た駆けまわっているふたりの子供たち、兄ホセ・アルカディオは十四歳、弟アウレリャノはまもなく六歳。いや、いくらなんでもそれはちょっと遅すぎるのではないだろうか。

でもこの救いようがないダメなところもそうなら、救いもやはりこの人の生真面目さにある。やはり憎みきれない。一度、決心するとさすがは熱心で、真面目な族長である。彼はその貴重な時間を子供たちのために割くようになる。いいか悪いかは別にして、「さまざまな世界の不思議について話してきかせた」(p.30)りする。

そのころ、毎年マコンドを訪ねてきていたジプシーにも時代の転機が訪れていた。メルキアデスは死んだよとジプシーたちが言う。そして、もってくる発明品もこれまでとは随分違っている。「タンバリンの音につられて金の卵を百個も産みおとす雌鶏《めんどり》」にはじまり「ボタン付けにも熱さましにも役立つという万能の器械」「暇つぶしにもってこいの膏《こう》薬《やく》」(p.31)。いったいこれはなんなのか。なにものかはわからないが、明らかに時代の転機が訪れていることだけはわかるのだ。そして、小説の冒頭で述べられている氷との出会いが訪れる。ホセ・アルカディオ・ブエンディアはアウレリャノを連れていった市場ではじめて氷に触れるのだ。アウレリャノは、

「煮えくり返ってるよ、これ!」(p.34)

と言い、父は、

「こいつは、近来にない大発明だ!」(p.34)

と叫ぶ。

こうして、ホセ・アルカディオ・ブエンディアはマコンドという土地に落ち着く決心をし、地に足をつけた生活をはじめることになる。そもそも、どうして彼は故郷を離れ、マコンドを開拓しなくてはならなかったのか。一方、夢のマイホームを求める山村夫妻にどのような試練がつづくのだろうか。ぜひとも『百年の孤独』を求めて本屋さんへと走ってください。私はまた日がな一日、代わりに読みつづけます。

参考文献

1. ガブリエル・ガルシア゠マルケス『百年の孤独』（鼓直訳）、新潮文庫、二〇二四年。
2. Gabriel García Márquez, "Cien años de soledad," 1967.
3. TBSドラマ『それでも家を買いました』、一九九一年。

第2章　彼らが村を出る理由

第1章はマコンドを開拓した若き族長ホセ・アルカディオ・ブエンディアがジプシーたちの持ち込んだ発明品にはまるあまり、妻や子供をほっぽりだして、文明との接触を目指し引越しを画策するも、やがて落ち着いてマコンドに腰を据えるという話だった。第2章は、彼らがもといた村を去らねばならなかったいきさつ、マコンドに住むものがマコンドを出て行く理由を中心に話が進んでいく。今回はこのメインストリームをたどりながら、その時々に彼らが遭遇するありえない出来事とその応じ方の可笑しさについて見ていきたい。

ホセ・アルカディオ・ブエンディアとウルスラは、村でいっしょに育てられた。だから「二人の結婚は予想されていた」のだが、「彼らがその意志を明らかにすると、親戚《しんせき》の者はこぞって反対した」(p.36)。というのも彼らはいとこの間柄であり、すでに親戚同士の結婚によって豚のしっぽをもつ男の子が生まれた先例があったからだった。

若いふたりはそんなことを気にすることはないと結婚を強行する。しかし「ウルスラの母親が、生まれてくる子供についてさまざまな不吉な予言」(p.37)をする。ウルスラは怖じ気づいてしまい、母がこしらえてくれた貞操パンツを律儀に毎晩はき、夫を拒みつづけた。その結果、「結婚して一年にもなるのに、夫の不能のせいでウルスラはまだ生娘のまだ、という風評」(p.38)が村でたった。

プルデンシオ・アギラルという男が闘鶏の賭けでホセ・アルカディオ・ブエンディアに負けた腹いせに、かっとなり大きな声で、

「その軍鶏のおかげで、やっと、かみさんを歓《よろこ》ばしてやれるじゃないか」(p.38)とからかった。ぶち切れたホセ・アルカディオ・ブエンディアはプルデンシオ・アギラルに狙いを定めて槍を投げ、喉にぐさりと突き立てて殺してしまう。

問題はそれから後のことだ。「ある晩、眠れぬままにウルスラが水を飲みに中庭へ出ていくと、水がめのわきに立っているプルデンシオ・アギラルに出会った」(p.40)。夫は最初はまったく信じないのだが、何度も妻が幻覚に襲われるのにうんざりして、槍をかまえて中庭まで出てみると、悲しげな顔をした死人が実際に立っていたのだ。

「あいつ、ずいぶんつらい思いをしているらしいな。ひとりっきりで、きっと淋しいんだ」(p.41)

一向に消えない死人に我慢できなくなって、

「わかったよ、プルデンシオ。おれたちはこの村を出ていく。できるだけ遠くへ行って二度と戻ってこないから、安心して消えてくれ」(p.41)

そう言って、夫婦は若者を連れて村を出ていく。と、ここまでがメインの粗筋なのだが、その途中途中の出来事への応じ方が可笑しいのだ。たとえば、夜ごと中庭に現れるようになったプルデンシオ・アギラルに対して、

死人がかまどの鍋《なべ》の蓋をあけているのを見かけたつぎの機会には、彼が捜しているものの見当が即座についたので、それからは家のあちこちに水を張った金だらいを並べておくことにした。(p.41)

どうしてそんなことになるというのだろうか。ふつう(かどうかはわからないが)、家に幽霊が出るようになったときに、私たちは「二度と幽霊が出てこない」ように方策を練るのではないか。たとえば、無視したり、気のせいにしたり、お祓いを頼んだり、とにか

くそれらが「ない」ということを成立させようと腐心するのではないか。ところが、彼らがしていることはその逆なのだ。プルデンシオ・アギラルがまさにそこにいるという前提で行動する。ないはずのものが、そこにいることとして扱われている。彼が必要としている水をたらいに張っておいてやる。彼らは真に受けて応対するのだ。

それで思い出すのがドリフターズのコントだ。いきなりどうしてドリフターズの話をするかと言えば、ウルスラが金たらいを並べたからというのもあるが、それだけではない。ドリフのコントの面白さのひとつは、日常に突然ありえないことが飛び込んできたときの、彼らが真に受けていちいち応対するその仕方の可笑しさにあると思うのだ。そしてそれはブエンディア家の人たちと通ずるところがある。

私の好きなコントのひとつにタクシードライバーものがある。新幹線に乗るために東京駅へと急いでいるいかりや長介に運転手の加藤茶が、

「あぁ、8時ならぜんぜん間に合いますよ」と請け合い車を走らせるのだが、偶然歩道に知り合いを見つけると車を止め、

「どこまで？　新宿？　新宿なら通り道だから、後ろに乗ってけよ！」と軽々しく便乗させる。

いかりやは驚きながらも「新幹線に間に合うんなら、いいですよ」と言って先を急がせ

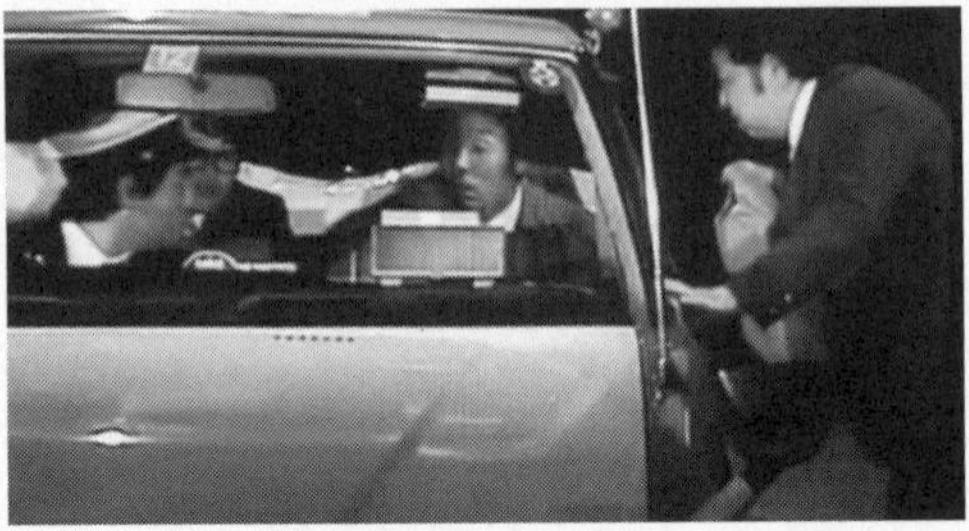

お人好しなタクシー運転手 [3]

る。もちろん、それだけでは済まず、何度も車を止めては「上野なら、通り道だから」とか、「所沢？　所沢なら通り道だ」と人を乗せていく。そのうち後部座席はぎゅうぎゅうになり、いかりやは「苦しい……」と苦言を漏らす。しまいには亡くなった同級生の幽霊まで乗せようとする。

ふつうに考えれば、そんなタクシーは最初から降りてしまうべきだろう。けれども、このコントの面白さは、そのたまたま乗り合わせたタクシーというフレームから出ていってしまうことではなく、そこに留まったときになにが起こるのかを見届けるところにあるし、苦笑しながらも真に受けて応じるいかりやは、場合によってはその次々と起こる事象を愉しんでいるとさえ感じられるのだ。

そうだ。愉しんでいるととれるようにもみえるのは、まさにホセ・アルカディオ・ブエンディアらもしかりなのである。亡霊に対して、たらいをおいてやるという、問題を根本解決するのではなく、真に受けて個々の現象に応じることによって、彼ら自身も愉しく、生き生きとしているのだ。そして、気づくのだった。実は彼らは亡霊に消えてほしくなかったのではないか。

「ひとりっきりで、きっと淋しいんだ」(p.41)

とホセ・アルカディオ・ブエンディアが漏らしたとき、彼もまた淋しかったのだ。そして、しがらみのある村から出ていくためには、また亡霊が消えないことが必要だったのではないか。

ホセ・アルカディオ・ブエンディアが決闘で殺した相手の亡霊に悩まされて町を出るのだとしたら、『それでも家を買いました』の山村夫妻はなぜ社宅をしきりに出たがったのか。それは、入居して間もなく、社宅の近くに住む夫婦から、

「あそこ、お化け出ない？　たしか去年、あの部屋って自殺があって」

と言われたのが発端だった。

もちろん、それはちょっとした冗談なのだが、そう言われると、物音ひとつが何か妙に聞こえるし、気にすればするほど気になってしまう社宅特有の近所の目と相まって、気味が悪くなってくる。自殺というのは冗談だったということがしばらくしてわかるのだが、そもそも、表向きは誰にもわからないけれど、そういう事件が起こっていたとしても不思議はないという社宅の怖さを彼らは思い知る。そして新築分譲マンション探しへと没頭し

お化け出ない？と言われる山村夫妻 [4]

ていくのだ。

さて、マコンドを開拓し、ホセ・アルカディオ・ブエンディアが錬金術への没頭から目を覚ましたあとに舞台は戻る。村を出たことで亡霊からは逃れたが、親族同士の結婚のため奇形の子供が生まれるかもしれないという怖れは常に付いて回る。すでに成人も近くなった長男ホセ・アルカディオのりっぱな裸を見てしまったウルスラはブタのしっぽと同様に、息子の体は異常なのではないかと心配をしはじめる。家事手伝いやトランプ占いなどで家への出入りのあったピラル・テルネラにそのことを打ち明けると彼女は、

「そんなことないわよ。きっと幸せになれるわ」(p.45)

と笑い声を立てて言う。

ピラル・テルネラの家に通ううちに、ホセ・アル

カディオは彼女にはまっていき、昼も夜もなく彼女の部屋に通い詰める。アウレリャノは兄のその話をとにかく聞きたがる。兄は言う。

「地震に出くわしたようなもんさ」(p.52)

夜通し女の元に通う兄と、話を聞こうと起きて待っている弟は二人とも寝不足でいつもぼーっとしている。これに気づいた母ウルスラは、どうも様子のおかしい二人を見て、「回虫をわかしてる」(p.52)というかなり謎な結論を出す。そして、兄弟は母の作った謎の薬を飲んで、とにかくお尻から寄生虫を出すことで、母を安心させる。

そんな折、長女アマランタが生まれる。みながお祝いで騒ぐ中、ホセ・アルカディオとピラル・テルネラは人目を気にせず愛し合う。そして、彼女は兄にこう言うのだ。

「あんたももう一人前ね。……あんたに、子供ができる、ってことよ」(p.54)

そんなことを考えてもみなかった彼は動転し、家に閉じこもり、そしてまた突然外に出て、たまたま見かけたジプシーの幼い女の子と駆け落ちをする。やはり彼にも村を出るだけの理由があったわけだ。

ホセ・アルカディオが居なくなったことに気づいた母は出奔してしまったホセ・アルカディオを見つけようと、町を出て探していくうち、遠くまできすぎてしまったことに気づき、マコンドに帰る気をなくす。ホセ・アルカディオ・ブエンディアは妻がいなくなった

犯人を突き止めた浩子 [4]

ことに気づくと、村じゅうの男を連れて捜索に出るが見当たらず村に引き返してくる。すると、彼は生まれたばかりのアマランタに子守唄を唄ったり、ご飯を作ったり、すごく子煩悩なのだ。そして、妻が留守になってから数ヵ月後に妙なことが起こりはじめた。

妙なことが起こったときにどうやってそれに応じるか。ここが今回のポイントだ。『それでも家を買いました』では自殺と幽霊問題が解決した後でも、なぜか帰宅すると物の位置が動いていたり、鍵が開いていたりする。夫・雄介はどうせ浩子がちらかしたんだろうと暢気にかまえているが、感度が高まっていた妻・浩子は気持ち悪がる。本来ありえないことが起こった時に、どう振る舞うか。山村浩子の場合は、ひとつひとつの可能性をためし、追求していくのだ。その姿勢は、どちらかと言えば、論理的に犯人を絞り込んでいく推理小説の登場人物のようで、ブエンディア家の者たちとは随分と印象が異なる。浩子は突き止める。マスターキーを持つ社宅の自治会長の小さな子供が勝手に鍵を持ち出して開け、よその家の中で遊んだり、お菓子を食べたりしていたのだった。彼女はあくまで妙なことには論理的にアプローチする。

だとしたら、ブエンディア家の人びとは妻の留守中の妙なことにどう応じるのか。たとえばブエンディア家では次のようなことが起こる。

空っぽのフラスコが、どうにも動かせないくらい重くなった。水を入れて仕事台にのせておいた鍋が、火の気もないのに半時間ほどぐらぐら煮たって、やがて跡かたもなく蒸発した。(p.60)

極めつけはこれだ。

アマランタの籠がひとりでに動きだし、仰天して急いで取り押えようとするアウレリヤノをしりめに、部屋をぐるりとひと回りした。(p.61)

もはやこれはホラーだ。このような超常現象に真面目に応じることなどできないような気がするのだが、ここでホセ・アルカディオ・ブエンディアは籠を「机の脚にしっかりと結びつけた」(p.61)。このあまりにその場しのぎのように見える対応は、これでいいのだろうか。

いや、これでいいのかもしれない。妙なことに対しては、基本は対症療法的な応じ方になるのだ。ありえないことが起きるということについて、私はわりと身近に感じていた。昔、実家は古い木造家屋で、部屋に行くにも薄暗い仏間を通らなければならなかったし、夜手洗いに行くには、靴を履いて離れまで薄暗い通路を歩かなくてはならなかった。正月やお盆に集まると叔父がかつて幽霊が出たというような話をよくしていた。私はお化けが恐かったし、うちの家には何か家族以外のものがいるのではないかと薄々感じていたのだった。というのも、なにか思いついたらメモを書いて残す癖が私には小さい頃からあり、よくテーブルの上にメモを書いていたのだが、ちょっと時間が経って見てみると、そのメモがなくなっていたからである。私はどうしたことかと思って家族に聞いてみるのだが、「知らない」「わからない」という答えしか返ってこなかった。その頃から、なにか理屈では説明のつかないものがこの世にはあるのだというふうに私は理解するようになった。後にわかったことだが、その消滅するメモの犯人は父だった。私がほったらかしにしたメ

モを、父が片付けるときに捨てていたようなのだ。これにしたって、メモがなくならない

ように片付けておくという対処をするよりほかなく、目には見えない「家族以外のなにも

のか」を直接どうすることもできないのだ。結局は対症療法になってしまう。

妙な話のついでに、大学の先輩に学生のころ聞いた話だ。先輩の（ここでは便宜的に）

大島さん（とする）は小さい頃から科学にすごく興味をもっていて、両親に買ってもらっ

た昆虫図鑑を読み込んでいた。特に興味を持ったのが猛毒を持つ蜂と蜂の巣だった。恐ろ

しい蜂がいるものだと大島さんは恐怖したのだが、よく読めば「アフリカの奥地にだけせ

いそくする」とあり、ほっと胸を撫で下ろしたのだった。ところが、夜布団に入り仰向け

に寝ていると、天井になにか見かけぬものが貼り付いているのに気づいた。大島さんは震

撼した。なにしろ、それは昼間に見た昆虫図鑑の蜂の巣とそっくりだったからだ。おそれ

おのき、大声を出したいところをこらえて、ささやくような声で、隣で寝ていた兄に

「たいへんだよ、あれ、猛毒の蜂の巣だよ」

と言った。すると、お兄さんは笑いながら、口に紙片を含み、しばらくくちゃくちゃと

ガムのように嚙み、口の中で球状の塊を作ると、手でスナップを利かせて、天井へと投げ

た。紙の球はべちゃっと音を立てて天井に貼り付いた。その貼り付いたものは、あの図鑑

で見た蜂の巣にそっくりだったのだ。お兄さんは「はっはっは」と笑った。犯人は兄だっ

たのだ。

大島さんの話で言えば、もっともありえない世界を経験したのは、大島さん自身だし、「こっ、これはっ、ひょっとしてアフリカの蜂の巣ではないか!」と震撼する瞬間がいちばん興奮する瞬間だと思うのだ。では、ブエンディア家に突然襲いかかった妙な出来事の中でもっとも興奮したのは誰なのか。最後にこれを考えよう。

ブエンディア家に起こった超常現象の連続の後で、ウルスラが村に帰ってくる。ウルスラは、男たちが見つけることの出来なかった文明と接触する道を見つけ、行商人らを引き連れて帰ってきた。アウレリャノが突然の帰還に驚いている隣で、ホセ・アルカディオ・ブエンディアは大声を上げた。

「こうなると思っていたんだ」(p.61)

そう、錬金術でもなんでもなく、彼がいちばん祈っていたのは、ウルスラの帰宅だった。これまで起こった妙なことはぜんぶウルスラの帰還の前兆だったのだというふうにまとめあげる力は、妻を思う夫の愛情以外のなにものでもない。アウレリャノもびっくりしたが、私もやはりびっくりした。ありえない。ありえないことへの応じ方がやはりこの人たち、可笑しいのだ。

しかし、ウルスラは「夫ほどうれしそうな様子は見せなかった」(p.62)。この冷静な妻と情熱的なのにかわいそうな夫とその家族の話のつづきがやはり気になります。先が気になった方はぜひ本屋に走ってください。次章へつづきます。

参考文献

1. ガブリエル・ガルシア＝マルケス『百年の孤独』（鼓直訳）、新潮文庫、二〇二四年。
2. Gabriel García Márquez, "Cien años de soledad," 1967.
3. フジテレビ『ドリフ大爆笑』、一九八二年。
4. ＴＢＳドラマ『それでも家を買いました』、一九九一年。

第3章　来る者拒まず、去る者ちょっと追う『百年の孤独』のひとびと

前章までのあらすじ

マコンドを開拓したホセ・アルカディオ・ブエンディアとその妻・ウルスラ、そしてその子供たちホセ・アルカディオとアウレリャノ。そこに長女・アマランタが生まれ、ホセ・アルカディオは幼いジプシーの女の子と出奔する。それを追いかけていくうち失踪したウルスラは交易路を開拓してマコンドに戻ってきた。

出奔したホセ・アルカディオと家に出入りのあった占い師ピラル・テルネラとの間に産まれた男の子はアルカディオと名付けられ、そして祖父母の元に引き取られることになった。それは暑い夏の日だった。マコンドには暑い日が似合う。そして私が日がな一日読ん

でいたのも夏の暑い日だった。へとへとだった。夕方になりこれは気分転換でもしなければと思って本屋を訪ねた。そこで見つけたのが、よしながふみ『きのう何食べた？』の最新巻（9巻）だった。

『きのう何食べた？』は都内のマンションでいっしょに暮らす四十過ぎのゲイのふたり、弁護士の筧史朗と、美容師の矢吹賢二の暮らしを描いた漫画だ。筧史朗はプライドが高いが几帳面で、彼が手間と工夫を凝らしながら作っていく食事がこの漫画の中心になっている。手間やお金を掛ければそれなりに立派なものが作れる。しかし、この漫画ではめんつゆなどを活用することで、手を抜けるところはしっかりと抜きつつ、おいしい料理を作るこつというものが次々と披露される。それと同時にふたりの間に生じる家族や仕事などの問題を通じて双方が理解を深めていく。人びとの暮らしにこれほどまでに食事が関わっていたのかと感心せずにはい

よしながふみ『きのう何食べた？』（9巻）[3]

よしながふみ『きのう何食べた？』（1巻）[4]

られない。

「オレの作ったメシをそんなまずそうに食うなよお前」（[4]p.16）

「今度同じ事があったらお前この部屋から出てけッ!! 本気だからな俺は!!」（[4]p.56）

という具合に、作品の初期段階ではふたりの価値観にズレがあり、それらが露呈するたびに大きな衝突が起こった。そこにあるのは、ふたりであるという孤独だ。そして、価値観の違いを埋めることは容易ではないが、代わりに傷つけてしまった相手に料理を作ることで辛うじてバランスを取っていた。ところが、7年後の第9巻では、信頼関係を築き、互いの抱えている問題や異なる価値観を理解し、相手の身になって考える余裕が生まれている。ふたりであることで生じる問題は変わらないが、まわりには家族以外のコミュニティが形成されており、それが少しずつ孤独を癒してくれている。ドラマとして考えれば、当初の一触即発の状況の方が面白いかもしれないが、大事には至らないいまの方が読んでいて心地よく感じるのは私だけではないだろう。

私は漫画を一気に読んだ。そして、ラタトゥイユが目に留まったのだ。きりっと冷やした白ワインとまだ温かいラタトゥイユ。最高じゃないか。そんな至福の時を想像していて私ははたと気づいたのだ。『百年の孤独』ではだれも食事をしていない。もちろん彼らも食べ物を口にしているには違いない。しかし、家族が集まって食事をするといった場面はひとつもないのである。いったいそれはなに故のことだろうか。私は注意深く読み進めることにした。

ウルスラが交易路を開拓して以来、「マコンドの様子は一変していた」。「貧相な村はたちまち、商店や職人の仕事場が軒をつらねるにぎやかな町に変わった」。ホセ・アルカディオ・ブエンディアは「当初の活動的な人間に戻」(p.64)り、「秩序と労働をモットーとする社会を築きあげていった」(p.65)。入れ替わるようにして工房に籠るようになったのは次男のアウレリャノだった。「見捨てられた格好の工房をかたときも離れず、もっぱら自分で工夫しながら金の加工技術を身につけていった」。「口数の少ない孤独を愛する人間に変わ」り、「生まれたときの目つきの鋭さがふたたびよみがえっていた」(p.66)。

そして、ある日突然薄気味のわるい目でウルスラを見つめながら言った。

「誰かがここへ来るよ」(p.67)

ウルスラは気味悪がり、理屈でやりこめようとしたが、実際、日曜日に皮革商人に連れられて、ひとりの幼い少女がやってきた。皮革商人にも彼女の親が何ものか説明することは出来なかった。両親の遺骨と手紙、木製の揺り椅子だけが一緒だった。手紙によれば遠い親戚にあたるとのことだが、その名前は誰にも心当たりがなかった。彼女は言葉を口にせず、ただ「揺り椅子に腰かけて指をしゃぶり、おびえたように大きくあけた目でみんなを見つめているだけ」(p.69)だった。結局、彼女もブエンディア家で引き取ることになり、母親の名前であるところのレベーカと呼ばれることになった。彼らは来る者を拒むということを知らないのだ。

新しい家族が増えたとしても、食事のことは話題にあがらない。一方でほんとうに食事をしないものがここで現れたことを私たちは知る。レベーカは「食べ物を与えられると、ただ膝《ひざ》に皿をのせているだけで手をつけようとしなかった」(p.69)し、「何といわれても食事をとらない日が数日つづいた」(p.70)。しかし、家事手伝いをしていたインディオの姉弟がある日気づくのだ。

レベーカが喜んで食べるのは、中庭の湿った土と、壁から爪《つめ》ではがした薄っぺら

な石灰だけである(p.70)

もしここで「きのう何食べた?」と聞いたなら、

「土!」

と答えてくれただろうか。いや、答えすらしなかっただろう。なにしろ「自分でも悪いと思っているらしく、誰にも見られないところでこっそり食べられるように、それらの食べ物を隠しておこうとしたからだ」(p.70)。

土を食べるのもすごいことだが、監視のもとに置かれてもなかなか治らないこの悪習に対する母代わりであるウルスラの荒療治がすごいのだ。「大黄《だいおう》をまぜたオレンジのしぼり汁を土鍋《どなべ》に入れて、ひと晩たっぷり夜露にあて、翌朝の食事前に飲ませることに」(p.71) するのだが、なにがすごいかというとその直後の、

これが土を食べる悪い癖によくきく療法だと誰かに教えられたわけではなかった(p.71)

と言い切る一節だ。母親とは時にこういう行動に出るものである。土食の悪癖の治った

レベーカが家族の一員となり、ブエンディア家の平穏な日々が続くかに思われた矢先、もっと深刻な問題が起こるのだ。これもやはりインディオの姉弟が発見する。

揺り椅子にすわったレベーカが暗闇で猫のように目を光らせながら指をしゃぶっているのを見た。……それは、伝染性の不眠症だった。(p.72)

多くのインディオは恐れおののいた。なによりも深刻だったのはブエンディア家にことの深刻さを受け止める者がいなかったことだろう。「眠る必要がなければ、こんな結構なことはない。そうなれば、生きているうちにもっと仕事ができる」(p.73)とホセ・アルカディオ・ブエンディアは上機嫌で言ったのだ。たしかに当時のマコンドにはやらなくてはならないことが山ほどあった。しかし、「彼らは働きすぎて、たちまちすることが無くなってしま」ったし、疲労はなくとも、「夢恋しさのあまり寝たいと思う連中は、心身を消耗させようと手を尽く」(p.75)さねばならなかった。彼らがそのために発明したきんぬき鶏の話を繰り返すというゲームの一節をぜひとも声に出して試してほしい。不思議な笑いが込み上げてくる。

さらにこの伝染性の不眠症の恐ろしいのは「過去を喪失した一種の痴呆《ちほう》状態に落ちい

る」(p.73) という点であった。これに抗うべくアウレリャノはある方法を思いつく。「墨をふくませた刷毛《はけ》で……物にいちいち名前を書い」(p.78) た札を貼付けていく。しかも名前だけでは何のためのものかもわからなくなってしまうため、次のように書く必要にすら迫られたのだった。

〈コレハ牝牛デアル。乳ヲ出サセルタメニハ毎朝シボラナケレバナラナイ。乳ハ煮沸《シャフツ》シテこーひーニマゼ、みるくこーひーヲツクル〉(p.78)

しかしこういうことを逐一して回るのはほんとうに根気がいることだ。たとえ不眠症のために時間が有り余っているからといって、みながそれをやり遂げるわけではない。たとえば、自分たちがどこから来たのか、両親はいつ生まれたのかといった歴史は安易な方法にゆだねられることになった。つまり、ピラル・テルネラの「トランプによって過去をうらなう方法」によって、「でっちあげた架空の現実の誘惑に屈してしまった」(p.79) のだ。

みながすべてを忘れ尽くしてしまったとき、「薄汚い老人が……スーツケースをかかえ、黒いぼろ布を山と積んだ手車を曳《ひ》いて……姿をあらわした」。ひょっとしてレベーカの父だろうか。「男は客間の椅子にすわって……壁に貼られた札を哀れむような目で、熱心に読んでいた」。滑稽にも誰かわからない相手に向かって「ホセ・アルカディオ・ブエンディアは精いっぱい愛想を振りまきながら挨拶《あいさつ》した」(p.80)。それをみて男は痴呆だと確信し、とある液体を用意する。ホセ・アルカディオ・ブエンディアは「液体をもらって飲んだとたんに、……記憶にぱっと光が射《さ》した」(p.81)。その男はメルキアデスだったのだ。マコンドの記憶障害はこうして解消した。

「村や町で起こった事件のニュースを、事こまかに語ってきかせる」(p.83)という流れ者の老人、フランシスコ・エル・オンブレがマコンドを訪れると、失踪したホセ・アルカディオのことがわかるんじゃないかと、アウレリャノはカタリノの店に出かけたのだ。そして最後までニュースを聞き、帰ろうとしたとき、客引きの「女が手招きしながら言った」(p.85)。

「あんたもはいったら。たった二十センタボでいいんだよ」(p.85)

ガルシア＝マルケスの小説を語る上で春をひさぐ者たちを避けては通れない。アウレリャノは緊張と動揺と不安の入り交じった状態で部屋にはいって行った。「娘から服を脱ぐように言われて」(p.85)「恥ずかしさに耐えられない思いをしながら、アウレリャノは服を脱いだ」。自分の体へのコンプレックスのため「娘がいろいろとやってくれたが、ますます気が乗らなくなり、恐ろしいほどの孤独感を味わ」(p.86)うことになった。

この娘というのが可哀想な子なのだ。不注意から火事を出してしまい「母がわりの祖母といっしょに住んでいた家は灰になった。その日から、祖母は焼けた家のお金を取り戻すために、……彼女を連れ歩いて、二十センタボの線香代で春を売らせて」おり、「ひと晩に七十人の客を取ってもあとまだ十年はかかるという話だった」(p.86)のだ。

満たされぬまま帰宅したアウレリャノは「欲望と同情のいりまじった心で娘のことを考え」、「何としてでもあの娘を愛し、守ってやらなければ、と思った」(p.86)。そして「祖母の横暴から救い、娘が七十人の男に与えている満足を夜ごとひとりで味わうために結婚しようと決心した」(p.87)のだった。

咄嗟に私は思った。追いかけちゃダメだよ、アウレリャノ！　私は二村ヒトシの『すべてはモテるためである』のことを思いだしていた。


お説教をする客。昔から言われていることですが、酔っぱらいや不潔な客と並んでお店の女の子が嫌うのが、自分が客でありながら「なんでこんな仕事してるんだ、やめなさい、生き方が不真面目だ」と説教する客です。彼女の境遇を悲しんであげたりすることも。どっちも大きなお世話です。([5]p.123)

アウレリャノがやっていることは、そのまんまではないか。さらに小さい字でこうも書かれている。

ほら、誰ですか「そんな環境からオレが救いだしてあげる！」とかアホなこと思ってるのは。そういうアホでみじめな心境を卒業するために、この本を読んでるんじゃないんですか？（[5]p.124）

『すべてはモテるためである』[5]

もちろんアウレリャノは二村ヒトシさんの本を読んではいない。読んだのは私だ。しかし、私はこのアウレリャノの気持ちがすごくわかってしまったのだ。なにかに一生懸命の女の子を応援したくなる気持ちは私にも覚えがある。振り向いてはもらえないとわかっていても、その泥沼に入ってしまう自分を止められない。つまり、アウレリャノにやめなさいと注意することを通じて、私もまた私自身を自制しようとしていたのだった。

著者の二村ヒトシはAV監督である。『すべてはモテるためである』は決してどうやったらモテるかを書いた指南書ではない。どちらかと言えば、モテるとはどういうことか、モテたいのはなぜなのかについて考える道筋を提示している。単なる指南書ではない証拠に、冒頭で読者に向かって、

なぜモテないかというと、それは、あなたがキモチワルいからでしょう。([5] p.4)

と突き放しつつ、「モテる」とはどういうことなのかを具体的に考えるように促す。それが決して抽象的にならずに、数十ものときには極端と思われる例示をすることで、読み手が自身の考えの輪郭を摑むことを助ける。自分がもっている「モテたい」という気持ちは具体的にどういうことなのか、そして自分をもっと理解せよというメッセージが貫かれているのだ。筆者は根源的な問を発しており、これは見方によっては哲学書とも受け取れるのだ。

そして、本書で気をつけるべきこととして注意があるのは、多くの男がここに陥りがちであるためだろう。だとすれば、あの人だってそうに違いない。『それでも家を買いました』で三上博史演じる山村雄介は、ある日同じ部署で働く沢口香苗（国生さゆり）から元

二人いっしょに会社を出てくる雄介と香苗は
まんざらでもなさそう [6]

彼氏に付きまとわれて困っていると相談を持ちかけられる。雄介が彼女を守るためにいっしょに会社を出ていくと、元彼氏が近寄ってきて取っ組み合いになってしまう。暴力を振るう彼氏に困ってるんですと言われて、助けてやる雄介。でも、実はこの沢口香苗は、最初から雄介に気があるように振る舞う。そして、そのことに雄介も気付きつつ、ちょっと格好いいところを見せようとしてしまう。マンション探しの過程でこのOLが結果として夫婦に災いを引き起こすことになる。この困っている女性を助けてあげたいという衝動は男性に共通のものなのだろう。

困っていた娘を助けてやろうという決心をしたアウレリャノは結局傷心することになる。というのも、決心して「午前十時にカタリノの店へ行くと、娘はすでに町から去っていた」からだ。「アウレリャノは仕事に逃げ道を求め」、「女っ気なしで一生を送ることになっても仕方がないとあきらめた」(p.87)。

その頃、父は写真術に、メルキアデスはノストラダムスの解釈に没頭していた。現実的なのは、結局ウルスラだけだった。「すでにゆっくり休息を楽しんでもよい年になっていながら、彼女はますます仕事に精出し」(p.88)ていた。そのために、レベーカとアマランタがすでに美しい娘に育っていることに気付かないほどだった。「家のなかはすでに人間であふれていた」。結婚したり子供が生まれたりして「住む場所がなければ、ちりぢりになってしまう」(p.89)。そう考えたウルスラは仕事で貯めたお金で、家の増築に取りかかった。

町いちばんの邸宅の完成が近づいたころ、ホセ・アルカディオ・ブエンディアは空想の世界から引きずり出された。みんなの望む白ではなく、青で建物を塗るようにというお触れが出ていることをウルスラから知らされたからだ。そのお触れを出したのは政府から町長に任命されて派遣されてきた、ドン・アポリナル・モスコテという男だった。

役人だろうと、やはり来る者は拒まない。ホセ・アルカディオ・ブエンディアは町長の滞在しているホテルを訪ね、こう言った。

「あんたがほかの普通の人間と同じ立場でここに残るつもりなら、わしらも大いに歓迎す

る」(p.92)「しかし……わしの家は絶対に、鳩《はと》みたいに真っ白に塗らせるつもりだから」(p.93)

ドン・アポリナル・モスコテは真っ青になった。(p.93)

家じゃなくて、モスコテが青くなってしまった。今度はモスコテは軍隊を従えてやってくるが、ホセ・アルカディオ・ブエンディアはその軍隊を引き上げさせる。「あんたとわしは、これから先もかたき同士なんだ」(p.95)

マコンドはしばしの落ち着きを取り戻した。そして、失恋していたアウレリャノはというと、「自分の子供だと言ってもおかしくない町長の末娘のレメディオスのおもかげが心に焼きついて」(p.95)しまったのだ。アウレリャノは大丈夫か。先が気になる方はぜひ本屋さんへ走ってください。そして、本当に誰かの代わりに『百年の孤独』を読めているのだろうかという疑問が突然私を襲うのだった。以来、私は代わりに読むとはどういうことなのかと自問を繰り返しながら『百年の孤独』を読みつづけているのだ。

参考文献

1. ガブリエル・ガルシア＝マルケス『百年の孤独』（鼓直訳）、新潮文庫、二〇二四年。
2. Gabriel García Márquez, "Cien años de soledad," 1967.
3. よしながふみ『きのう何食べた？（9）』、講談社、二〇一四年。
4. よしながふみ『きのう何食べた？（1）』、講談社、二〇〇七年。
5. 二村ヒトシ『すべてはモテるためである』、イースト・プレス、二〇一二年。
6. TBSドラマ『それでも家を買いました』、一九九一年。

第4章　リズムに乗れるか、代わりになれないか

家族みんなで暮らすために増築したブエンディア家の邸宅で何が起こるのだろうか。「鳩のように真っ白な新居の披露に、ダンスパーティが開かれた」。ウルスラは「町の人びとを驚かし若い連中を大いに喜ばせる」(p.97) ために自動ピアノなどを海外から取り寄せた。輸入商はその「自動ピアノを組み立てて調律し、……紙テープに印刷されたはやりの音楽のダンスを仕込ませるために」ピエトロ・クレスピという金髪の若いイタリア人の男を派遣してきた。彼は「美貌《びぼう》と教養の持ち主」であるだけでなく「大へんなおしゃれで、息苦しいほどの暑さ」の中、「チョッキに厚地の黒っぽい上着を重ねたまま……ひとり広間にこもり、何週間も汗みずくになって働いた」(p.98)。そして、昼食の席でレベーカとアマランタは二人とも彼にメロメロになってしまうのだ。しかし、ウルスラが目を光らせ

ており、誰も恋仲になることはなかった。

ホセ・アルカディオ・ブエンディアは「目に見えない演奏者の写真を撮る気になり」(p.98)写真機を据え付けたが、その不在を確信すると今度は「隠された謎《なぞ》をあばくために自動ピアノを分解」(p.100)してしまった。結局なにも見つけることなく、むちゃくちゃになったピアノをどうにか組み立てたため、パーティ当日「テープをかけたのに、いっこうに楽器が鳴りださ」ず、何かの拍子で動き出しても、「でたらめな曲がとめどなく流れだした」(p.101)。

しかし、山深くわけ入って西方に海を求めた二十一人の勇者の血をひく執念ぶかい連中は、調子はずれのメロディーの波間にひそむ暗礁《あんしょう》を巧みにかわしながら、東の空の白むころまで踊りつづけた。(p.101)

さすがは村を開拓するために冒険をした人たちである。でもどうだろうか。ダンスパーティーと言われて思いだすのは、映画『バック・トゥ・ザ・フューチャー』だ。友人のドクが発明したタイムマシン・デロリアンで両親の高校時代にやってきたマイケル・J・フォックス演じるマーティーは高校のダンスパーティで急遽、腕を怪我したバンドマンの代

ロックンロールに乗せて気持ちよく踊る男女 [3]

テクニックを駆使するマーティー [3]

わりにギターを演奏する。未来からやってきた男の演奏する未だ聴いたことのないロックンロールで会場の男女は愉しそうに踊る。乗り乗りだった。

会場はわきにわき、マーティーはステージ上を転がり、調子に乗って演奏する。エレキギターのテクニックを駆使し、大音量でジャーンと轟かせ、キュイーンと鋭い音を繰り返すが、気づけば会場の男女は茫然と立ち尽くしているのだった。

私だったらどうだろうか。

重役たちは次々と真似して舌平目の
ムニエルをオーダーする [4]

聴いたこともないような音楽のリズムにいきなり乗れるだろうか。うん、きっとためらってまわりを見回すに違いない。そんな私の心境を的確に描いてくれるのは、どちらかと言えば伊丹十三監督の映画『タンポポ』のこんなシーンだ。

東京の高級フレンチレストランに、企業の重役を接待する会社員たちがやってくる。ギャルソン（橋爪功）がフランス語で書かれたメニューを手渡すと、重役たちは一瞥し、何をどう頼めばいいものかと困惑する。ギャルソンが「いかがしましょうか？」と尋ねても、「うーん、どうしようかなあ」とか「何か軽いものを」とはっきりしない。プライドが邪魔をするのだ。そこで商談相手の営業が適当に、

「私はね、舌平目のムニエル。サラダかスープ？　スープ、コンソメ。飲み物はビール。ハイネケン」

と頼むと、

好物を頬張る先生 [4]

「僕も、舌平目。コンソメ。サラダはいらないわ。僕もビールにするわ」と専務が、

「そうねぇ、私も舌平目にしてみるか。サラダかスープ？　そうねぇ、コンソメにしてみるか。飲み物？　そうねぇ、ビールにしてみるか」と常務がという具合に次々と真似していくのだ。

しかし、マコンドの男たちは真似など必要ない。変なリズムでも暗礁を巧みにかわすように踊ってしまう。彼らはタフだ。私はそこに感心せずにはいられない。だとしたら、『タンポポ』に出てくる「先生」もまた違った意味でタフだ。大滝秀治演じる病み上がりの先生が愛人に連れられてそば屋にやってくる。

「先生、お汁粉はダメよ。それから、鴨南蛮と、天ぷらそばはだめよ。こないだもそれで倒れたでしょ。いい子にするのよ」

釘を刺して愛人と運転手が去ると、程なくして先生の

餅を詰まらせた先生は
逆さまにされて助けられる [4]

注文が届く。運ばれてきたのは、なんと鴨南蛮と天ぷらそば、そしてお汁粉なのだ。画面の前の私たちはこれからなにが起きるのか、固唾を飲む。もちろん隣の席に居合わせた主人公たちもまた興味津々で先生の様子をうかがわざるを得ないのだ。先生は鴨南蛮と天ぷらそばを一口ずつ静かにたぐり、そして汁粉の汁だけを少しだけすすって蓋をする。しかし、好物を目の前にして我慢できない。突然堰を切ったようにそれらをものすごい音を立てて頬張ると、案の定、餅が喉に詰まり卒倒してしまうのだ。しかし、この好物への熱意と食べっぷりは、実にタフである。

もちろん、これらは『タンポポ』のメインとなるストーリーではない。『タンポポ』は夫に先立たれた女性がひとり切り盛りするラーメン屋を、たまたま立ち寄ったトラック運転手が行列のできるうまいラーメン屋へと改造していく過程を描いたコメディ映画だ。しかし、いま私がこの『タンポポ』について思いだそうとするとき、脳裏に浮かんでくるのはここに挙げたような、一見ストーリーとは関係がないような挿話ばかりである。もちろん、これらの挿話は全体に無関係なのではない。先生が餅を喉に詰まらせてしまう場面にたまたま居合わせた主人公らは先生を逆さにし、掃除機を咥えさせて餅を吸い取り、そのことによって先生は命の恩人である彼らのラーメン作りに協力することになる。このようにして、関係なさそうな話が全体の物語の推進力になっているのだ。

『百年の孤独』もまた無数の挿話によって成り立っている。その一つ一つは全体のストーリーに関わりがないように思われるが、挿話において語られる数々の事件が重なり合って一家の物語を前へ前へと進めていく。私がこの「『百年の孤独』を代わりに読む」をはじめる準備をしていたときに、思いついたのがなるべく一見関係のない話をするということだった。そうやって関係のない横道へとそれていくことで、ゆるやかに、しかし確実に前へと読み進めていく筋道、いわば読書の登坂車線を作り出そうと考えたのだ。

と偉そうなことを言ってはみたものの、果たして私はほんとうに代わりに読めているのだろうかという疑問が常に付いて回る。そもそも「代わりに読む」とはどういうことなのか。まずは、「代わりに読む」というキーワードがいつ私の頭に浮かんだのかについて話しておきたい。

私の職場にマツヤマという後輩がいる。彼と新しいビジネスをなにか考えられないかと雑談で話していた。その場で出てきたものはありがちなものだったが、それに対して私はこう問うてみたのだった。なにかサービスを提供するのだとすれば、それはお客さんよりも、サービスを提供する側の方が、得意であったり、苦にならなかったり、簡単にできる設備を持っているのでなければうまくいかないのではないか、そういう意味で、マツヤマくんがやっていて愉しくて、いつまでも苦にならないことはなんだろうかと。するとマツヤマくんは笑顔でこう答えたのだった。

「はい。それは筋トレです」

さすがに筋トレはないだろうと思いながらも、私はこう言った。

「じゃぁ、「あなたの代わりに筋トレします」というベンチャーを作ってみたら？」

もちろん、これは単なる冗談だった。なにしろ、筋トレというのは自分でやらなくては意味がない。体を鍛えたい人は自分で筋トレをしなくてはならない。しかし、と私は思ったのだ。この広い世の中に、1000人に1人、いや10000人に1人くらいは、自分の代わりに筋トレをやってほしいといってお金を払ってくれるお客さんがいるのではないか。ネットで簡単にサービスをはじめられるようになった今だからこそ、このような超絶にニッチな、売り手側にもどういう価値があるかわからないようなものが商売として成立する可能性があるのではないか。おもしろがって申し込んでくれる人が1人でもいれば、なにか予想もしない展開があるのではないか。

「代わりに筋トレする」という企画はその場限りだったのだが、それ以来代わりに何かをするとはどういうことかという問いが頭の片隅から離れなくなった。そして、ちょうどその時期にガルシア＝マルケスの訃報が届いた。『百年の孤独』を再読しながら、これを代わりに読んでみようと思い立ったのだった。代わりに読むとは、ただ粗筋を説明するだけではないだろう。人の代わりに読むことは果たして可能だろうか。結局まだ答えは見つからない。

随分と横道にそれてしまった。しかし、このような話をしたことで、意図せずいくらかりか見通しがよくなったのである。そうなのだ。代わりにやってくれる人の存在に着目しながら前へと進んでいけばよいと気づいたのだ。

パーティを終え、ピエトロ・クレスピが町を去る。彼に恋心を抱きながら、人に本心を明かすことのできないレベーカは悲しみのあまり泣き明かし、そして再び土に手を伸ばしてしまう。最初は、「嫌な味を思いだすのが誘惑にかつ最良の手段だと信じて、それを口にした」が、結局「つのる欲望に負けて、彼女は土を食べつづけた」(p.103)。そこから救ってくれたのは、ある日の午後に屋敷を訪ねてきた町長ドン・アポリナル・モスコテの娘アンパロ・モスコテだった。彼女はピエトロ・クレスピからの手紙を代わりに届けてくれたのだ。それ以来、2週間に一度やってくる郵便用の騾馬が運んでくる恋の便りを心待ちにしていた。しかし、あるときこの騾馬が到着せず、レベーカは半狂乱になった。「悲嘆と怒りの涙を流しながら、命が気づかわれるほどの猛烈ないきおいで庭の土を口のなかに押しこ」んだため、「夜明けまで嘔吐《おうと》がつづいた」(p.107)。災い転じて福となすとはこのことで、これによってウルスラがレベーカのピエトロ・クレスピへの恋心を知ることになった。

ホセ・アルカディオ・ブエンディアの意見により、「相手からも思われているレベーカをピエトロ・クレスピと結婚させ」、アマランタは州都へ連れ出し他の人間と付き合わせることになった。レベーカは晴れて恋人に手紙を出せるようになり、元気を取り戻した。一方、アマランタは決定を受け入れるが、心では「レベーカが結婚できるとしたら、それは自分が死んだときだ」(p.112)と誓っており、ここから嫉妬と恨みが始まるのである。町に戻りレベーカと婚約を取り決めたピエトロ・クレスピにアマランタは恋心を打ち明けたが、「ぼくには弟がいますよ」と彼が適当に扱ったため、「アマランタは深い怨《うら》みをこめて、自分の死体でこの家の戸をふさいででも、姉の結婚を邪魔してみせる」(p.119)と言った。

レベーカはそのような状況に悩まされるものの、本人の代わりにピエトロ・クレスピとの間を取り持ち、どうにか結婚させようとしてくれる人が家族や周りにいる。一方で、アマランタの思いは通じず、彼女の代わりに何かをしてくれる人もいないのだ。元は純粋な恋心も、次第にこじれていく。これは不幸以外の何ものでもない。この三角関係がまだしばらくつづいていくことになる。

一方、前章にてドン・アポリナル・モスコテの幼い末娘レメディオスに心を奪われてしまった、私には他人ごととは思えないアウレリャノはどうなったのだろうか。彼はずっと「レメディオスの思い出に苦しんでいたが、会おうにもその機会がなかった」(p.104)。そこで、彼は小声で「そのうち、いっしょに来る。かならず来る」と確信を込めて何度も繰り返しつぶやくと、本当に彼女が姉に連れられてやってきたのだった。金細工の仕事場にうっかり入ってきた彼女が「魚のことをあれこれ質問」(p.105)すると、アウレリャノは「おじさん、おじさん、と言うその声の近くに、いつまでもとどまっていたいと思った」。完全に彼女にやられているのだ。しかし、作っていた金細工の魚を欲しければやるよとプレゼントすると、「少女は……驚いて、急いで仕事場を出ていっ」(p.106)てしまい、邸には二度と来なかった。

彼女に会う機会を失い、悶々としていたアウレリャノは友人とカタリノの店に行くのだが、気分が乗らない。そしてひとり酒を煽り、見覚えのない部屋で目を覚ます。そこにいたのはピラル・テルネラだった。驚く彼女に、アウレリャノは、

「あんたと寝にきたんだ」(p.109)

と言う。何か事情があるのだと確信した彼女が母親のような愛情をこめて相手をすると、アウレリャノは「腫《は》れてうずいていた何かが身内で破れたのを感じて、手放しで泣きだした」。ピラル・テルネラが恋の相手の名前を聞き出し、そして「ちゃんと一人前に育ててからじゃないと、それはだめよ」と言いつつ、「わたしから、あの子に話してみるわ。待ってなさい、うまくやってあげるから」(p.110)と請け合ってくれる。彼にもやはり代わりにやってくれる人がいたのである。結局、彼女の仲介によりレメディオスから結婚してもいいという返事が来る。そして、両親はモスコテの家を訪ね、二人は結婚することになった。ただし、まだ相手は「寝小便の癖がぬけて」おらず、当然「月のものを見ていな」かった。そこで、アウレリャノは「花嫁が子供を産める年になるまで」待たねばならなかったが、「大きな障害だとは考えなかった」。これまでも「さんざん待ったのだから」(p.114)と。

その後、ピラル・テルネラがあの時の子供を身ごもったことをアウレリャノがその眼差しから感づく。

「何だい。黙ってないで言ってごらんよ」(p.123)

すると、ピラル・テルネラは「何もかもお見とおしね」(p.124)と認め、彼は、

「赤ん坊には、ぼくの名前をつければいい」(p.124)

と言う。いや、もう同じ名前の人間をこれ以上増やさなくてもいいのではないかと言いたくなるのだが、なんだかみんな愉しそうなのである。そして、アウレリャノは人の気持ちの理解できるえらくモテる男になっていることに私たちは気づくのだ。

一方、メルキアデスは急激に衰えはじめ、そして話がだんだんと通じなくなり、常に部屋に籠って何かを羊皮紙に書きなぐっているだけになった。ある日、川に流されて死体で発見される。生前の遺志通り、ホセ・アルカディオ・ブエンディアは死者を寝かした「部屋で三日間、水銀をくゆらせ」(p.117)たが、公衆衛生上よろしくないと言うドン・アポリナル・モスコテの指示で、マコンドの土地に埋葬した。

マコンドはあの世とこの世が地続きになっている。ホセ・アルカディオ・ブエンディアの「寝室にはいって来た白髪のよぼよぼした老人がいったい誰なのか、見当もつかなかった」が、それはプルデンシオ・アギラルだった。死人がやってくることには何の不思議も感じないが、彼は「死人もまた年を取るのだという事実に驚」(p.124)くのだった。そしてある朝、仕事場に今日は何曜日かと聞きに入ってきたホセ・アルカディオ・ブエンディ

アは、アウレリャノが火曜日だと答えると、こう言い出す。

わしもそう思っていた。ところが、急に気づいたんだ。今日も、昨日と同じように月曜だということにな。空を見ろ、壁を見ろ、あのベゴニアの花を見ろ。今日もやっぱり月曜なんだ(p.125)

「父親の奇行には慣れているので、アウレリャノは知らん顔をしていた」(p.125)が、次の日も、やはり確信を得た父・ホセ・アルカディオ・ブエンディアは仕事場を訪ねて、こう宣言するのだ。

大へんなことになったぞ。空を見ろ。太陽の照りつける音に耳をすましてみろ。昨日と、その前の日と、少しも変わっちゃいない。今日もやっぱり月曜日なんだ(p.126)

こんなことを言い続ける父がいたら、本当に大変だろう。それでこんなことを思い出した。かつて、私が夜駅の改札を出てくると、見知らぬおじいさんが私の方に近づいてきた。

私は殴られると思って身構えたが、目の前まで顔を寄せると、

「長崎は今日も雨だった」

と言い放って去っていった。言っていることは変だが、でもその言葉は詩的であり、私たちが見過ごしてしまっている奇麗なものを見ているのかもしれない。しかし、この狂ってしまった詩人ほど手に負えないことはないだろう。

「長崎は今日も雨だった」をはじめて聴いたのは小学生のころに祖父母が観ていた歌謡番組だった。いま聴いてみると思いのほか心に響いてくるのだが、子供のころは祖父母がテレビの前で演歌を流すＮＨＫの番組を観ていて、自分の観たい番組を観させてもらえず、つまらないなあと思ったものだった。その時に不思議だったのは、月曜日なのに、歌謡コンサートというような番組名で、火曜と歌謡の区別がつかなかった私は、どうしてまだ月曜なのにと、そのことを悪夢のように感じていたのだった。いつも聴きたくもない歌謡曲が流れるのも、いつも月曜日なのも、ある種の悪夢である。

そして、いつまでも曜日が変わらない悪夢のような現実に悲嘆し、そして「一語も聞き取れない言葉で狂ったようにわめきながら、怪力をふるって」家中をめちゃめちゃにしたため、「アウレリャノは近所の連中に助けを求め」、二十人近くかかってなんとか中庭の「栗の木に縛りつけ」(p.127) なければならなかった。

一家の主が狂ってしまったブエンディア家は今後どうなるのだろうか。先が気になる方はぜひ本屋さんへ走ってください。私はまた代わりに読みつづけます。

参考文献

1. ガブリエル・ガルシア゠マルケス『百年の孤独』（鼓直訳）、新潮文庫、二〇二四年。
2. Gabriel García Márquez, “Cien años de soledad,” 1967.
3. ロバート・ゼメキス（監督）『バック・トゥ・ザ・フューチャー』（映画）、一九八五年。
4. 伊丹十三（監督）『タンポポ』（映画）、一九八五年。

第5章　空中浮揚に気をつけろ

前章までのあらすじ

アウレリャノは町長の幼い末娘・レメディオスと結婚の約束をし、レベーカはイタリア人のピアノ技師ピエトロ・クレスピと婚約した。毎日が月曜日のホセ・アルカディオ・ブエンディアは家族とコミュニケーションが不能になり庭の栗の木に括り付けられ、アマランタは恋する相手を奪ったレベーカを妬んでいた。

アウレリャノはレメディオスが子供を産めるようになるのを待った。とは言っても、それほど長い時間を必要とはしなかった。「幼いレメディオスが子供の習慣が抜けきらないうちに、破瓜《はか》期を迎えたからだ」。その代わりに、一カ月後に式を挙げるまでのモスコテ家は大へんだった。日々の生活や「男女の結びつきの神聖さ」を教えるのに苦労をした。彼女はまだ幼く「寝小便の癖をなおすために、熱い煉瓦《れんが》の上で用を足させ」(p.129) なければならなかった。

「アウレリャノ・ブエンディアとレメディオス・モスコテは三月のある日曜日……客間にもうけられた祭壇の前で、式を挙げた」(p.129)。いざ結婚式を迎えてみると緊張していたのはアウレリャノの方で、レメディオスは「窓から幸福を祈ってくれる人びとに……手を振って挨拶《あいさつ》し、感謝の笑顔でこたえた」し、「その日から」(p.130)「どんなにつらいときでも忘れない強い責任感、つくりものでない愛嬌《あいきょう》、落ち着いた自制心などを示しはじめた」。「ウエディングケーキのいちばん良いところを切り分けて……(栗の木に縛りつけられた義父) ホセ・アルカディオ・ブエンディアのところへ運んだ」(p.131)。

朝早くから歌を歌い、レベーカとアマランタのあらそいを仲裁した。義父の世話をするうちに「下手くそながらラテン語で話ができるようになっ」た(義父のちんぷんかんぷんのことばは実はラテン語だった)。アウレリャノとピラル・テルネラの間に生まれたアウレリャノ・ホセと名付けられた子供を、彼女は「自分の長男として育てることにきめ」、その母性本能のためにウルスラを驚かせた。「レメディオスはこの家に明るい雰囲気を持ちこんでいた」(p.140) のだった。

「ドン・アポリナル・モスコテが結婚式を挙げてもらうために低地の向こうから呼び寄せたニカノル・レイナ神父」は、祭日も守らぬ人びとの暮らしを見て、ここほど布教の必要な場所はないとマコンドに留まることを決めた。しかし、「霊魂の問題は神さまとじかに話し合って、長いあいだ坊主《ぼうず》なしで片づけて来た」と言って、「誰ひとり神父の言葉に耳を傾けようとしなかった」。そこで信仰心の厚い者が町を訪ねてくるように、ニカノル神父は「世界最大の教会を、この不信仰の町に建て」(p.132)る決心をし「喜捨を求めた」。なかなか必要な金が集まらず「絶望で気が変になりそう」になるが、野外ミサへの参加を呼び掛けると、「好奇心に駆られて大勢の人間が集まった」。「喜捨を求めて声を出しすぎたために痛めた喉で福音を説いた」が、「聴衆がぼつぼつ散りはじめたのを見て、一同の注意を引くために」「神の無限のお力の明らかな証拠」を見せるために、「一杯の湯気の立った濃いチョコレートを……息もつかずに飲み干し……腕を水平に突きだして目を閉じた。すると、ニカノル神父の体が地面から十二センチほど浮きあがった」。「それから数日のあいだ」(p.133)「あちこちの家を訪れて、チョコレートの力による空中浮揚術の実験をくり返し……多額の金を得ることができ」(p.134)た。

もちろん、教会建設は大きく前進したに違いない。しかし、これは人びとが神父を、そして神を信じたと言えるだろうか。なにしろ、神父はホットチョコレートを飲み干し、そして宙に浮いたのだ。もし、人びとがその力を信じたというのなら、それはホットチョコレートの凄さに対してだろうし、そのとき人びとが取る行動は〝ホットチョコレートを買い求めて長蛇の列をなす〟ことではないか。神父自身は空中浮揚を神の力だと信じきっているかもしれないが、人びとは大道芸として受け止めたにちがいない。そしてその大道芸をする神父を愛した。

さて、ピエトロ・クレスピをめぐって、レベーカとアマランタの三角関係はつづいていた。アウレリャノとレメディオスの結婚式と同じ日に、一緒に挙げられることになっていたピエトロ・クレスピとレベーカの式も突然延期になった。「ピエトロ・クレスピのもとに母親の危篤《きとく》を告げる手紙が届けられた」(p.131)からだ。しかし、これも悪意ある誰かの仕業による嘘だった。

延期されたものの、教会が完成した暁にはそこで式が執り行われることになった。「レベーカがいちばん幸せ者ね」とアマランタは嫌みを言う。当初、十年は掛かると言われた建設も、ウルスラやピエトロ・クレスピが多額の寄付をしたことにより「三年で建つはずだ、とニカノル神父は計算」(p.136)するほどになった。アマランタはあせらなかった。花嫁衣装を台無しにしたりして、なんとか式を阻止しようとした。ところが、どれもうまくいかず、やがて「アマランタは気が遠くなるのを感じた」(p.139)。

ひと筋の冷たい汗が背骨を伝って流れた。……彼女はこの時がくるのを考えて恐怖におののいていたのだ。……あらゆる手段が失敗に帰した最後の瞬間には、毒殺だってやりかねない自分であることを心得ていたからだ。(p.139)

アマランタは自分の感情をうまく制御できなくなっていく。「決行は結婚式の前日の金曜日、やり方はコーヒーに阿片《あへん》チンキを一滴まぜ」ると決めていた。ところが予期せぬことが起こってしまう。「レメディオスが、はらわたを裂く吐気」で「目をさまし、……お腹《なか》にふたごを宿したまま自家中毒で死んだ」。このような事態を願ったわけではなかったが、式を延期させるために「何か恐ろしいことが起こりますようにと熱心に神に祈ってきた」アマランタは「良心の呵責《かしゃく》に苦しめられた」(p.139)。

レメディオスは家族みなから愛されていた。彼女を失った家族は喪に服した。「ウルスラは扉や窓を閉めきって……人の出入りをいっさい禁じてしまった」(p.142)。結婚が常に妨げられてしまうレベーカは「途方に暮れ、……また土を口にするようになった」(p.143)。

レメディオスを失ったのは哀しい。可笑しなことの起こるマコンドとはいえ、いまさら何かを言ったところで死んだレメディオスは生き返ったりしない。しかし、よく考えてほ

毒見をする家来たち [3]

しい。ブエンディア家は金属加工業を営んでいるのだ。だとすれば、家のなかには人を殺すことのできる劇薬だってあるはずだ。薬品を厳重に管理し、場合によっては毒見をしたりすべきだったのかもしれない。

かつてドリフターズはお殿様の食事を家来たちが毒見するコントを演じた。

「南蛮渡来の食前酒、ビールでございます」

家来の志村けん、仲本工事、加藤茶は順に毒見と称してグラスにビールを注ぎ、うまそうに喉を潤す。

「異常ございません」

殿様の元に届けられたのは空っぽの瓶だけで、殿様は顔をしかめる。つづいて卵が届けられ、いよいよすき焼きの鍋がやってくる。

「すき焼きでございます」

家来たちは器の中の溶いた卵に絡めたすき焼きの

生卵を飲み干すお殿様 [3]

肉をうまそうに口いっぱいに頬張る。結局、お殿様の元には空っぽのすき焼き鍋が届き、

「なーい！　なんか食わせろ、この野郎!!」

とお殿様の高木ブーはだだをこねるように怒りだすのだ。すると家来たちはこう言う。

「殿には卵がございます」

そして、唯一残っていた生卵をジョッキになみなみになるまで15個も割り入れ、一気に飲み干すのだった。

この世界には、仕方なく生卵を飲み干す人間と、好んで生卵を飲み干す人間とがいる。一方に15個の生卵を飲み干すものがいて、他方には16個の生卵を飲み干すものがいる。高木ブーが演じるお殿様が前者だとすれば、後者は失踪したホセ・アルカディオだ。

「暑さであたりが静まり返った午後の二時ごろ、…

…柱がぐらぐらっとしたので」家にいた家族はみな「地震で屋敷が崩れるのだと思った」。しかし、そうではなかった。「腕や胸に気味のわるい刺青《いれずみ》を一面に彫りつけ」た「とてつもない大男」(p.143)が「すさまじい地響きを立てながらベゴニアで飾られた廊下に姿をあらわし」、顔を合わした者に次々と「やあ」、「やあ」と、しまいにはウルスラにも「やあ」と声を掛けていったのだ。ついに長男ホセ・アルカディオがマコンドに帰還したのである。ウルスラは「うれしさのあまり何やらわめき、泣きながらその首にとびついていった」(p.144)。船乗りとなって「六十五回も世界を回ってきた」(p.146)ホセ・アルカディオは「三日間も眠りつづけた。目をさますと、十六個の生卵を飲んでから、まっすぐにカタリノの店へ向かった」(p.145)のだった。

なんとワイルドな男なのだろう。そして、ホセ・アルカディオは無遠慮な目つきでレベーカの体を見てこう言った。

「お前も、なかなかいい女になったな」(p.147)

しかし、入れ替わるようにして失踪した彼は彼女の姿など見てはいないのだ。そもそも家族のみなが興味を惹こうとしても「ホセ・アルカディオは、……昔のことなど忘れていた」(p.147)。にもかかわらず、彼は逆に会ってもいないレベーカとかつて会ったと思っている。

会ってもいない相手を「いい女になった」と言ったホセ・アルカディオが私にまた別な男を思いださせた。80年代の笑福亭鶴瓶だ。かつて『笑っていいとも!』でタモリと笑福亭鶴瓶のトークコーナーがあった。そして、私の記憶に鮮明に残っているのは、会った覚えもない女性に呼び止められても、

「おぼえてるでぇ」

と返すその笑福亭鶴瓶の軽々しい応じ方だ。タモリはそのいい加減さを諭した。でも、人とは相手に覚えていてほしいものだ。仮に会ったことがなかったとしても、知っていてほしい、ひょっとしたら覚えていてくれるのではないか。そんな論理矛盾した願望を時として人は抱く。そして、その論理矛盾を軽々と乗り越えてしまう「おぼえてるでぇ」という言葉が若き笑福亭鶴瓶の人気にいくらか貢献していたに違いない。

『タモリ鶴瓶のおぼえてるでェ!』
[4]

その人気コーナーを書籍化した『タモリ鶴瓶のおぼえてるでェ!』を手に取り、読んで

みて驚いた。「今週もおもろいことおましたで」([4]p.26)などと言って話しはじめるのは、この番組のために東京へ向かう飛行機で見つけた機上の可笑しな話なのだ。芸人は可笑しな話をひっさげて関西からやってくると想像しがちだが、ひっさげてくるのではなく、来ることが予め決まっていて、来る途中で面白い話を見つけてきているのだった。もちろん、その一つ一つの話が今読んでみても確かに面白い。その場に居合わせたものは目を輝かして聴き入ったことだろう。

一方、ホセ・アルカディオは遠い国々で経験した冒険話を魅力的な表情をして話した。レベーカもまたそんなホセ・アルカディオに一目会った時からとりこになった。あれほど結婚しようと腐心してきた「ピエトロ・クレスピなどはただのきざな優男《やさおとこ》にすぎないことを悟った」(p.147)。そして「レベーカは彼の寝室へ足を向けた」(p.148)。彼女に気づくと、

「こっちへおいで」

と彼は言い、二人は結ばれる。「彼女はそのまま息絶えそうになるのを必死にこらえ……この世に生を享《う》けたことを神に感謝」(p.148)した。彼はピエトロ・クレスピのもとを訪ね、結婚することになったと告げた。「三日後の五時のミサで、ふたりは結婚式を挙げた」(p.149)が、ウルスラは絶対に彼らを許さず、「二度とこの家の敷居はまたがせないと申し渡した」ため「仕方なく彼らは、墓地の真正面に小さな家を借りて、……落ち着い

た」(p.150)。

そして残されたのはピエトロ・クレスピとアマランタだった。依然としてピエトロ・クレスピは火曜日ごとに昼食に呼ばれており、あるときアマランタが「万事によく気がついて、心根もやさし」(p.151) いことに気づくのだった。そして、彼は結婚を申し込んだ。ところが、アマランタはこの申し入れを留保する。「いいわよ、クレスピ。でも、この気持ちがはっきりしてからよ。あせると、ろくなことないわ」(p.151)

レメディオスを失ったアウレリャノは「ふたたび仕事に没頭したが、舅を相手にドミノをする習慣は捨てなかった」(p.152) し、誰とも再婚しようとはしなかった。この時期、マコンドの町も、国内の政情もきな臭くなっていた。「選挙が間近に迫ったころのある日」モスコテは「自由主義者たちはいよいよ戦争をおっぱじめる気らしい」と言った。アウレリャノは保守党と自由党の違いについてモスコテから教わり、「自由党の態度に好感をいだいたが、……手で触れられないもののために、なぜ戦争という極端な手段に訴えなければならないのか、その理由がよくのみ込めなかった」(p.153)。ところが、ともに選挙に立ち会ったドン・アポリナル・モスコテが自由党に投じられた票を保守党への票に入れ替えたのをみて、不信感をあらわにする。

「ぼくが自由党だったらこの投票用紙のことだけでも、戦争をおっぱじめますよ」(p.154)しかし、それでも彼は冷静さを失わない。「友人たちのすすめで、……アリリオ・ノゲーラ医師を訪れた」。彼は「誰にも意味のわからない」(p.155)「〈釘《くぎ》をもって釘を抜く〉と書かれた……看板をさげて、マコンドにやって来た……人の好《よ》さそうな」(p.156)医師だったが、実のところ「保守体制の打破という考えに夢中になっていた」(p.157)アウレリャノの友人たちを煽動していたのだ。彼はテロリストとして政府関係者とその家族を粛正することによって政府転覆を企てていたのだった。

保守党にも、また自由主義を求める者たちにも、どちらにも失望したものの、彼は事態を静観する。「すでに体格のいい若者に成長していたアルカディオは、……戦争のうわさで日ましに興奮し」(p.159)「ニカノル神父を銃殺し、教会を学校にかえ、自由恋愛を認め」ようと主張したが、「アウレリャノは鼻息の荒い彼を抑え……慎重さと分別をすすめた」(p.160)。

ある日、「戦争が始まったわよ!」とウルスラが仕事場に駆けこんできた。「実際には、すでに三ヵ月前から始まり、全土に戒厳令が敷かれていた」。夜明け前に、部隊は町を急襲し占領した。「午後六時以後の外出を禁止した」。武器になりそうなものを片っ端から没収していった。テロリストと目された「ノゲーラ医師を……裁判にもかけずに銃殺した」(p.160)。

空中浮揚の術で軍を驚かせようとしたニカノル神父は、兵隊に銃の台尻《だいじり》で頭をぶち割られた。(p.160)

「自由主義への熱狂は消えて沈黙の恐怖が生まれた」(p.160)。もちろん神父は軽率だったのだ。だから殺されても仕方がない? ほんとうにそうなのだろうか。健全で真面目に生きていなければ、生きていてはいけないのか。軽率な者も、慎重な者も、賢い者も、冗談を言うだけの者も、みな等しく生きている自由があるのではないか?

まだアウレリャノは冷静を保っていた。しかし、「ひとりの大尉《たいい》がすべてを掌握し……狂犬に嚙まれたある女は、大尉に指揮された四人の兵隊によって……通りのど真ん中で銃でなぐり殺された」とき、アウレリャノは立ち上がった。火曜日の真夜中、友人のヘリネルド・マルケスを含む「二十一人の男は、……守備隊を不意打ちし、兵器を奪い、女を撲殺した大尉と四人の兵隊たちを中庭で銃殺した」(p.161)。

彼は甥のアルカディオを町長兼司令官に任命した。「革命軍総司令官、ビクトリオ・メディーナ将軍の部隊に合流すべく、恐怖から解放された町の人びとの歓呼を浴びながら、夜明けに出発した」(p.162)。それに先立ち、舅の元をアウレリャノは訪ねていた。

「アウレリト、ばかなまねはやめるんだ！」(p.162) とモスコテは言った。

「ばかな、ってことはないでしょう。戦争ですよ。二度とぼくを、アウレリトと呼ばないでください。今ではぼくは、アウレリャノ・ブエンディア大佐なんです」(p.162) とアウレリャノは言った。

　戦争がはじまってしまった。戦地に向かう私たちのアウレリャノはどうなってしまうのか。先が気になる方はぜひ本屋さんへ走ってください。私は引きつづき読みつづけます。

参考文献

1. ガブリエル・ガルシア＝マルケス『百年の孤独』(鼓直訳)、新潮文庫、二〇二四年。
2. Gabriel García Márquez, "Cien años de soledad," 1967.
3. フジテレビ『ドリフ大爆笑'90〈毒見役〉殿！ 異常ございません。』、一九九〇年。
4. 『タモリ鶴瓶のおぼえてるでェ！』、フジテレビ出版、一九八七年。

第6章　乱暴者、粗忽者ども、偏愛せよ

前章までのあらすじ

第5章では、ホセ・アルカディオ・ブエンディアの次男アウレリャノが、政府軍の暴力に抗うため、アウレリャノ・ブエンディア大佐を名乗り、革命軍に合流すべくマコンドを去った。

第6章は戦時中のマコンドの様子が描かれる。出発に先立ち大佐はアルカディオにこう託したのだった。

「マコンドはお前にまかせる。このすばらしい町を、おれたちが戻ってくるまでに、もっと立派にしといてくれ」(p.164)

今回はこのアルカディオが主役である。と言ってみたところで、それはいったい誰なのか。はじめて『百年の孤独』を読んだ時、私はそう思ったのだった。えっと、どっちのアルカディオだっけ。いや、アルカディオはひとりっきりだ。いまとなってはそれくらいわかっているつもりだが、気付け薬として家系図を眺める。

いや、ブエンディア家の家系図ではない。柳家一門の家系図だ。言わずと知れた人間国宝・五代目柳家小さん、そして六代目小さん。小さんがたくさん出てくる。わけがわからなくなってくる。家系図を眺めても、誰がだれだかわからない。そこで私は小さんの落語を聴きながら、エピソードを読むのだった。五代目柳家小さんは「ちらし寿司」が好きだった。ある日、「今夜はちらし寿司が食べたい」というので家のものが出前を取った。小さんは一人前をぺろりと平らげ、「明日はいなり寿司が食べたい」と言って床に入った。そしてそのまま翌朝にはあの世へ旅立っていたという。あるいは、剣道が好きだった。弟子の柳亭市馬はこう懐古する。「師匠が『おう、稽古するぞ』って言うんで、急いで着物に着替えてったら『何で胴着を着てこない！』」([4]p.83) と怒られた。落語の稽古はしてもらったことがないが、剣道の稽古はたっぷりしてもらったと懐かしそうに語るのだ。五代目小さんはちらし寿司好きの剣道好きである。こうして考えてみると、人にリアリティを感じるためには、家系図などよりも、たとえばその人が何を偏愛したのかということを

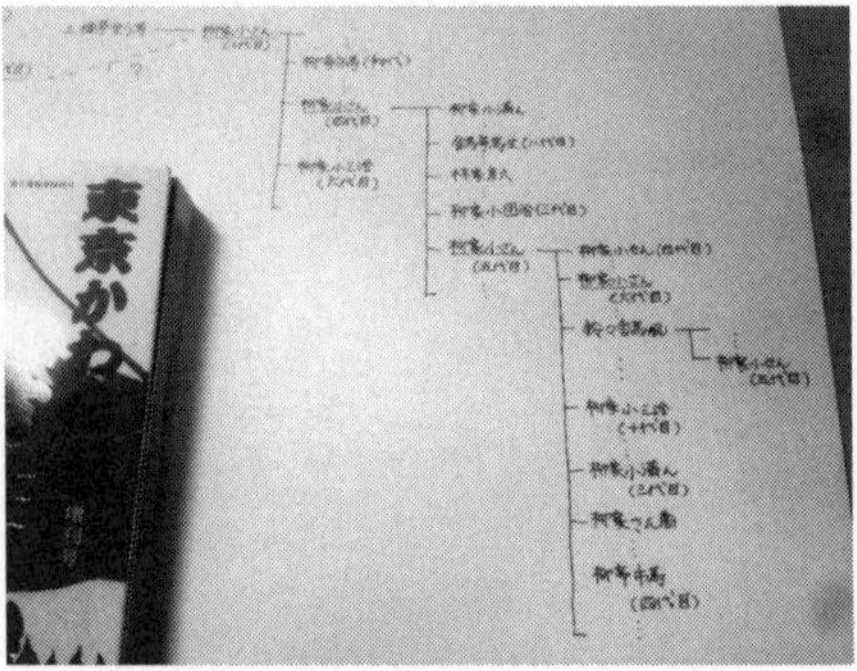

柳家小さんの系譜 [3]

知ることがとても重要だということに気づかされる。

　では、アルカディオはいったいなにを偏愛していたのだろうか。伯父のアウレリャノからマコンドをもっと立派にと託されたアルカディオは「ひどく勝手な解釈を加えた」。学校の生徒たちに軍服を着せて武装させ、「通りを徘徊《はいかい》させた」(p.164)。十八歳以上の男子を対象に徴兵制を敷いた。午後六時以降は外出禁止とした。ニカノル神父に教会の鐘を鳴らすことを禁じた。そしてその一つ一つには意味はなかったかもしれず、ただそれを指示してみたかったのだ。

　指揮を執りはじめた当日から、アルカディオは布告好きなところを示した。(p.164)

　そうだ、布告が好きだったのだ。それもちょっとやそっとのものじゃない。

　一日に四回も布告を出した。(p.165)

　三度の飯より布告好きとはこのことである。意味もなく布告してみたくなる。手持ち無沙汰になると布告する。そして、それは何かの目的のためにするのではなく、ただ純粋にその行為をしてみたい。私にもそういう心当たりがあったのだ。

　プロ棋士・羽生善治がはじめて竜王位についた年のことだった。ある日、私が小学校から帰ってくると、ちょうど父が新しく衛星放送が映るようになったテレビで竜王戦の中継を観ていた。日曜日のNHKでやっている早指しの対局とは違って、画面は静止画のように、しんとしている。唐突に扇子を取り出しては、しばらく扇いで盤上を睨みつける。なかなか次の一手が指されない。あろうことか、棋士はフルーツを食べている。いったいこれはなんだろうか。私はその速度の違いに圧倒されていた。そして、しばらくすると驚くことに、何やら紙に書いて、その日の対局は終了してしまったのである。

「どっちが勝ったの?」

と問う私に父が首を振りながら言った。

羽生善治は立会人から封じ手を示される
（第 52 期名人戦）写真：毎日新聞社 / アフロ

「明日、またつづきをやるんだよ」

そして私はその日、生まれてはじめて「封じ手」なるものの存在を知ったのである。一方だけが次の手を考える時間を手にして有利になることがないように、次の一手を書いて明くる朝まで封をする。興奮した。そして私はこう思ったのである。

「私も封じ手をやってみたい」

すぐさま私は「うちで将棋大会やるから！」と声を掛け、友人を集めた。そして、封じ手を記入するための紙と封筒も用意した。何人かでトーナメント戦をやり、いよいよ決勝戦。私は決勝には残らなかったが、もちろんそれでよかった。強豪な二人の対局が中盤を迎えた頃、私は立会人よろしく、神妙な面持ちで宣言した。

「では、それそろ封じ手を」

おやつの時間だった。私はおもむろに用紙を取り出して盤面を記入し、そして次の一手を赤エンピツで書き込むように促した。怪訝そうに指示に従う友人たちから紙を受け取ると、立会人である私がその封筒に封をした。おやつをみんなで食べ、いよいよ封筒の封を開けた時、友人がぼそっと言った。

「盤面がちがう」

なんということだろうか。仕方なく、次の一手をやりなおし、対局をつづけた。それでも私の心はとても満たされていた。意味もなく封じ手をする。あれほど気持ちよいことがあっただろうか。後日、将棋をやろうよと声を掛けると、友人が言った。

「でも、**封じ手**はちょっと」

私はまわりの気持ちなどまったく見えていなかった。いま考えても、まるで子供。いや、子供だったのだが、やたらと布告したがるアルカディオもまるで子供であるということに気づくのだった。「たかが学校の生徒じゃないか、大人のまねをして楽しんでいるんだ」(p.165)。町のものはみなそう思っていた。しかし、アルカディオは彼をファンファーレで迎えたカタリノの店の楽団員を、自分を侮辱したかどで銃殺にしてしまう。これに抗議するものはみな学校の一室に監禁する。ついには事実上の支配者になったアルカディオのことを悪く言った町長ドン・アポリナル・モスコテを捕まえた。あわや銃殺かという時に、突撃してきた祖母・ウルスラの一撃と叫び声によってそれは未遂に終わった。「アルカディオは蝸牛《かたつむり》のように体を丸くしてその場にうずくまった」(p.166)。

どうしてアルカディオはこんなにも暴力的で、それでいて芯の弱い人間になってしまったのだろうか。ウルスラは「わが子同様に彼を育ててきたつもりだった」。ところが、不眠症の流行や、ホセ・アルカディオ・ブエンディアの痴呆、娘たちとピエトロ・クレスピとの三角関係など、ブエンディア家を次々と襲う難題の傍らで、真剣に彼を相手してやる者がいなかった。「子供ながらも淋しく、おどおどしながら生きてきたのだった」。「ほんとうに彼のことを心にかけてくれたのはメルキアデスだけ」(p.175)だった。彼はメルキアデスが死んだ時、生き返らせようと努力し、それが叶わないことを知って、心の中ではげしく泣いたのだったし、またそれほど悲しんでいることに気づく者もいなかったのである。なんという孤独だろうか。そして、彼を救ってくれたのは、「みんなが彼の言うことを聞き尊敬してくれる学校」と「断固とした布告ときらびやかな軍服で象徴される権力」(p.176)だけだった。

もう一つ、彼の求めたのが女だった。しかも、あろうことか相手は実の母のピラル・テルネラだ。彼は出生の秘密を知らなかったのである。ある日、学校で彼は「不安に震えながらハンモックの上で」待ち伏せし、通りかかるや「手首をつかんでハンモックに引き入れようとした」(p.177)のである。

「ほんとはわたしも、あんたの好きなようにしてあげたいのよ。でもね、だめなの。神様に誓ってもいいわ」(p.177)

それでも言うことを聞かないアルカディオに困ったピラル・テルネラは、ここじゃなくて夜にしてほしいと言ってその場を抜け出した。けれど、アルカディオが夜約束の場所に入り、そこで抱いたのは「待っていた女では」なかった。その女は、サンタ・ソフィア・デ・ラ・ピエダと言い、ピラル・テルネラが「全財産の半分……を……与えて」自分の代わりになってもらった生娘だった。しかし、それ以来「彼は仔猫《こねこ》のように体を丸くして、彼女のわき腹のぬくもりを求めた」し、学校の「缶入りバターと玉蜀黍《とうもろこし》の袋のかげで愛し合っ」(p.178)た。じきに「ひとりの娘が生れ」(p.179)た。

ウルスラには頭の痛いことがたくさんあった。アルカディオのこともそうだが、ホセ・アルカディオとレベーカのこともそうだし、そしてアマランタとピエトロ・クレスピのこともそうだった。もはや邪魔するものはなにもなく、「たがいの気持ちを深めあっていた」(p.169)。ところが、ピエトロ・クレスピが「これ以上待たされるのは嫌だ。来月、結婚しよう」と言うと、なぜか「死んでもあなたと結婚なんかしないわよ」と言ってしまう。絶望し、泣きつづけ、そして「雨だというのに夜、せめてアマランタの寝室の明かりでも見ようと、絹のこうもり傘をさして屋敷のまわりをうろついている彼の姿が見られた」

(p.172)。とても危ない兆候だ。そして、ある朝弟が店をあけてみると、手首を切って自殺しているのが見つかったのだった。アマランタはアマランタで、自分のしたことにショックを受け、火に手をつっこんで火傷をするという自傷行為に走ってしまう。

頭が痛い。夫のホセ・アルカディオ・ブエンディアに話すにしても、悪い話をすると、哀しそうな顔をするものだから、そのうち嘘を話すようになり、しまいには彼女自身もその嘘によって騙され癒されるようになってしまう始末である。そして、唯一の頼りであるアウレリャノ・ブエンディア大佐に手紙を出そうと思った頃には、戦況が酷いことになっていた。

「季節にしては早すぎる雨が降りはじめた三月のある朝、それまでの数週間の張りつめた静寂が、突然、けたたましいラッパの音で破られ、そのあとの大砲の一発で教会の塔がくずれ落ちた」(p.184)。政府軍が攻め込んだのだ。アルカディオが指揮する部隊はなけなしの弾をすぐに使い果たし、「敗北がもはや時間の問題になったころには、丸太ん棒や庖丁《ほうちょう》をかまえて通りに飛び出していく女たちさえいた」(p.185)のである。そして通りで丸腰になったアルカディオを庇おうと、ウルスラが屋敷に引きずり込もうとする。

「その男のそばを離れるんだ！　どうなっても責任は持てないぞ」(p.186)

敵兵がそう言うと、「アルカディオはウルスラを家のほうへ突きとばして、敵に投降した」(p.186)。

アルカディオは「略式の軍事裁判」で死刑を言い渡された。その間、彼は思い出していた。ウルスラのこと、生まれて間もない娘のこと、これから生まれてくる赤ん坊のこと、妻のサンタ・ソフィア・デ・ラ・ピエダのこと。そして「感情をぬきにして家族の者のことを考え、……これまで憎んできた人間を実際には深く愛していることを悟った」(p.187)。

言い残すことはないかと言われて、娘には祖母であるウルスラの名前を、また生まれてくる子供が男だったら祖父の名前をもらってホセ・アルカディオに、と言った。

いよいよ処刑されるという段になって、「ニカノル神父からぜひ付添いをという申し出があった」(p.188)が、アルカディオはその申し出を断った。私はここでわけがわからなくなってきた。突然、ニカノル神父と心の中での対話がはじまるのだった。

「お前さん、本当にあのニカノル神父かい?」

「えぇ、そうですとも。この辺りで神父は私ひとりっきりでして」

「あんた、戦争が始まったときに、兵隊さんを驚かそうとしてホットチョコレートを飲んで、頭をかち割られて死んだじゃないのかい?」

「あっ」

「あじゃないよ、あじゃ。いまアルカディオの話がいいところだったんだから」

柳家小さん「粗忽長屋」[5]

なぜだかさっき観た落語の口調を真似ていた。観ていたのは五代目柳家小さんの得意ネタ「粗忽長屋」だった。江戸に住む町人の熊五郎と八五郎は兄弟のように仲がいい。二人はそそっかしくて、物忘れが激しい、いわゆる粗忽者だ。ある日、八五郎が浅草は雷門に出かけると、人だかりが出来ている。どうやら行き倒れた者がいるらしい。顔を拝もうと人をかき分けていくと、そこで倒れていたのは熊五郎だった。

「こいつは熊五郎っていうんです。このままにしておけねえから、死体を引き取りに、当人を呼んできます」とわけがわからない。「お前、浅草で行き倒れてるぞ」と家で叩き起こされた熊五郎も「まだ死んだ気がしねえ」といいながらも自分の亡骸を引き取りに向かう。熊五郎は「これはわたしに違いない」といい、まわりのものはまたおかしなことをいうひとが増えたと困り果てる。しまいには、

「うるせえ、余計なこと言うな。当人が見て俺だって言っ

てるんだ」と強弁し、死体を抱えてみるのだが、そこでこう言うのだ。

「兄貴、俺なんだかわかんなくなってきちまったよ。抱かれているのは確かに俺だが、抱いているのはいったい誰だろう」

あまりに粗忽すぎて死んだことにも気づかない。それはニカノル・レイナ神父もそうなのだった。軽々しく兵隊に向かって空中浮揚をしてみせて殺されたり、死んだにもかかわらずほいほいと平気で町中に出てくる。軽率にもほどがあるというものだ。アルカディオもまた銃殺される直前までそそっかしい。死ぬ間際に何を思い浮かべていたか。


死体となったレメディオスの鼻の穴で強く関心を引いたあの氷のような硬さを、自分の鼻の先にも感じた。（p.189）

そして、こう言うのだ。
「しまった！……女が生まれたら、レメディオスとつけるように言っておくんだった」（p.189）
もはや家系図などどうでもよくなってくる。こんな粗忽な人がいて、銃殺されたということだけを覚えている。どういう関係だかはよくわからないが、ただぼんやりと。それはなにかに似ていないかと私は考えて思い当たったのが、お葬式で会った遠い親戚である。祖父が亡くなった時、葬式に集まってきた祖父や叔父にそっくりのひとたちに驚いた。いろんな人が語る祖父のエピソード、その人が語る生い立ち。誰がだれなのか全然わからなかったし、あとで折に触れて父や祖母の話に出てくる親戚もそのどの人かはわからなかった。

「それって、あの背の高かったおじさん？」

「そっちはお兄さん」

まさにそれなのだ。最初はまるでほとんど他人事として読む。誰かはわからぬが、そういう人がいたということだけははっきりとわかる。次に読む時には、もっと身内のものとして、そのつながりがわかってくる。それぞれの痛みを感じながら。それはどちらがいいということではなく、それぞれが違う立場で読んでいる。少しずつ近親者になっていく、不可逆的な経験をしているのである。そう考えれば、はじめて読む時に、正確に読めなくても仕方がないだろう。いや、読めなくて構わない。何しろ、そんな他人事として読めるのは、最初の一回だけなのだから。二度とは読めない読み方で読む、その一回きりであることが大切なのだ。

アルカディオに銃が放たれる。あなたはこの粗忽で乱暴な男がいたことをはっきりと記憶に刻む。私たちは、彼が立派だからではなく、粗忽であるからこそ覚えるのだ。もはや、アルカディオが誰の子であろうと構わない。この可笑しな偏愛の男が私たちの心に焼きついただろう。銃が放たれる。熱い血が流れる。彼は叫ぶ。

「腰抜けめ！　自由党、万歳！」(p.190)

私はふたたび不安になる。正確に読めなくても構わないなどと言うのは、代わりに読む者の責任の放棄ではないだろうか。そうかもしれない。いや、それでも読み進めるのだ。読み進めなくてはならないのだ、ゆっくりと。そして先が気になった人は本屋さんへと走ってください。

参考文献

1. ガブリエル・ガルシア゠マルケス『百年の孤独』（鼓直訳）、新潮文庫、二〇二四年。
2. Gabriel García Márquez, "Cien años de soledad," 1967.
3. 「寄席演芸家名鑑」、東京かわら版、二〇一三年一〇月増刊号。
4. 浜美雪『師匠噺』、河出書房新社、二〇〇七年。
5. 「粗忽長屋」（五代目柳家小さん 落語傑作選全集）、NHKエンタープライズ、二〇〇四年。

第7章　いつもリンパ腺《せん》は腫《は》れている――大人のための童話

　戦争が始まり、そして戦争が終わった。その少し前に「先住民の祈禱師《きとうし》に変装したアウレリャノ・ブエンディア大佐は、……敵の手に落ち」ていた。「逮捕の知らせは異例の布告によってマコンドに伝えられ」、母・ウルスラは息子の無事を神さまに祈った。数日後「菓子を作るつもりで台所でミルクを掻き立てていると、息子の声が耳元ではっきり聞えた」(p.191)。

「アウレリャノだわ！」(p.191)と彼女は叫んだ。

「あの子は生きてるのよ。もうすぐ会えるんだわ」(p.192)

　それはある種の予知だったにちがいない。その後伝わってきた噂によれば「アウレリャノ・ブエンディア大佐には死刑の宣告がくだされ、その執行は町の者のみせしめにマコンドで行われる、ということだった」(p.192)。

夏が終わり、秋が来て、あたりはすっかり寒くなっていた。私はただひたすら『百年の孤独』を読みつづけていた。そして、寒くなってからというもの、ずっと首が痛かったのだ。ひょっとしてアウレリャノの体とシンクロしているのではないか。もちろん、そんなことを信じてなどいなかったし、正直そんな不思議な経験をこれまでしたことはなかった。だが、これだけ執拗に一つの物語を読みつづけるという無謀な挑戦もまた経験がなく、だとすれば何かしらシンクロしてきてもおかしくないのではないかと思ったのだった。ウルスラが首を長くして待っていたように、私もまた首が回らないままに、アウレリャノのマコンドへの帰還を待っていた。

月曜日の午前、「遠くで騒がしい人声とラッパの音」がした。「ウルスラとアマランタが人混みを掻きわけて通りの角まで走っていくと」(p.192)、そこにはまるで物乞い同然の大佐の姿があった。

「わたしはここだよ!」と叫んだウルスラはなんと「取り押えようとする兵隊の顔に平手打ちをくわせた」(p.192)。大佐は「きびしい表情でその目をのぞき込みながら」、

「家へ帰んなさい、ママ。許可をもらって、営倉へ面会に来るといい」(p.193)

と言ってなだめた。

「日が暮れるころ、ウルスラは兵営にアウレリャノ・ブエンディア大佐を訪ねた」(p.193)。ウルスラと兵隊との問答の末、「上層部からの命令で死刑囚には面会は許されていなかったが、将校は全責任を負って、とくに十五分間の面会を許可した」(p.194)。ウルスラは「部屋にはいったとたんに、わが子の成長ぶりや自信にみちた態度、その全身から発散するまばゆいほどの威厳に気おくれを感じ」、そして驚かされることになった。というのも、「ピエトロ・クレスピの自殺、アルカディオの専横とその銃殺」、「ホセ・アルカディオ・ブエンディアの泰然自若ぶり」(p.195)、自らの子・アウレリャノ・ホセの利発な様子など、大佐が町を出てから起こったことをなんでも知っていたからだ。

「ぼくに先のことがわかるってことは、ママも知ってるじゃないか。……今朝だって、ここへ連行されて来たとき、……とっくの昔に経験したことのような気がしたんだ」(p.195)。

そう言う大佐の言葉を聞きながら、私もまたとっくの昔にこの場面を見たような気がしたのだった。それもそのはずで、私は『百年の孤独』を何遍も読んでいたからだ。しかし、何遍も読んでいるからといって、完全にその先を予測できるわけではない。おもしろいことに、何度読んでも騙されることがある。そうだった、ここでは死なないんだった！　またー本やられたなあと頭を掻く。つまり、すべてを一度見たからと言って、同時進行的に現実を見ながら前に進められるというわけではないのである。事が起こる瞬間には、見ているのではなく、予め見た事を思い出しているだけだ。それに、あることについて「あっ、これはこの先こうなる。ということは……」と考えてしまっては、目の前のことからは目を背けて、別のことを考え込んでいることになる。だから、既視感というのは、一方でそうでないかもしれない可能性を放棄することでもある。いや、言ってる方もなにを言っているのかわからないのだが、これはなんだか書き留めておくべき予感がするのでごにょごにょと書き留めさせてもらいたい。「経験したことのような気がしたんだ」(p.195) と言った大佐もまた、そんな気がすることについて何か考えていたのだろうか。

「何をぼんやりしてるの。時間がどんどんたってしまうわ」(p.196) とウルスラが言った。私もまた、時間とそして紙数を費やしてしまった、申し訳ないことに。

「「そうだね」とうなずいて、アウレリャノは答えた。「でも、まだそれほどじゃないよ」」(p.196)。そうであれば有り難い。

「長いあいだ待ちこがれていた、そして両名ともに聞きたいことを準備し、答えさえも予想していた面会は、ふだんのありふれた会話に戻っていった」(p.196)。ただ一つだけ、変わったことがあるとすれば、アウレリャノ・ブエンディア大佐の「腋《わき》の下のリンパ腺《せん》が腫《は》れ上がっている」ということだった。彼はその痛みのために「部屋の粗末なベッドに両腕を大きくひろげて横になっていた」(p.195)。面会時間が終わりに近づくと、彼は自分で書いた詩を誰にも読ませずに燃やしてくださいと母親に手渡し、ウルスラはと言えば、「リンパ腺には、熱い石を当てるといいのよ」(p.197)と民間療法を伝授して部屋を出ていった。

それにしても、どうして人は民間療法を薦めたくなるのだろうか。私が思い出すのは、いわゆる医者いらずである。医者いらずとはアロエのことで、なんにでも効くことからそう呼ばれていた。小さいころ、火傷をしたりすると、たちどころに近所の家の軒先に置かれた植木鉢から祖母がそのアロエの茎をポキリと折り、「医者いらず、もろてきたでぇ」と帰って来た。勝手に折ってきていたような気もするのだが、まったく悪びれる様子もなく、中のジェル状の果肉を剝き出しにして、祖母は火傷の患部にぺたりと貼り付けてくれるのだった。それにしても、あの医者いらずはいつのまに、どうやって私たちの近隣に広まったものだったのだろうか。当時はまだ、アロエゼリーやアロエヨーグルトなどが出回るよりも前で、まさか将来、アロエ入りのヨーグルトやゼリーをぱくぱく食べるようになるとは、私はまったく予期だにしなかったし、そもそもその植物がアロエという名だということすら知ることもなかったのである。

大佐には死の予感すらなかった。物心がついたころからの予言の能力のおかげで、戦争中何度も命を狙われたものの、生きながらえることができたのだった。ところが、死刑の宣告を受けて以来、「彼は予感に見放されていた」(p.199)のだ。「死というものは明確な、見誤りようのない、そして打ち消すことのできないある徴候とともに訪れると考えていた」(p.197)。しかし、そこにあるのは「腫れたリンパ腺の痛み」だけだった。痛みのために「夜は一睡もできなかった」(p.199)し、翌朝に「歩哨がコーヒーを持ってはいって来た」時にも、リンパ腺の腫れに苦しんでいた。「翌日の同じ時刻にも、彼は相変わらず腋の下の猛烈な痛みに苦しんでい」(p.200)た。日が経ち、金曜日を迎えても、まだ彼の判決は執行されていなかった。語り手は繰り返す、大佐は腫れたリンパ腺の痛みに耐えなくてはならなかった、と。問題はとにかくリンパ腺の痛みだ。

それほど死刑の執行が遅れたのは「実をいうと、敵方には判決を執行する勇気がなかった」からだった。それというのも「大佐の銃殺はマコンドだけでなく、周辺の低地に重大な政治的結果をもらたすと」彼らは考えたからだし、大佐を殺した者は早晩殺されると噂されていたからだった。そこで彼ら政府軍の将校たちは「州都の当局者にことを諮《はか》ったのだ」(p.200)。それも、なるべく返事が来ないようにと祈りながら。これほどまでに、手紙が来ないことを望んだものが過去にいただろうか。

一方で、手紙が来ることを心の底から切望する者がいた。『ふたりはともだち』のがまくんである。ある日、かえるくんが通りかかると、家の前で悲しそうにしているがまくん

がまくんの家の前を
通りかかるかえるくん [3]

が目に入った。事情を尋ねると、彼は言う。

「いま、一日《いちにち》のうちの　かなしい　ときなんだ。つまり　おてがみを　まつ　じかん　なんだ。そうなると　いつも　ぼく　とても　ふしあわせな　きもちに　なるんだよ。」([3]p.54)

なぜなら、彼はいままで一度も手紙をもらったことがないからだった。手紙だ、手紙がほしいぜ、このやろう。人生、ろくなことがないと言わんばかりに、大きな声を出してがまくんは叫ぶのだ。

「Blahhh!」

ところが、手紙など来ないでほしいと思っているマコンドの将校たちの元にはあっけなく「月曜日の郵便で正式の命令書が届いた。二十四時間内に処刑をとり行うべし、という内容だった」(p.201)。そこで、執行する者を決めるために、みなでくじを引くと、ロケ・カルニセロ大尉が引き当てた。

「まったく、おれってついてない」(p.201)

そこでかえるくんは急いで家に帰り、がまくん宛の手紙を書き、カタツムリに配達を託すのだ。かえるくんはがまくんの家に戻り、今度こそ手紙が来るかもしれないと励ます。やたらと手紙を待とうよと励ますかえるくんを不審に思ったがまくんはかえるくんが素敵な手紙を書いてくれたことを聞き出す。

「しんあいなる　がまがえるくん。ぼくは　きみが　ぼくの　しんゆうで　ある　ことを　うれしく　おもって　います。／きみの　しんゆう、かえる」([3]p.62)

「ああ、とても　いい　てがみだ。」([3]p.63)

そして、ふたりは一緒に手紙を待つことにする。

ふたりは　げんかんに　でて　てがみの　くるのを／まって　いました。／ふたりとも　とても　しあわせな　きもちで　そこに　すわって　いました。([3]p.63)。

数日後、ふたりはカタツムリから手紙を受け取る。かえるくんはがまくんを悲しみの淵から救ったのだった。

カタツムリから手紙を受け取る [3]

　ロケ・カルニセロ大尉にも救いが訪れる。いよいよアウレリャノ・ブエンディア大佐は銃殺のために兵営から中庭に連れ出された。大佐はやはりまだリンパ腺が腫れている。そして、言うのだった。

「リンパ腺が破れた夢を、ちょうど見ていたところだ」(p.201)

　そして、「塀を背にして立って……、腋の下の燃えるような腫物のために腕がおろせないので、両手を腰にあてがって」兵隊たちの文句を「くそっ」「くそっ」(p.202)とくり返した。そう彼がつぶやいたのを、「てっきりお祈りでもしているのだと信じて心を動かされた」(p.203)ロケ・カルニセロ大尉の元に、突然大きな声が聴こえた。

「撃つのは待ってくれ!」(p.203)

　それは「いつでも撃てるように恐ろしい愛用の

猟銃をかまえて、通りを横切ってくるホセ・アルカディオの姿だった」(p.203)。

「あんたが来てくれたのは、まさに天の助けだ」(p.203)

ロケ・カルニセロ大尉たちはアウレリャノ・ブエンディア大佐と共にマコンドを走り去り、革命軍に合流した。そして、新しい戦争が始まったのだった。

この時期のブエンディア家はどのようなことが起こっていたのだろうか。前回、銃殺されたアルカディオの妻・サンタ・ソフィア・デ・ラ・ピエダとその子供たちがブエンディア家に引き取られた。上の姉はレメディオス、下の子は双子でそれぞれ、ホセ・アルカディオ・セグンド、アウレリャノ・セグンドと名付けられた。つまり、２世ってことだ。いいことばかりではなかった。一つは、アウレリャノ・ブエンディア大佐を助け出した兄のホセ・アルカディオがある日、狩りから帰宅して、部屋に入った途端に銃声が鳴り響き、謎の死を遂げたことだ。彼らはアルカディオが建てた新築の家にしばらく前に移り住んで暮らしていた。ホセ・アルカディオの死以来、妻のレベーカは誰とも交流することなく、いつしかマコンドの人びとからも忘れ去られてしまった。

さて、どうして私は『ふたりはともだち』のことを思い出したのだろうか。それで思い当たるのが、このところ絵本をプレゼントする機会がたびたびあったという事実である。最近、友人に子供が出来たという知らせを受け取ることが多くなった。それで、しばしば赤ちゃんに会いに友人を訪ねたりする。なにをプレゼントしようかと考えて、いろいろ考えた末、最近は本を贈ることに落ち着いてきた。書店の絵本や児童書のコーナーであれこれ開いてみては考えるのだ。ついついお話のしっかりしているものを選んでしまいそうになるが、あくまで読むのは私ではない。これはまだ早いだろうか、3歳からと書かれているけれど、2歳半なら少し背伸びしてもいいだろうか。そして、子供の父や母である友人も喜んでくれるだろうか。そんなことを考えながら1冊1冊手にとり、子供のころはろくに本を読まなかった私は、今になって絵本や童話に心が躍っているのだ。子供だって童話を必要としているのだから、大人だって童話を必要としていないわけがない。そんなことを冗談っぽく考えたりする。そんなことを思いついたのもまた、贈り物の機会に恵まれたからである。

「アウレリャノ・ブエンディア大佐がもっとも信頼する男であった」ヘリネルド・マルケス大佐は「ウルスラからも家族同様の扱いを受けていた」。そして、子供だったころに、「アマランタに恋心を打ち明けたことがあった」。ヘリネルド・マルケス大佐が営倉に捕われていた時、台所でビスケットを焼き、彼のもとに届けてやろうとした「アマランタへ手紙を書いて、……ハンカチに父の頭文字を刺繍してくれるように頼」(p.215) むと、アマランタはそれにこたえたのだった。さらに、彼女もまた贈り物をしたのである。しかし、

ウルスラが彼女の恋心を察して、
「あの男と結婚したら？」(p.216)
と言うと、いつものように、
「いずれヘリネルドは銃殺されるのよ。それが気の毒だから、ビスケットを持っていってやるんだわ」(p.216)
と気のない振りをした。ところが、ちょうどその直後に転戦しつづけるアウレリャノ・ブエンディア大佐を押さえつけるために、ヘリネルド・マルケス大佐の銃殺刑が決まったのだった。「アマランタは、自分の不注意な言葉がふたたび死を招く結果になったと思ったのだろう、レメディオスが死んだときと同じ罪の意識に苦しみながら、部屋にこもって泣いた」(p.216)。その後、ヘリネルド・マルケス大佐は自由の身になるのだが、アマランタの口にしたことが特に悪いことに限って、現実化してしまう。あるいは、彼女はそう感じとってしまう。それはどこからやってくるかと言えば、自分の本心を包み隠さず明らかにできないためらいだ。
それで思い出したのが『はれときどきぶた』である。記憶に残っているのは、空からブタが降ってくるという荒唐無稽な事実かもしれないが、むしろ興味深いのはどうしてそのような状況に陥ったかということである。主人公のやすは絵日記をつけていた。ところが、

空から豚が降ってくる [4]

ある日自分の母親がその日記を盗み読みしていたことに気づくのだ。しかし、学校の先生から「ほんとうのことを書きなさい」と言われていた手前、嘘は書けないと思った彼はこう考える。

「〝あしたの日記《にっき》〟を書《か》くことにしたんだ」([4]p.14)

そして、お母さんをぎゃふんと言わせてやろうと、おかしなことを日記として書いていく。ところが、これがことごとく現実化していくのだ。蛇が突然現れる。えんぴつの天ぷらを母が揚げ、父がそれをうまいうまいと言って頬張る。

「やっぱり、HB《えっちびー》から3B《びー》くらいが、やわらかくて、うまいな」([4]p.26)

この世界はどうなってるんだろうと不思議に思いつつも、やすは日記にこう書くのだった。

「きょうの天気ははじめははれていましたが、ごごからぶたがふりました。」([4]p.40)

すると、本当に日曜日の午後に空から豚が降ってきたのである。書いたことが現実化し、取り返しがつかなくなったと怖くなったやすは、必死になって消しゴムで日記を消して、元に戻そうとするのだった。

アマランタは言ったことが現実になるような気がして恐怖し、アウレリャノは未来を予知する能力がある。ある日、転戦を繰り返していたアウレリャノ・ブエンディア大佐から便りが届くのだった。〈間もなく死ぬはずですから、パパの面倒をよくみてください〉(p.218)。そのころには、ホセ・アルカディオ・ブエンディアは死んでしまったプルデンシオ・アギラルとしか会話出来なくなっていた。ある日の朝、「ウルスラが彼のところへ食事を運んでいた」時、「小柄だががたくましく、黒い服を着て、同じように黒い大きな帽子を、どことなく淋《さび》しげな目が隠れるほど深くかぶっ」た「ひとりの男が廊下をこちらへやって来るのが見えた」(p.220)。それは不眠症の流行ったころに村を去ったカタウレだった。ウルスラが訪問の理由を訪ねると、「重々しい言葉でこう答えた」(p.221)。

「王様の埋葬に立ち会うためだよ」(p.221)

実際にホセ・アルカディオ・ブエンディアは二度と目を覚まさなかった。そして、空からあるものが降ってきたのだった。豚だろうか？　いや、黄色い小さな花びらだ。無数の黄色い花びらが降ってきたのだ。それらは夜通し降りそそぎ、マコンドの土地に掃いて捨てなければならぬほど降り積もったのだった。

族長を失ったマコンドはこれからどうなるのか。私は何度目かの『百年の孤独』にもかかわらず、依然として視界が霧に包まれたような感覚に襲われるのだった。先が気になった人は本屋さんへと走ってください。読み進めれば、目の前の霧は晴れ、束の間マコンドの町が見渡せるかもしれません。

参考文献

1. ガブリエル・ガルシア＝マルケス『百年の孤独』（鼓直訳）、新潮文庫、二〇二四年。
2. Gabriel García Márquez, "Cien años de soledad," 1967.
3. アーノルド・ローベル著、三木卓訳『ふたりはともだち』、文化出版局、一九七二年（Arnold Lobel, "Frog and Toad are Friends," Harper Collins, 1970）。
4. 矢玉四郎『はれときどきぶた』、岩崎書店、一九八〇年。

第8章　パパはアウレリャノ・ブエンディア大佐

前章までのあらすじ

マコンドを開拓したホセ・アルカディオ・ブエンディアが亡くなり、次男のアウレリヤノはアウレリヤノ・ブエンディア大佐となり自由を求めて戦いつづけていた。がまくんは親友のかえるくんから手紙をもらって感動し、アウレリヤノがピラル・テルネラとの間にもうけた子、アウレリヤノ・ホセはブエンディア家に引き取られ、アマランタが彼を育てていた。

第8章はアウレリャノの子供たちの話である。アマランタがアウレリャノ・ホセをピラル・テルネラから引き取った時、彼はまだほんの子供だった。彼女は気にせずに目の前で裸になったりしたのだったが、彼はもちろん男には違いなく、彼女の胸の深いくぼみに気を惹かれた。彼が無邪気に「それはどうしたの」と聞くと、「アマランタは指先で胸元を深くえぐるようなしぐさをして、こう答えた」(p.224)のだった。

「何度も何度も、こんな具合に肉を切り取られちゃったのよ」(p.224)

大人は時としてこういう他愛もない冗談や嘘を言う。というよりも、大人のうちにいる子供が時としてありえないことを言わせるのだ。

そこで思い出すのが、青山七恵の『わたしの彼氏』である。3人の姉をもつ大学生の中里鮎太朗はやさしい性格で、容姿もよく、結構モテるのだが、なぜか付き合った女性には酷い目に遭わされた挙げ句にきまってフラれてしまう。この小説の彼と彼女が愛し合って

青山七恵『わたしの彼氏』[3]

ている束の間の疾走感、爽快感がたまらなく私は好きである。彼は小さいころ姉たちによっておもちゃのように可愛がられていたのだった。「ゆり子は、梨の皮のぼつぼつを数えさせたり、おにぎりに入っているタラコの粒を数えさせたり、小さい弟に不条理な数え仕事を押しつけるのが大好きだった」（[3]p.31）。これだけでは済まない。もうひとりの姉が帰宅すると、「居間の床一面に新聞紙を敷き、赤ペンを持ってかがみこんでいる鮎太朗を見つけた」。覗き込んでみると、「紙面の中の「を」の文字だけに赤マルがつけられてい」たのである。そして、彼は姉を見るや「ごめんなさい！」と謝る。なにをやっているのかと問うと、

「を、を数えてる」（[3]p.32）

と言う。よくこんな出鱈目な命令を姉たちは思いつくものだと笑わずにはいられないが、弟はとにかく従順なのだ。

大学生になった鮎太朗は、モテている。だが、なぜか彼女に包丁で刺されるわ、貢がされるわ、フラれるわ、酷い有様なのである。姉たちはそのことに責任を感じている。「あの子はいつも年上の女が好きだった。……あれはきっとわたしたちのせいなのだ、わたしたちが女ばっかりであの子をいじめて頼って愛したから、鮎太朗は今でもそんな女を求めているのだ」（[3]p.41）。姉だけじゃない。「当時、「べろが減る」という母親の偏見に基

づいて中里家では飴をなめることが禁じられていた」([3]p.117)。母の嘘もまたすごいのである。しかし、はたして鮎太朗は姉や母の嘘の犠牲者なのだろうか。

私がある友人に「べろが減る」から飴はダメという話を話すとやたらと気に入った。私が本を読んでいると、決まって「べろが減る本?」と言うのだ。そして私がこうして友人にべろのことを言われるのが心地よいのは、飴についてのあるエピソードを思い出させてくれるからかもしれない。中学生のころに放送委員をしていて受けさせてもらったアナウンス講習会のことだ。市内の中学から集められた放送委員たちは、NHKのベテランアナウンサーの講習を受けたのだった。講習は、同じ音だが、イントネーションの違う単語の話になった。

「蜘蛛と雲は発音が違いますよね」と講師が言った。

私たちは深く頷いた。すると、講師はつづけて言うのだった。

「じゃあ、次は生徒さんに答えてもらおうかな。「あ」、「め」、空から降るのと、キャンディー、すごーく甘い、お菓子ありますよね」

彼はもちろん、雨と飴の発音の違いを中学生に言わせようとしているのだが、

「はい、じゃあそこのあなた言ってみましょう。すごく甘いのは?」

と指差した先にいた女子中学生は自信をもって大きな声で言ったのだ。

「クリーム！」

会場はものすごい笑いに包まれた。

えっと、たしかに可笑しいのだが、いったい私は何の話をしているのだ。脱線するにもほどがある。大人の他愛もない嘘の話だった。しかし、待ってほしい。間違い方に無限の可能性があるように、脱線の方法にもまた無限の可能性がある。そして、脱線したり、間違っている時こそ、私たちは正解というものから束の間解放され自由でいることができるのだ。そして、大人の他愛もない嘘や冗談を信じている時、世界は少しだけ広いのだ。だから、子供はその嘘を信じたい。世界を膨らませ、息苦しさを吹き飛ばしてくれる人に愛情を持つ。その時、子供は他愛もない嘘のただの犠牲者ではない。たしかに、そこに信ずるべき手応えを感じているのだ。

だから、アウレリャノ・ホセは父や母ではなく、冗談をいいながらやさしくしてくれる叔母のアマランタのことを求めた。「明け方には自分のハンモックを捨てて、アマランタの寝床にもぐり込」(p.224)み、その肌に触れることで、暗闇への恐怖を解消していたのだ。ふたりは互いに知らないふりをして愛撫しあい、「ひとつの罪の意識で結ばれることになった」。「ある日の午後、穀物部屋でキスをしようとしているところへ」(p.225)ウルスラが入ってきて、何も知らずにこう聞いた。

「そんなに叔母さんが好きなのかい？」(p.225)

「この出来事でアマランタは悪い夢からさめた」(p.225)。「うらわびしい、危険な、先のない情熱に溺《おぼ》れようとしていることに気づいて」、甥との「関係を絶った」。困ったのはアウレリャノ・ホセだった。彼は「兵隊たちと連れだってカタリノの店に出かけ……孤独を……慰め」(p.226) なくてはならなかった。

戦争が激化していたある日の真夜中に「何者かが彼女（ウルスラ）の寝室の窓をこつことたたいて、小声で言ったのだ。「アウレリャノ・ブエンディア大佐に会いたかったら、今すぐ戸口に出てください」」。彼女は「土煙りのなかを馬を飛ばして、ひそかに町を去っていく人影」を見送ることになった。実は「アウレリャノ・ホセが父親に同行し」(p.227) ていたことが後でわかるのだった。

直後に「政府と野党の共同声明が戦闘の停止を報じた」(p.227)。保守党のホセ・ラケル・モンカダ将軍は「戦争の終わった日からマコンドの町長となった」(p.229)。「かつてはアウレリャノ・ブエンディア大佐のもっとも恐るべき敵だった」が、ある時「戦争を人間的なものにするために手を結びたい」と伝え「それぞれの主張の長所を取り入れた人道主義的な政府を樹立することまで考え」(p.230) ていたのだった。戦争が終わるとモンカダ将軍は「マコンドを市に昇格させることに成功」した。芝居小屋が建ち、学校が再開し、マコンドに「相互の信頼にみちた雰囲気を徐々に作りあげていった」(p.231)。

平和を取り戻したマコンドに、突然アウレリャノ・ホセが現れる。「馬のようにたくましい体と、インディオに見まちがえるほど黒く日焼けした髭もじゃの顔で、アマランタとの結婚をひそかに決意しながら台所に姿をあらわした」(p.232)。彼は言った。

「いつも、叔母さんのこと考えていたよ」(p.233)

彼女は「二人っきりにならないように気を遣った」(p.233)。というのも、彼女にもまた彼に惹かれる気持ちが確かにあったからだ。

どうしてアウレリャノ・ホセはアマランタの元に突然現れたのか。それは、戦場で「仲間の口から昔話として、いとこでもある伯母と結婚し、自分の息子がすなわち祖父ということになった男のことを聞かされた」(p.234)からだった。ここで私は頭を巡らすのだった。そんなシチュエーションって、ありうるか？　ないよね。そこは笑って返すところだ。ところが、アウレリャノ・ホセの反応はこうだ。


「おい、叔母と結婚してもいいのか？」と、びっくりして彼は尋ねた。(p.235)

ここからわかることは、彼は冗談も通じないほど、真面目だということである。追い打

若き日の母・ロレインと
出会ってしまったマーティー [4]

マーティーとキスしたロレイン [4]

ちを掛けるように仲間は言った。「いいどころじゃない。おれたちが坊主《ぼうず》と戦ってるのは、自分のおふくろとだって結婚できるようにするためさ」(p.235)

ところが、『バック・トゥ・ザ・フューチャー』においてデロリアンで1955年にタイムトラベルしたマーティーと出会ってしまった若き日の母・ロレインは、「弟とキスをしているみたい」と言って息子を退け、アマランタはヘリネルド・マルケス大佐との恋を思い出して甥との関係を断ち切るのだった。アウレリャノ・ホセの思いは遂げられない。

田村正和の元に押し掛ける娘たち [5]

それからしばらくして、「肉付きのいい女が、五歳くらいの男の子の手を引いて屋敷にあらわれた」。「これは……アウレリャノ・ブエンディア大佐の子供である」(p.236) と言った。「手を引かれて氷を見にいったころの大佐に生き写しだった」(p.237) ため「その子の血筋を疑う者はなかった」(p.236) が、大佐の母親であるウルスラは思っただろう、「でも、まさかうちの子にかぎって」と。

かつて『うちの子にかぎって…』というドラマがあった。田村正和演ずる独身男性の元に、過去に一夜を共にした女性たちとの間に出来た子供が次々と押し掛けてくる。そして、父親の元から彼女たちは学校に通いはじめるのだが、学校でもめ事を起こしてしまう。学校から連絡が来る。その時、田村正和は思うのだ、「まさかうちの子にかぎっては」と。

とここまで書いてきて、このドラマのタイトルは

ニュースキャスターの鏡竜太郎 [5]

『うちの子にかぎって…』だと思っていたのだが、よく考えたら『パパはニュースキャスター』なのである。そして、そこからわかることは『うちの子にかぎって…』ではないのだから、子供たちは学校でもめ事など起こさないし、田村正和は「うちの子にかぎって」とは思わないのである。では、私が思い出してしまったドラマはなんなのだろうか。それは『うちの子にかぎって…』と『パパはニュースキャスター』が混濁した存在しないドラマである。私たちは本当は存在しないものを思い出すことがあるのだ。あるいは、思い出すべきものを、思い出せないこともある。

田村正和が演じる鏡竜太郎は記者出身のニュースキャスターであり、事件記者時代の取材先で出会った数々の女性と一夜を共にしていた。ただし、彼の記憶は混濁しており、思い出すことはできない。まさか子供が小学生になっているとは思ってもいない。しかし、子供たちが亡くなった母親から聞かされている口説き文句、子供の名前の由来「愛と書いてめぐみ。愛に恵まれるように」などを聞かされて、認知することになる。もちろん、彼はぜんぜん覚えていないのだ。覚えていないながら、やってきた三人の子供はみな名前が愛である。鏡竜太郎はようやく観念することになる。突然、三人も大きな子供が現れたら、茶の間の私たちも驚かずにはいられない。

しかし、これ以上に驚くべきことに、ブエンディア家にやってきたアウレリャノ・ブエンディア大佐の子供はみなアウレリャノを名乗り、「その数は十七名にのぼった」(p.238)のである。巻頭の家系図を見ても、「アウレリャノ（17人）」と投げやりな書かれ方をしている。ウルスラは言った。

「アウレリャノに始末をつけさせるのよ。帰ってから、あの子が、どうするかきめるでしょ」(p.238)

「最初の戦争の二、三カ月前と同じように、状況はふたたび緊迫した。……守備隊の指揮官であるアキレス・リカルド大尉《たいい》が事実上、市の実権をにぎった」。「近いうちに大へんなことが起こるわ」(p.239)とウルスラが予期した通り、事件は起こった。アウレリャノ・ホセの産みの母であるピラル・テルネラがトランプ占いによって「今晩は外出しちゃだめよ」(p.241)と忠告したにもかかわらず、彼は芝居小屋に出かけ、そしてアキレス・リカルド大尉たちが行っていた身体検査を免れようとして、彼に撃ち殺された。

「正規軍の無法に腹を立てたホセ・ラケル・モンカダ将軍は……ふたたび軍服を着用し、マコンドの市長兼司令官の職務についた」。しかし、かつてのように「有和《ゆうわ》的な施策によって」マコンドの平和を守れるとは彼も思っていなかった。国内は内乱状態で、あちこちで武装蜂起が起きていたからだ。政府による「アウレリャノ・ブエンディア大佐にたいする欠席裁判は継続され、死刑が宣告され」(p.244)ていた。いまとなっては大勢の子供たちの父親となったアウレリャノ・ブエンディア大佐はいったいどこにいるのか。

ある日、「電報を見せながら、将軍はウルスラに言った」(p.244)。

「おめでとう、お母さん。間もなくここへ戻ってきますよ」(p.244)

つまりそれが意味するところは、アウレリャノ・ブエンディア大佐率いる部隊がマコンドを攻略しに向かっているということだった。装備も戦意も大佐の部隊が勝っていた。そこで、将軍は「戦争を人間的なものにするという共通の目的をあらためて思い起こし、……軍人の腐敗と政治家の野心にたいして決定的な勝利をおさめ」てほしいと大佐への手紙を書き、「マコンドを脱出しようと」(p.245)するのだ。

ところが「不運にも敵の手に落ちた。アウレリャノ・ブエンディア大佐は翌日、革命軍の軍事法廷によって運命が決するまで将軍が軟禁されることになったウルスラの屋敷で、彼と昼食を共にした」(p.246)。自由を勝ち取るために戦っているアウレリャノ・ブエンディア大佐と、不正のない平和な社会を実現しようとしていたモンカダ将軍と、どっちが正義だったのか。それはわからない。しかし、革命軍の略式裁判により多くの将校に対する死刑判決が出ていた。ウルスラはモンカダ将軍を救うべく大佐に言った。

「このマコンドでいちばん立派な支配者だったわ、あの人は。……心のやさしい人で、わたしたちをとっても愛してるのよ」(p.249)

それに対して大佐は冷徹に退けるのだ、しかも非常に事務的で他人ごとのように。

「裁判のことまで口出しする権限はないんですよ」(p.249)

ウルスラは「法廷に乗りこんだ」(p.249)。そして、革命軍がやろうとしていることを糾弾し、こう言い放ったのだ。

「でも忘れちゃいけませんよ。生きてるうちは、わたしたちはいつまでも母親だってことを。革命家だか何だか知らないけど、少しでも親をないがしろにするようなことがあれば、そのズボンをさげて、お尻《しり》をぶつ権利があたしたちにあるってこともね」(p.249)

恐ろしい。もう、世界はお母ちゃんたちの勝ち。そして世界に平和が訪れたのだった。『百年の孤独』(完)と書いてしまいそうになるのだが、もちろんそうはならない。「真夜中に、ホセ・ラケル・モンカダ将軍は死刑の判決を受けた」のだった。「ウルスラの激しい叱責《しっせき》にもかかわらず、アウレリャノ・ブエンディア大佐は刑の変更を認めなかった」(p.250)。

夜中に兵営を大佐が訪ねると、銃殺される覚悟をしていた将軍はこう言った。

「われわれのような人間にとっては、銃殺は自然死と変わらないんだから……ただ気にかかるのは、軍人たちを憎みすぎたために、彼らをあまり激しく攻撃したために、そして彼らのことを考えすぎたために、連中とまったく同じ人間になってしまったことなんだ」(p.251)

それを言い終わると、モンカダ将軍は妻に形見を届けてもらえるように大佐に頼んだ。そして、将軍は判決通り銃殺されたのだった。

ここで考えるのだった。私は『百年の孤独』を代わりに読んでいる。代わりに読むために、脱線し、脱線の方法を考えてきた。しかし、あまりに脱線を繰り返し、脱線の方法を考えすぎたために、ただ意味もなく脱線しているだけになっているのではないか。そうでないことを祈りたい。ただ、そろそろ「代わりに読む」ということについて、正面から深く考えるべきときが来ているのではないだろうか。

次章、戦争で多くの命を葬り去ったアウレリャノ・ブエンディア大佐になにが起きるのか、マコンドに平和は訪れるのか、そして「代わりに読む」ことはいったい可能なのだろうか。続きが気になる方は本屋さんへと走ってください。私は珍しく深い思考の海に潜りたい気持ちなのです。

参考文献

1. ガブリエル・ガルシア＝マルケス『百年の孤独』（鼓直訳）、新潮文庫、二〇二四年。
2. Gabriel García Márquez, "Cien años de soledad," 1967.
3. 青山七恵『わたしの彼氏』、講談社、二〇一一年。
4. ロバート・ゼメキス（監督）『バック・トゥ・ザ・フューチャー』（映画）、一九八五年。
5. ＴＢＳドラマ『パパはニュースキャスター』、一九八七年。

第9章　マコンドいちの無責任男

前章までのあらすじ

自由を求めて幾度も戦乱をくぐり抜けてきたアウレリャノ・ブエンディア大佐とマコンドの人たちだったが、二十年近くに及ぶ戦争ですっかり疲弊していた。

「戦いのむなしさを最初に意識したのは、ヘリネルド・マルケス大佐だった」。彼は「市長兼司令官として、週に二回はアウレリャノ・ブエンディア大佐と電信で話し合った」。最初のうちは状況や決定は具体的だったし、「アウレリャノ・ブエンディア大佐には親近感を抱かせる何かが残ってい」た。「ところが戦争が激化し拡大するにつれて」(p.253) 彼からの電文は曖昧になり、「ヘリネルド・マルケス大佐は、あの世の見知らぬ男と交信しているような当惑を覚えながら……ただ黙って聞くことにした」。いつしか「戦争との接触をまったく失ってしまい」(p.254)、その代わりに午後になると彼が訪れるのがアマランタの裁縫室だった。ある日、彼は「心に秘めてきた深い愛を訴え」たが、アマランタは「わたしのことは、これっきり忘れてちょうだい」(p.256)とまたしても本心とは裏腹に拒んでしまう。「人影のない表通りやアーモンドの葉にたまった雨水を眺めているうちに……深い孤独感に襲われた」ヘリネルド・マルケス大佐は「やるせない気持を送信機に託した」(p.257)。

《アウレリヤノ・マコンド・イマ・アメ》(p.257)

長い沈黙の後でアウレリャノからの非情な信号が電信機を打った。

《バカ・イウナ・ヘリネルド・ハチガツ・アメ・アタリマエ》(p.257)

「ヘリネルド・マルケス大佐はその返事の突っかかるような調子に」困惑し、二カ月後に「アウレリャノ・ブエンディア大佐がマコンドに帰ってきたとき、困惑は驚きに変った」。

なにしろ、「大へんな暑さだというのに毛布にくるまって、護衛も連れずにこっそり帰ってき」(p.257)たからだった。アウレリャノにいったい何が起こったというのだろうか。

戦争が始まってからというもの、小説全体には常に重苦しい空気が漂っていた。ブエンディア家の多くの子供たちが命を落としていく中で、作者に愛されているのか、アウレリャノは決して死なず、生かされ続けている。そして、これを一ヵ月の間、前へは進まずに繰り返し読み続けている私は苦しくて、どうにかなってしまいそうだったのである。どれだけ繰り返し読もうとも、ヘリネルド・マルケス大佐は戦争のむなしさを感じるばかりだし、アウレリャノ・ブエンディア大佐は毛布にくるまってマコンドに帰還してくるのだ。

そんな折、たしか職場の忘年会だったか、酔っ払った私は気づけば同僚に熱く植木等主演の映画『ニッポン無責任時代』('62)、そして『ニッポン無責任野郎』('62)を無責任に薦めていたのである。相手の好みも考えず薦めてしまった私は、酒が抜けると責任を感じてその映画を観なおしたのだった。

『ニッポン無責任時代』のヒットを受けて製作された無責任シリーズ第2作の『ニッポン無責任野郎』は、植木等演じる源等《みなもとひとし》が自由ヶ丘駅(現・自由が丘駅)の改札をすっと抜け、唄を歌いながら街を軽やかに闊歩していくシーンから始まる。そこでたまたま楽器会社・明音楽器で営業部長を務める長谷川(ハナ肇)にぶつかり、明音楽器の専務派と常務派の次期社長争いに巻き込まれていくのだ。源等は派閥間の争いをうまく利用して会社に入り込み、会社の金で酒を飲み、結婚相手まで見つけてしまう。その場その場で機転を利かしてマッチポンプ的に問題を解決しては、事件を起こし、両者の争いを焚きつけていく。私はこの映画を観ながら、その適当ぶりに笑いが止まらなかった。その日から頭の中では何日間も止むことなくメインテーマ「無責任一代男」が流れ続けた。

　そして、ある瞬間に私の頭の中で化学反応が起こった。これだ、植木等演じるところの源等の力を借りて、私は戦時下の『百年の孤独』を読み進めることができるのだ。突然、体がポカポカと暖かくなり、力が湧いてきた。よっしゃ、いっちょう無責任に読んでみようじゃありませんか！

　大佐がマコンドに帰還した時、「不安に絶えず心

源等は街を闊歩する [4]

都電と並んで歩く源等 [4]

を脅《おび》やかされていることを知っていたのは、本人だけだった」。彼は「誰にも、ウルスラにさえ、三メートル以内に近づくことを許さなかった」(p.258)。いったい何があったというのか。

モンカダ将軍の銃殺後「自分が手にかけた故人の遺志を急いで果たすことにした」が、未亡人は「彼を家のなかへ招き入れようとはしなかった」。彼は「腹を立てた様子も見せなかったが……(誰かが)未亡人の家を略奪し焼き払ったことを知るまでは、心の波立ちをしずめることができなかった」。また、「反乱軍のおもだった指揮官を集めた……会議がひらかれた」(p.259)時のことだ。あらゆる連中がいる中で、部下たちの狂信的な支持を得ている「テオフィロ・バルガス将軍という謎めいた実力者がとくに目立っていた」。「やつに油断するな」とアウレリャノ・ブエンディア大佐が部下に警告すると、若いひとりの大尉が「簡単なことじゃありませんか、大佐。殺《や》ってしまえばいいんです」と進言した。

「自分が思いつくのとほとんど同時に、それが持ちだされたことに……驚」いたが、もちろん彼は命令を出さなかった。にもかかわらず、「テオフィロ・バルガス将軍は待伏せに遭って蛮刀でめった斬《ぎ》りにされ」(p.260)た。その結果、「アウレリャノ・ブエンディア大佐が全軍の指揮を執ることになった」が、「それ以後、身うちを駆けめぐり、日中でさえ襲う悪寒《おかん》のために十分な睡眠の取れない日が何カ月もつづい」た。「悪寒から逃れたい一心で、……暗殺を提案した若い将校を銃殺させ」(p.261)ることになったのだった。

彼は取り憑かれていた。とんでもないことが起こっていった。権力を手に入れてはいたが、「彼は進むべき道を見失いはじめていた」(p.261)。なんとか悪寒から逃れるため、「マコンドに……最後の隠れ家を求めた」。ある日、反乱軍を指揮する彼の元に、「重大な岐路に立っている戦いの今後を論ずるため」(p.262)自由党の使節団が派遣されてきた。大佐は「椅子に腰かけ、毛布に身をくるんで、使節らの手短な提案を黙って聞いていた」(p.263)。相手が話し終わるのを待って、大佐は笑顔でこう言った。

「要するに、われわれの戦いの目的はただ、政権を獲得することにあるわけだ」(p.263)

つまり、自由党の使節団は大きく3つの要求を掲げたが、それはとりもなおさず大佐た

名を名乗る源等 [4]

ちが反乱軍の戦いを通じて長年求めてきたものをすべて撤回するに等しかったのである。もちろん、そこから容易に想像されるのは、そのような要求を突っぱねるという応対だが、「大佐は使節の差し出した書類を受け取って、署名のかまえを見せながら最後に言った」(p.264)。

「話はわかった。そちらの条件をのもう」(p.264)

驚き反発したのはヘリネルド・マルケス大佐だった。

「これは、完全な裏切り行為だ」(p.265)

ところが、アウレリャノ・ブエンディア大佐は聞く耳を持たず、彼を革命軍の軍法会議にかけた。彼は「反逆罪で告発され、死刑の宣告を受け」ることになった。アウレリャノ・ブエンディア大佐は「寛大な処置を求める声に耳を貸そうとしなかった」が、「ウルスラは誰も入れるなという命令を無視して、寝室の彼のもとを訪れた」(p.265)。そしてこう言うのだ。

「でも、忘れないでおくれ。もしあの男が死ぬようなことが

あったら、……この手でその首を絞めてやるからね」(p.265)

アウレリャノ・ブエンディア大佐も実際のところ深い悩みの底に沈んでいた。「彼が自分を幸福だと思ったのは、金の小魚の細工をしているうちに時間がどんどん過ぎていった、あの仕事場にいるときだけだった」。なんとかして「自分をかこむ孤独の殻を破ろう」(p.266)としていたが、どうすればいいのか、答えを見つけ出せずにいたのだ。

とそこへ、暗闇から何やら声がする。

「大佐、大佐! いいんですか、いいんですか、このままで?」

いったいこれは誰なのだろうか。

「長谷川さん、長谷川さんって気安く言うな。君はいったい何者だ」とハナ肇が鼻息荒く言うと、

「これぁ、これはどうも。わたくし源等です。光源氏の源に一等、二等の等。まぁ、つまりわたしも長谷川さんも、大臣も、ルンペンも、人間すべて源は等しくエテコウだ。とこういうことじゃないですかね。てなわけで、よろしく!」と植木等は笑い飛ばすのだった。一体全体、なんて適当で無責任な男なんだと思った。しかし、これで気持ちは吹っ切れたのだ。何を悩む必要があるのだ。「明け方近く、死刑執行も一時間後に迫ったころ」アウレリャノ・ブエンディア大佐は「足かせの部屋にあらわれた」(p.266)。

「くだらん猿芝居はもう終わりだ」(p.266)「いまいましいこの戦争の片をつける手伝いをしてくれ」(p.267)

実際のところ彼は「戦争を始めるのは簡単だが、それを終わらせるのは容易でないということを知ら」なかった。政府から有利な条件を引き出し、それを同志に納得させるのに二年を費やした。「将校たちが勝利の安売りに強く反対するので、……敵の力を借りて彼らを平定した」ほどだった。「今や自分自身の解放のために」(p.267)彼は戦っていた。「死ぬってことは簡単じゃないんだ」(p.268)と微笑みながら言ったアウレリャノ・ブエンディア大佐は「勝利よりもはるかに困難で、はるかに血なまぐさく高価な敗北を達成した」(p.268)。

二十年におよぶ戦争の間、アウレリャノ・ブエンディア大佐はたびたびわが家に帰ってはいたものの、家族のものたちからはまるで「赤の他人のような存在になっていた」(p.268)。最初のうちは彼にも誰がだれだかわからなかった。民衆から「批難を受け……追われるように帰り着いた」(p.270)大佐は、「正規軍を頼んで屋敷の警備に当たらせなければならなかった」(p.269)し、「熱と悪寒による震えが止まらず、またもや腋《わき》の下のリンパ腺《せん》が腫《は》れあがっていた」。かつての仕事場にも興味を示さなかった。「毛布にくるまり長靴をはいたままの格好で廊下にすわり込んで、ベゴニアの上に落ちる雨を一日じゅうながめていた」(p.270)。いつもなら調子のいい源等もだまって大佐の隣にぽつんと座るだけだろう。ウルスラはふと感じた、「戦争でないとすると、きっと死ぬんだわ」(p.271)と。町一番の美人に育った「小町娘のレメディオスが裸で前を通りかかっても、見ようとしなかった」(p.271)。双子の兄弟、ホセ・アルカディオ・セグンドとアウレリャノ・セグンドがテーブルに向かい合い、パンとスープを鏡に映したように左右反対に食べる芸を披露しても、気がつかなかった。そして、私も彼らがそんな芸を持っていたことに気づいていなかった。彼らは大佐が帰ってくるよりもずっと前からこの芸を何度も練習していたに違いないのだ。大佐は放心状態だったが、私もきっと放心状態だったのだろう。

「また出かけるのはいいけど……せめて、今晩のわたしたちは忘れないでおくれ」とウルスラは彼に話しかけた。「そう言われてアウレリャノ・ブエンディア大佐は、……自分の惨《みじ》めさを理解しているのは、母親のウルスラだけだということを知った」(p.271)。そして「彼女の顔をしげしげとながめた」(p.272)。

「悪いけど、ママ」と「彼はすまなそうな顔で言った」。「この戦争で何もかも忘れてしまって」(p.273)

「それから数日のあいだ、彼はこの世に残した足跡のすべてを消す仕事にかかりきった」(p.273)。「しばらくして、主治医を呼んでリンパ腺の剔出《てきしゅつ》手術をさせてから、……心臓の位置を聞」き、「赤チンをふくませた綿で胸に丸いしるしをつけた」(p.274)。「停戦の始まった火曜日は、朝から暑くて雨だった」(p.274)。大佐は「ふだんより口数が少なく、何やら考えこんで、わびしそうに見えた」(p.275)。停戦の調印へと出発する時、ウルスラは言うのだ。

「約束できるね、アウレリャノ？　向こうで何かおもしろくないことがあったら、母親のわたしを思いだすんだよ」(p.275)

サーカス用のテントの中で調印式が始まった。「大統領の特使が降伏文書を読みあげようとすると」、大佐は「形式的なことで時間をむだにするのはやめよう」と言って、「文書も読まずに署名しようとした」のだった。その時、「静けさを破って、将校たちのひとりが言った」(p.277)のだ。

「大佐、お願いです。最初に署名するのはやめてください」(p.277)

大佐はその願いを聞き入れた。静寂の中、ひとりひとりが署名し書類を回していった。そのペンの走る音だけが聴こえる中、アウレリャノ・ブエンディア大佐は何か考えごとをはじめたにちがいない。そして、私もこの機会に「代わりに読む」ことについて考えはじめたのだった。

私は本書の冒頭で代わりに読む際の心がけとして、こう言ったのだった。

・冗談として読む
・なるべく関係ないことについて書く（とにかく脱線する）

そして心がけにつづけて「なぜそうするかの目論見がいちおうある」と書いたが、それはただの直感に過ぎなかった。ただあらすじを書くのではなく、あるいは私の感想をただ述べるのでもなく、脱線がキーになると私は直感していたのだった。少なくとも当初の私はそれを信じる以外に、代わりに読む方法を持っていなかった。私はとにかく脱線し続けた。考えうる限りの脱線の方法を試みた。しかもなるべく遠くに。

読み進めるうちに気づいたのは、そもそも「読む」という行為が最初から脱線を孕《はら》んでいるということだ。小説を読むと、そのあちこちで何かを思いついたり、思い出したりするものである。次から次へと思い出し、気づけば再び小説に意識は戻っている。これが心地よいのだ。しかし、これは本当に脱線なのだろうか？　私はわからなくなってしまった。

パチンパチンと意識が切り替わっていくのはなんなのだろう。

たとえば湘南新宿ラインを知っているだろうか。北は宇都宮線や高崎線を走っていた電車は、それから山手貨物線を経由して埼京線に入り、そして最後には横須賀線、東海道線へと次々と進んで行く。湘南新宿ラインという線路は存在せず、その次々転線していくという流れに名前が付いている。だから、湘南新宿ラインは目に見えない。それは意識のようなものだ。静的にはわからない、転線していくその動きの中にしか、そこに乗って、そういう経路で走って行ったという記憶にしか、湘南新宿ラインは存在しないのだ。そして、私ははじめて湘南新宿ラインに乗った時、車両がガタガタと音を立ててポイントを通過し、揺らしながら異なる路線へと転線していくのに気づいて、言葉では表現できない気持ちよさを感じていたのだった。

あるいは、並走する電車の話だ。京都と大阪の間に阪急電車と新幹線が並走している高架線がある。阪急電車は名前の通り、大阪へ向けて急行しているはずなのだが、新幹線から見ればかなりゆっくりとした速度で走っているのを見ることができる。どれだけ近くを走ろうとも、当然のことながら決してこれらが転線したりはしない。ところが、この高架線は新幹線の建設の際に、同時に建設されたものだった。そして、工事の関係で先に出来た新幹線の線路上を一時期、阪急電車が走っていたという歴史があるのである。いま考えたら本当だろうか?と思うことだが、本当なのだ。私はこの話が好きだ。そしてこの話を思い出し、また阪急電車の側から並走する新幹線を眺めるだけでワクワクしてくる。なぜ私はこれが好きなのか。それは、本来並走するだけで、交わり走るはずのない阪急電車が新幹線の線路を走ってしまっていたことをリアルに感じているからだろう。

そして私はここで膝を打った。読むことに伴う脱線と呼んでいたものは、実のところ転線と並走なのではないか。では、小説を読む場合にそれは具体的に何を指すのだろうか。そしてそれは代わりに読むことにどう関わってくるのだろうか。それはつまり……。

ところが、私がその先を考えようとした時、ちょうどアウレリャノ・ブエンディア大佐の元に「書類がテーブルをぐるっとひと回りし」(p.277)てきたのだった。申し訳ないが、続きは次章に持ち越さねばならない。

「大佐、まだ考える時間がありますよ」(p.277)

と将校が言ったが、「アウレリャノ・ブエンディア大佐は一枚めの文書に署名した。ところが、最後の一枚に署名し終わらないうちに、二個の行李を積んだ騾馬を引っぱって」(p.277)ある男が入り口に姿をあらわしたのだった。

ひょっとしてまた無責任極まりないあの男じゃないか、と彼は思った。

「わははは、なんとか間に合いましたな。いやあ、大変だったですよ」

そんな声が聞こえたかに思われたが、その男はただの「マコンド地区担当の革命軍の経理将校だった」。そして、彼は革命軍の隠し持っていた七十二本の金塊をなんとかしてここまで運んできたのだった。大佐はこれを結局、「降伏の引き渡し物品に加え、……式を終わらせた」(p.278)のだった。

大佐は役目を終えると「野戦用のテントへさがった」。そして、「午後三時十五分きっかり、主治医が胸に描いた赤チンの丸に狙《ねら》いをつけて、ピストルを発射した」。ちょうどその時、ウルスラが「いっこうに沸かない」鍋の蓋をあけると「なかが蛆虫《うじむし》でいっぱいになっていた」(p.279)。

彼女はアウレリャノが殺されたのだと直感した。彼女が栗の木の下で泣いていると、「血のりでごわごわになった毛布にくるまれ、……アウレリャノ……がかつぎ込まれた」(p.279)。偶然にも急所を外していたのだった。「死にそこなったことでかえって、彼は二、三時間で昔の声望を回復した」(p.280)。何カ月かしてから大佐は「初めて部屋から外に出た」が、「廊下の様子を見ただけで、戦争など二度とごめんだという気になった」(p.282)。ウルスラは言った。

「まあ見ておいで。よそでは見られないくらい、この変人ぞろいの屋敷を、立派な、誰でも気楽に訪ねてこれる家にしてみせるから」(p.282)

アウレリャノ・ブエンディア大佐も、あるいは源等も流れに逆らわずに生きていりゃ、もっと楽だっただろう。行き詰まって悩んでいた大佐も、その場で臨機応変にやっていく源等も頭を使うし、それによって解決した問題があったはずだ。それに私がこの章を読み通せたのも、源等のお陰だ。一見無責任な行動を取っている人間が、実は責任を取りながら行動している。だとしたら、いったい誰が無責任だったのか。

さて、平和を取り戻したマコンド、みなが家にそろったブエンディア家。彼らはこれからどうやって生きていくのか。その再興の物語が気になる人は本屋さんに走ってください。私はまたつづきを読み続けます。そして次章は前半の締めくくりとして、代わりに読むことの可能性についての現段階での考えを述べたいと思います。

参考文献

1. ガブリエル・ガルシア＝マルケス『百年の孤独』（鼓直訳）、新潮文庫、二〇二四年。
2. Gabriel García Márquez, “Cien años de soledad,” 1967.
3. 古澤憲吾（監督）『ニッポン無責任時代』、東宝、一九六二年。
4. 古澤憲吾（監督）『ニッポン無責任野郎』、東宝、一九六二年。

第10章　NYのガイドブックで京都を旅したことがあるか？

前章までのあらすじ

前章ではアウレリャノ・ブエンディア大佐が二十年にわたって続いた戦争を終結させた。物語は戦時中へと少し遡る。大佐の不在の間に、ブエンディア家でも徐々に世代交代が起こっていた。第10章の中心は、戦争中に生まれた双子の兄弟、ホセ・アルカディオ・セグンドとアウレリャノ・セグンドである。

二人は「幼いころから実によく似ていて、茶目っけが多いので、（母の）サンタ・ソフィア・デ・ラ・ピエダにも見分けがつかなかった」ため、「めいめいの名前を彫った腕輪をはめ、それぞれのイニシャルのはいった色のちがう服を着せ」られていた。「ホセ・アルカディオ・セグンドを緑色のシャツで見分けていた先生のメルチョル・エスカロナ」は、服の色だけで見分けていればいいものを、腕輪を見てしまったために「もうひとりのほうが……ホセ・アルカディオ・セグンドの名前のはいった腕輪をしているにもかかわらず、自分の名前はアウレリャノ・セグンドだと言うのを聞いて、かんかんになった」（p.286）。

小学校の頃、私の学年にも双子の女の子がいた。姉の方が同じクラスで、ミキという名前だった。ちょうど彼女が病欠した日に、担任の先生はこう言ったのだ。

「先日、お母さんとお話ししたんですけど」

私たちは続く言葉に固唾を飲んだ。

「ふたりは表情や性格も違うから、お母さんにはちゃんと区別が付くそうですね」

姉のミキはキリッとした顔立ちで、サバサバとした性格だった。一方、隣のクラスの妹はどちらかと言えば無口でおとなしかった。だからそんなの一目瞭然じゃないのかと私は思ったのだが、先生ははなから見分けることを諦めているようだった。彼女はすぐ近くの細い川沿いのマンションに住んでいた。今でも覚えているのは、彼女がその学校を休んだ日に、クラスメイトと一緒にプリントを渡しに行ったことだ。インターフォンを押すと、マンションの部屋の中から彼女が出てきた。彼女はたったいままで眠っていたようなぼんやりとした表情で礼を言った。そこに妹も出てきた。いつもは無口で表情のとぼしい妹の方がその日は潑剌としていて、まるで姉と入れ替わったみたいだった。もちろん、当時の私はひょっとしたら入れ替わっているのだろうかとは考えもしなかった。むしろ、その時私が気になったのは、マンションの部屋の玄関にドアがなく、代わりに網戸になっていたことだった。夏で暑かったのだ。

「思春期を迎えるまでの彼らは、ぴたりと調子の合ったふたつの機械だった。同じ時刻に目をさまし、同じ時間に便所に行きたくなり、同じ病気にかかり、同じ夢さえみた」(p.286)。夏の暑さの中では、かく汗の雫の形さえ同じだったかもしれない。そっくりで区別がつかないだけではなかった。「ある日サンタ・ソフィア・デ・ラ・ピエダがひとりにレモネードのはいったコップを与えると、口をつけるかつけないかにもうひとりが、それ砂糖がはいってないよ、と言った」(p.287)。彼らにならら、互いに代わりに読むことだって出来たかもしれない。

だがこのような状況も長くは続かなかった。「決定的な違いが出てきたのは戦争中のことだった」。ホセ・アルカディオ・セグンドだけが「銃殺が見たいから連れていけ」「連

れていけ」「連れていけ、と……ヘリネルド・マルケス大佐にせがんだのだ」(p.287)。ウルスラの反対にもかかわらず彼はその夢をかなえられた。ところが、実際銃殺された男が「棺《ひつぎ》におさめられてもまだ微笑してい」るのを見て「『生きてるんだ！』と彼は思った」。そして、一転して「銃殺した男を生埋めにするというこの恐ろしいやり方がいやで、軍事教練や戦争を極度に憎むようになった」。気づけば、「彼は塔の鐘を鳴らし、……アントニオ・イサベル神父のミサを手伝い、司教館の中庭で軍鶏《しゃも》の世話をするようになった」。それを聞いたウルスラは周囲の予想に反して「いい話だわ。ほんとにお坊さんになってくれるといいわ」(p.291) と喜んだのだった。

アウレリャノ・セグンドは最初から処刑など見たがらなかった。むしろ家に籠り、「いつも閉め切ったあの部屋には何があるのか、と尋ねた」(p.287)。ウルスラは「紙っきれよ。メルキアデスの本や、この男が死ぬ前に書き残していった変なものがあるわ」と答えたが、「彼はますます好奇心をそそられた」。「そこにある物を絶対に壊したりしないから」「しないから」「しないから、と熱心に約束するので、ウルスラは鍵を渡した」。誰も立ち入っていなかったのに、掃き清められたように、塵や蜘蛛の巣すら見当たらなかった。「棚の上には、……本が並んでおり、手書きの草稿も無事だった」。アウレリャノ・セグンドは「一冊の本を読みふけ」(p.288) り、「びっくりしたような表情で、これはみんな、ほんとにあった話なの、とウルスラに質問した」のだった。「その本を読み切ってしまうと、……針金に吊《つ》るした洗濯もののような文字が書きつらねられていた」「手書きの草稿の解読に取りかかった」。「燃えるように暑いある日の正午ごろのこと……草稿を調べていた彼は、部屋にいるのが自分だけではないような気がした。窓の照り返しのなかに、……メルキアデスがいた」(p.289)。

「『やあ』と、アウレリャノ・セグンドは言った。

『やあ』と、メルキアデスも応《こた》えた」(p.290)。

アウレリャノ・セグンドは、メルキアデスに会ったことなどなかったが、彼はメルキアデスの書いたものを読むことによって、彼の存在を確信したのだった。「二人は毎日のように顔を合わせ……メルキアデスはこの世界について語り、年期のはいった知恵を授けようとしたが、手書きの草稿の解読は断わった」(p.290)。

「百年たたないうちは、誰もその意味を知るわけにはいかんのだ」(p.290)

彼はこうして断られたからこそ、その先も解読に情熱を燃やしつづけられたのかもしれない。

そうして考えるとき、私が思い出すのは、どうしてもバラモスが倒せず、ドラゴンクエストⅢの表面《おもて》がクリアできなかった小学生時代のことだ。どうしても裏面に行ってみたか

ドラゴンクエストⅢ [3] のカセット

った私は、クリアしたという友人のフジモトくんに代わりに攻略してくれないかと頼んだのだった。

「うん、いいよ」

ありがとう、ありがとうと手を握りしめ、私は彼にカセットを託し、代わりに攻略してもらった。１週間後、私は彼からクリアした冒険の書を記録したカセットを受け取ったのだ。私は持ち帰ったカセットをファミコンに差し込み、続きをやりはじめた。確かにその冒険の書はバラモスを倒し、表面をクリアしていた。そう、彼は私の代わりにドラクエⅢを攻略してくれたはずだった。それまで見ることもできなかった裏面の世界がそこには広がっていた。ところが、クリアした後の世界を覗いた私は、それまであれほど熱心にのめり込んでいたのに、一気にその熱を失ってしまった。あれほど切望していた世界にたどり着いたというのに、その後、裏面をやった記憶がほとんどないのである。それは一種の喪失感だった。はたして、本当に彼は代わりにゲームをクリアしてくれたのだろうか。あの時、私は何か肝心なことを間違えてしまったのだろう。唯一覚えているのは、その年の秋に彼が転校してしまったことだった。

フジモトくん、バラモスと闘っている時に、君の心に去来したのは何だったんだ？　負けそうになった時、君は何を頼りにしたんだ？　挫けそうにはならなかったのか？　そして、遂に相手を打ち負かした時、何を思ったのか？　何に対して腹を抱えて笑ったのか？　そもそも、私はなぜ他ならぬ君に託したのか？

いま思う。あの時、私はもっとフジモトくんと対話しておくべきだったのだ。そうすれば、彼という存在を通じて、私はドラゴンクエストⅢを経験することができたはずだ。

そんなことを思い出しながら、私は代わりに読むという企てについて、現段階でこれが一つの近似解なのではないかと思い至ったのだ。代わりに読む者は、代わりに読む際に心に去来したものごとを書き留めていく。ありきたりの結論かもしれないが、それが出発点なのではないだろうか。そして、去来した個々のものごとではなく、できることなら何かに触れた時に去来しうるものの総体、読む側の感応回路そのものを書き出していく。そうすることによって、代わりに読むということが達成される。前章でたとえた、電車が転線したり並走したりするその路線群こそが、まさにここで言う回路だった。私は何日も部屋に籠りきりで、そんなことを考えていた。

メルキアデスに解読を断られたアウレリャノ・セグンドもまた、部屋に閉じこもり、瞑想に耽っていた。そんな彼を外の世界に引っ張り出したのは一人の女だった。終戦の少し前のことだ。「アコーデオンのくじ引きの番号札を売り歩いていた若い女が、彼になれなれしく声をかけたのだ」。兄と間違われることがよくあったので驚かなかったが、「女は涙声で彼を掻《か》きくどき、自分の部屋へ連れこんだ。女は……彼にすっかり惚《ほ》れこみ、彼は「女が同じ人間だと思って自分や兄とかわりばんこに寝ていることに気づいたが、……その状態を出来るだけ長引かせようと努めた」(p.295)。もはや彼はメルキアデスの部屋に戻ることはなかった。

ここで思い出すのも同級生の双子の女の子たちのことだ。時間が経ち、私たちは中学生になっていた。同級生の一人・シマダは双子の妹のことを好きになった。彼は告白しに家へ行った。彼女たちの住む部屋の玄関で名乗ると彼女が出てきた、と思った。ところが玄関に現れたのは姉の方だった。そして、あろうことかシマダはその姉に向かって告白したのだった。その話を聴いた同級生は皆、

「えっ、なんで？」

と声を合わせて突っ込んだが、彼は、

「いや、姉の方が出てきたから」

とめんどくさそうにボソボソと答えるだけだった。彼は姉の姿を見て、気づかなかったのだろうか。それにまた、仮に彼が間違えたまま告白したとして、間違えてしてしまった告白を、いったい相手は受け入れてしまうものなのだろうか。私はこの不思議な話を20年以上もの間、字句通りに信じてきたが、今になって考えてみれば奇妙な話だ。ではなぜ当時、私は彼の言ったことを鵜呑みにしてしまったのか。それはおそらく彼が彼女の玄関で告白したと言った瞬間に、私が気が気でなかったのは、双子のことではなく、玄関の網戸のことだったからだ。彼が告白しに行った時も、あの家の玄関は網戸だったかもしれないということが私の心を摑んでいた。仮に網戸だったら、家の中まで気持ちを伝える言葉は丸聞こえだっただろう。その時、当の妹はどうしていたのだろうか。

姉妹の家にそっくりの
玄関の網戸

「二カ月近く、彼は兄と女をわけ合っていた」(p.295)が、やがて「兄の許しを得て、女を自分だけのものにした」。「女の名前はペトラ・コテスと言った」(p.296)。彼女の元を訪れるようになってから、「お祭り騒ぎは日常茶飯のことになっていた」。「とくに一生懸命に働いたわけでもなく、ただ運が良かったからだが、嘘《うそ》のように家畜がふえていくおかげで、彼は数年たらずのうちに、低地で一、二をあらそう大金持ちになっていた」。ことあるごとにシャンパンを抜き、大騒ぎをした。アウレリャノ・セグンドは「自然を刺激するほどの力をその色事に秘めている、情婦のペトラ・コテスのおかげだということを、いっそう痛感させられ」(p.298)ていた。

これを見たウルスラは、ひ孫が「盗みでも働いているのではあるまいか、家畜泥棒になりさがったのではないか、などと心配して……そのむだ遣いを大いに責めた」(p.301)。

「ああ神様」と祈った。「わたしたちを貧乏にしてくださいまし」。ところが、「祈りは「祈りは裏目に出た。……人足たちのひとりが……戦争末期に何者かがこの家に残していった聖ヨセフの大きな石膏像《せっこうぞう》につまずき」(p.302)、砕けた像の中には金貨が詰まっていたのだ。気づけばとっくの昔に、「マコンドは奇蹟《きせき》のような好景気に見舞われ……葦《あし》と泥づくりの家は、……煉瓦《れんが》の建物でとっくにおき換えられていた」(p.303)。これまでの幻想的だった村ではなく、私たちの知るような都市にマコンドは成長していた。

代わりに読むという方法も、これからはやり方を変えていかなくてはいけないのではないかと私は考えた。しかし、それはどうすればよいのか私にはわからなかった。わからなくなってきた時、私は「代わりに読む」というアイデアのきっかけとなった会社の後輩であるマツヤマくんに尋ねたのだった。すると彼はこう言うのだ。

「そもそもここまで、友田さんが読んでいるというのは生き生きと伝わってくるんですが、代わりに読んでるって言うためには、なんというか、もっと自分で読んだという感じが、乗り移ってこないと、ダメです」

「ノリウツル？」

「はい。『代わりに読む』を読むじゃないですか、そうすると、僕がオリジナルを自分で読んだみたいに、「うわぁ、こんなことを思い出した」っていう記憶が、なんか頭の中に出来て来ないといけないというか、〈うわぁっ〉て乗り移って来ないんですよ、まだこれ」

何を言っているのかわからなかった。いや、言いたいことは、わかるのだが、そんなものどうやればいいのか私には皆目見当がつかなかったのだ。もちろん、これまでだってそのようなことを目指してやってこなかったわけではない。敢えて脱線することで、脱線の経験を共有し、読んだ人の中に、読んだ記憶を作り出すことを助けられないかと考えもしたのだった。だが、いったい、乗り移るってどうやったらいいんだよと考えながら、私は京都に帰った。去年の年末のことだ。
カバンを開けたら、ニューヨークのガイドブックが入っていた。なぜ京都にニューヨークのガイドブックを。しかし、失敗してもただでは起き上がらない。私は、ふとあるフレーズを思いついたのだった。

「ニューヨークのガイドブックで、京都を旅したことがあるか？」

『地球の歩き方 ニューヨーク』[4]

いや、ニューヨークがダメなら、姉妹都市のボストンでも、小京都・金沢でもいい。違う街のガイドブックの地図を見ながら、京都の街を歩いていく。無論、ガイドに載っている店は存在しないし、道も違うだろう。でも、都市には違いないのだ。違う都市のガイドとこの都市の間には、明らかなズレがある。そして、ズレているからこそ私たちは注意深く、京都の街を歩くことができるのだ。ディーン&デルーカはない、いや、ある。その時、その土地のガイドブックで目当てを見つけて、そして、その目当ての答え合わせをするように歩いていくのとは、まったく違ったことが起こるのだ。転じて、小説を読む時に、ガイドブックのように手元に置きがちなのは、あらすじという代物だろうし、それを片手に読んでいく時、ともすれば、答え合わせに陥ってしまう。

だから、むしろ京都を旅するには京都以外のガイドブックに頼るのがよろしい。そう言ってもいい。そもそも私たちが日ごろ手にする京都のガイドブックは、果たして私がいままさに闊歩している京都のガイドブックなのだろうか。そこにすら何かしらのズレが存在するにちがいないのだ。

極論、何もかもがズレているのなら、旅にガイドブックなど要らないと言ってしまってもいいのかもしれない。とは言え、私たちはガイドブックなど手にしていなくても、何かしらを頼りに暮らしているのだし、旅する時だってすでに知ってしまった何かを頼りに旅してしまうものだ。私たちが日々生きているこの現実というのは、どこかよその街の架空のガイドブックを頼りに、今いる街を旅しているようなものだ。

ここでマツヤマくんの指摘を考え直したい。「代わりに読む」が成就するには、彼はまるで自分で読んだかのような記憶が読後に襲ってくることが必要と言ったのだった。それは次のようにして可能にならないだろうか。ニューヨークのガイドブックを片手に京都を闊歩する。すると、ニューヨークをよく知る人が、突然京都の街に迷い込んだ時の感覚が擬似的に作り出される。同様に、『百年の孤独』を読みながら、あなたがよく知っているものや、いま並行して読んでいる本のことを呼び起こすように、それらに脱線したり、並走していけば、マツヤマくんの言う「乗り移られたような感覚」を作り出すことができないだろうか。つまり、『百年の孤独』を読みながら、私が違う物語に脱線し、話を少しずつズラすことによって、「代わりに読む」ことは成し遂げられるのではないか。なんとなく脱線してきたことの意味に私はようやく気づいたのだった。それは無謀な試みかもしれない。昨年の暮れも暮れ、新年が数時間後に迫っていた。

マコンドにも無謀な計画を進めようとする男がいた。双子の兄、ホセ・アルカディオ・セグンドである。「ウルスラまでが……一家の歴史のなかでもっとも気力に欠けた人間」だと考えていた彼だったが、アウレリャノ・ブエンディア大佐から「海から十二キロのところに乗りあげて」（p.304）いるスペインの帆船の話を聞くと、彼は頭にあることをひらめいた。彼は海からマコンドまで船で行き来できるように「石を砕き、運河を掘り、隠れた岩をのぞき、滝までならしてしまうという難事業に取りかかった」（p.305）のだ。人々が「ホセ・アルカディオ・セグンドの大事業のことなど忘れかけていた」ある日、

「一隻《せき》の奇妙な船が町へ近づきつつあるという知らせがはいった」。それは「岸に沿って歩く二十人の男が太いロープで曳《ひ》く筏《いかだ》にすぎなかった」が、「喜びに目を輝かせたホセ・アルカディオ・セグンドが……筏の操作を指揮していた」(p.305)。船が町にやってきたのはそれ1回きりで、彼は「すぐさま軍鶏の世話で明け暮れる昔の生活に戻っていった」(p.306)。

「この不運な壮挙が残した唯一《ゆいいつ》の収穫は、フランスの娼婦《しょうふ》たちがもたらした新風だった」。「古風なカタリノの店を廃業に追いやり、その通りを……市《いち》に変え……女たちはみずから音頭をとって血なまぐさいカーニバルを催し、三日のあいだマコンドをらんちき騒ぎに巻きこんだ」(p.306)。

「そのカーニバルの女王には、小町娘のレメディオスがえらばれた」。アウレリャノ・セグンドとホセ・アルカディオ・セグンドの妹だ。ウルスラはこの「怖いような曾孫の美貌《びぼう》をつねづね心配していた」。というのも、「信じがたいほどの美貌のうわさが低地じゅうに伝わり」(p.306)「レメディオスの顔をひと目みたい」と足を運び、願いを叶えられた男たちは、「それ以後、二度とやすらかな夢を結べなくなったからだ」。あるものは、「レールの上で寝ているところを汽車にのしかかられてバラバラにな」(p.307)り、またあるものは死体となって窓の外で発見された。

そして、「レメディオス・ブエンディアが祭りの女王にきまったというニュースは、数時間のうちに低地の向こうまでひろま」り、ブエンディアという「苗字《みょうじ》を政府転覆の陰謀のシンボルだと考えている連中の不安を呼びさました」。もちろん、「これは、まったく根拠のない不安だった」。もはやアウレリャノ・ブエンディア大佐はすべてに幻滅し「毒にも薬にもならない人間」（p.311）に成り果てていた。彼は魚の金細工にただ没頭していた。「大佐は魚の細工物を売って金貨を手に入れるのはいいが、すぐにまたその金貨を魚の細工物に変え、これがきりもなく続」いた。彼の興味はもはや政治でも、商売ですらもなかった。「大佐の関心は商売よりも仕事じたいにあった」（p.312）のだ。

ところが、政府転覆の不安に駆られたものたちがやはりいたのだ。町の人びとは「身に迫った悲劇を知るよしもな」かった。「カーニバルの熱狂も絶頂にさしかかり、虎に扮装するという夢がやっとかなえられたアウレリャノ・セグンドが……幸せいっぱい、大へんな雑踏のなかを泳ぎまわってい」ると、「想像を絶する美女を金色の輿《こし》に乗せて運ぶ大勢の仮装行列が、低地のほうの道からあらわれた」（p.314）。アウレリャノ・セグンドは「小町娘のレメディオスと押しかけた女王とを同じ壇上にすわらせた」。そのとき、「何者かが微妙な緊張を破って叫んだ」（p.315）。

「自由党万歳！　アウレリャノ・ブエンディア大佐万歳！」（p.315）

銃声が鳴り響き、あたりはパニックになった。静寂に返ったときには、死体があちこちに転がっていた。双子はなんとか血で染まった押しかけ組の女王を無事救い出した。彼女の名はフェルナンダ・デル＝カルピオと言い、後にアウレリャノ・セグンドは彼女と結婚することになった。二人の間に生まれた子供はウルスラの反対にもかかわらず「ホセ・アルカディオ」と名付けられた。

私は京都で正月を迎えていた。珍しく大雪が降った。そして、東京に戻った夜に、A子に会った。私は正月の間に思いついたこと、京都をニューヨークのガイドブックで旅する意味、代わりに読むことについて、次々と興奮気味に語った。ところが、A子はうんざりした表情でこう言ったのだ。

「まだ、読んでたんですか？」

意表を突かれた私はしどろもどろになり、何をどう弁明したのかあまり記憶に残っていない。しかも、完全に弱り切った私への攻撃の手をA子は緩めなかった。

「それに脱線とか、並走とか言ってるわりに、今回はぜんぜん読者の知っていそうな映画やドラマに脱線していないですよね」

A子の言う通りだった。何かしら代わりに読むことの一端を摑んだような気がしていた私だったが、そう彼女に言われた途端に、とんでもない間違いをおかしているような不安が襲ってきたのである。代わりに読むとは、こんなこととは、ぜんぜん違うのかもしれない。でも、だからこそ、と言いたい。これから残りの10章を通じて、なんとかその姿を明らかにしていきたいのだ、と。

参考文献

1. ガブリエル・ガルシア＝マルケス『百年の孤独』（鼓直訳）、新潮文庫、二〇二四年。
2. Gabriel García Márquez, "Cien años de soledad," 1967.
3. 『ドラゴンクエストⅢ』、エニックス、一九八八年。
4. 『地球の歩き方 ニューヨーク 2006〜2007年版』、ダイヤモンド・ビッグ社、二〇〇六年。

第11章　ふりだし

前章までのあらすじ

マコンドは活況にわきカーニバルが開かれ、レメディオスとフェルナンダがその女王に選ばれた。しかし、盛り上がるカーニバルのさなかに一転して銃声が鳴り響き惨劇が起き、マコンドの人々は心と体に大きな傷を負った。私はと言えば、そうしたマコンドの物語を代わりに読んでいたはずであったし、代わりに読むことの現時点での答えを出した気でいたのだった。ところが、ひさしぶりに会ったA子の「まだ、読んでたんですか？」という一言、いや一撃に私もまた深い傷を受けていた。いったいどのようにすれば「代わりに読む」ことは可能なのだろうか。それ以来、またふりだしにもどって私はその答えを探求しはじめていた。

ブエンディア家の双子の弟であるアウレリャノ・セグンドは、カーニバルの惨劇から半年が経ってみなの傷が癒えたころに、フェルナンダを探し求める旅へと出かけた。カーニバルへ突然輿に担がれてやってきたフェルナンダという美女はいったい誰だったのだろうか。彼女が「生まれ育ったのは、海から千キロも奥地にはいって、何となく気味のわるく、夜になると「三十二ヵ所の鐘楼で死者の冥福《めいふく》を祈る鐘の音が鳴り響」く、「陰気くさい町だった」。彼女は世間との関わりをほとんど持たず、日の射さない「墓石を敷きつめたような広い屋敷」(p.320)で「あくせくと葬儀用の棕櫚《しゅろ》の環《わ》を編んで」(p.321)暮らしていた。

まだ小さい子供だったころ、彼女はまるで二十年後の自分に出会ったように、自分にとても似ている「白衣をまとった美しい女が庭を横切って礼拝堂へ歩いていくのを見かけた」(p.321)。

「あなたのひいおばあ様よ、女王だった」(p.321)と母は言った。

「何年かたって、……小さいときに亡霊を見たのは事実だろうか、という疑問を口にした」(p.321)彼女に、母親はさらにこうも言ったのだった。

「わたしたちには大へんなお金と力があるのよ。いつかはきっと、あなたも女王になれる極めて質素で貧しい暮らしをしていた彼女だが「母親のことばを信じ」、「結婚式の当日まで、言い伝えの王国を夢みていた」。もちろんそれは盲信ではなくしつけによるものだった。彼女は「家紋の刻まれた金のおまるで用を足した記憶しかなかった」し、「十二のときに初めて」の外出で入ることになった修道院でも「彼女だけがひとり離れてひどく背の高い椅子《いす》にすわらされ」ていたのだ。同級生の女の子たちも「あの人は特別ですよ。いずれ女王になられる方ですからね」(p.322)と言う尼僧のことばを信じた。

私がまだ大学院生だったころ、東京で微分幾何学に関する国際会議が開かれて、エクスカーションの際に大勢の外国人研究者のお供をした。ちょうど前年に北京を訪問していた私は、助手のチェンさんと会っていた。エクスカーションは鎌倉で、私たちを乗せたバスが真っ先に訪れたのが鎌倉の大仏だった。大仏を前から拝み、そして横手へと回ると、傍らから大仏のなかに入れることに気づいた。そして、奈良の大仏しか知らぬ私は、大仏のなかに入れるとはいったいどういうことなのだろうかと不審に思ったのだった。チェンさんは寡黙な研究者だったが、好奇心は旺盛である。興味を示し列に並んだ。入り口近くに木でできた古い表札が立てられており、

「拝観料　10円」

鎌倉大仏の背中に開かれた窓

とあった。安すぎる、私は咄嗟にそう思った。そして1分ほどして出てきたチェンさんは、無表情ですっと空を見上げ、指を一本立て、誰にでもなくこう言ったのだった。

「Ｅｍｐｔｙ！」

それを見ていた私はなぜだか笑いがこみ上げた。そして笑いが治ると一転して、チェンさんが何か深い理を説いたように思えて、その光景にため息をついたのだった。あの瞬間、実は彼が若くして高い位についた僧侶なのだと誰かが言ったとしたら、私はそれを信じて疑わなかっただろう。

女王になると言われ、周りからもいつか女王になる人だと信じられていたフェルナンダは「たぐいまれな美貌と気品と慎み深さ」、そして女王らしい教養を身につけ、八年後に「両親のもとに帰って、葬儀用の棕櫚編みを始めた」(p.322)。しかし、心の中にあった確信は徐々に薄れていた。「ようやく女王の夢を捨てはじめた」時、「表の戸をたたくあわただしい……音が……した」。そこには「いかにも堅苦しい軍人が立っていた」。彼女はマコンドに連れてこられ、カーニバルで女王に選ばれ、そして惨劇に遭遇するのだった。「長いあいだ両親がかばってくれた人の世の重荷が、残酷にもわずか一日のうちに、どっとその肩にのしかか」り、「部屋にこもって泣きつづけ」(p.323)た。

今度はアウレリャノ・セグンドが旅をする番だった。ホセ・アルカディオ・ブエンディアがマコンドを開拓したように、アウレリャノ・ブエンディア大佐が戦いを繰り返したように、「アウレリャノ・セグンドはかたときも気落ちすることなく彼女を捜し歩いた」。「彼女を捜しに出たときの手がかりは、聞きまちがえようのない高地なまりと、葬儀用の棕櫚編みをしているという、このふたつだけだった」。そのため、なかなか彼女を見つけることはできなかった。それに、方々で「この世でいちばん美しい娘はどこにいる、と聞くと、母親たちはそろって自分の娘のところへ案内した」からだ。「思わしい結果もえられぬまま数週間がすぎたころ、彼はすべての鐘が死者のために打ち鳴らされている見知らぬ町に着いた」(p.324)。フェルナンダのもとに「アウレリャノ・セグンドが訪ねてきたのは……予想もしないことだった」(p.323)。

「私の携帯電話、赤外線通信付いてないんで」

私がA子に初めて会ったころはまだ、スマホが今のように普及する前だった。当時はまだメールアドレスを口頭で交換しなければならず、私のメールアドレスは長かったため、1文字ずつ打ち込んでいるうちに、

「行くぞー」

と言って友人たちが彼女を連れ出して行ってしまったのだった。

「じゃぁ、また」と互いに挨拶を交わしたものの、それはあくまで形式的なものに過ぎなかった。

ところが、私は彼女に再会することになった。それは本屋だった。私はこの偶然に舞い上がった。これは何か縁で結ばれているにちがいないと考えた。しかし、彼女は冷静だった。すごい偶然などと私が興奮して話しているのを遮って、

「そんなことより、喉渇いてませんか？」

と言ったのだった。もとはと言えば、たまたま同席した飲み会で少しばかり話がはずんだのも、互いに本が好きだからというところが多分にあったわけで本屋で再会したのはなんの不思議もないといえばそうなのかもしれない。そして、ビールを呑みに入った居酒屋で、「あの話、またやってください」と言われたのがチェンさんの鎌倉見仏の話だった。そし

て、一通り私が話し切ると、「あはは、面白いですね。じゃあまた」と言って彼女は店を出て行こうとした。私は急いで、メールアドレスを紙に書いて渡したのだった。今度は私はまたA子に会えるだろうというまったく根拠のない確信を感じていた。

フェルナンダをマコンドに連れ帰ったアウレリャノ・セグンドは「彼を一人前にした」(p.317)ペトラ・コテスの元を訪ねた。「ところが彼には、あらかじめ彼女に話をするだけの度胸もな」く、「ペトラ・コテスのほうから別れ話を持ちださせようとして、……すねたり、……怨《うら》んだりした」(p.318)。ペトラ・コテスは、

「つまり、あの女王様といっしょになりたいってことね」(p.318)

とずばり指摘し、彼はそれに対して「怒った振りをして、……それっきり寄りつかなくなった」(p.318)。もちろん、ペトラ・コテスにはすべてお見通しだったし、いつか必ず彼が自分の元にもどってくると確信していた。

アウレリャノ・セグンドとフェルナンダの生まれ育った環境はまったく違うものだった。当然のことながら新婚生活には様々な衝突が生じたのだった。

文枝　どちらの相談ですか？　奥さんの方？

フェルナンダ　はい。「ハネムーンが終わると同時に」(p.319) ペトラ・コテスとかい

『新婚さんいらっしゃい』[3]

う情婦のところに通って、「マダガスカルの女王に扮した写真を撮らせた」りするんです。私、すぐに「嫁入りのときに持参した荷物をまとめて」(p.317) マコンドから出ました。それからも育ての親だとか言って、気づけば「ペトラ・コテスのベッドに舞い戻っている」(p.327) んですよ。

文枝　情婦！　あんた、そらあきまへんで。こんな綺麗な奥さん貰うといて。

アウレリャノ・セグンドも反論する。

アウレリャノ　いや、だってね、「家畜に仔を産ませるには、これより手がない」(p.327) んですよ。

ソファーから滑り落ちる文枝師匠。そんな彼らには、マジック・リアリズムも顔負け、ナカバヤシ「フエルアルバム」を手渡したい。

アウレリャノ　それにね、なんか「フェルナンダは、その宗教上の監督者が男女の交わりを断つべき日を……書きこんでくれた、……美しい暦を持参してい」るんですけど、残りは「わずか四十二日の日数しかな」(p.325) いんです。

文枝　もう、あんたら、これ持って帰りなはれ！

これまで可笑しな夫婦を何十年にもわたって相手してきた師匠であったが、Ｙｅｓ・Ｎｏ枕を手渡しながら、あまりのわけのわからなさに、目眩がしたに違いない。もはや投げやりになった師匠が言った言葉が会場に響いただろう。

文枝　ご主人、あとは何か困りごとはおまへんか？

アウレリャノ　「フェルナンダは自分の先祖から伝わったしきたりを強引に持ちこもうと」(p.328) するんです。

これは彼だけでなく「家族全員の敵意を買っ」たのだった。「台所で各自が好きなときに食事をする習慣をやめさせ」(p.328)、「食堂の大きなテーブルで、決められた時間に食事をするように仕向けた」。「サンタ・ソフィア・デ・ラ・ピエダが続けてきたお菓子と動物の飴《あめ》細工の商売も、品が良くないと……言いだして、……やめさせられた」(p.329)し、屋敷の戸や窓もあれこれ理由をつけて結局閉ざされた。アウレリャノ・ブエンディア大佐も「放っておけば先々どうなるかを察して文句を言った」(p.330)。「これが続くようだと、最後にもう一度、保守政権と一戦まじえることになるかもしれん。が、差しあたり、わが家の王様にちゃんとしてもらうことだな」(p.330)

ただし、「フェルナンダは大佐と顔を合わせるのを巧みに避けた」。「老大佐がいったん年寄りの頑固さを発揮したら、この屋敷を土台ごと引き倒しかねないことを知っていたからだ」(p.330)。このようにして、女王になるといって育てられたフェルナンダは、文字通りブエンディア家の女王になったのだった。

最初に生まれた子供にはホセ・アルカディオと名付け、「長女が生まれたときには」(p.330)「レナータ・レメディオスという名前がつけられることになった」。彼女は「やがて父親（ドン・フェルナンド）のことを理想的な人間として語るようになった」。「いっさいの虚栄を捨てて聖者の域に近づきつつある特別な人間である」(p.331)とまで言ったが、これも家族の不評を買った。

実際、彼女の父は「クリスマスには、表の入口からもはいりきらない贈物の箱を届けてくれた」(p.331)のだ。それは毎年少しずつ「一族の墓を、そっくりそのまま送りつけ」るという、ディアゴスティーニも仰天するような方法だった。十年目に届けられた「鉛の櫃《ひつ》」(p.332)の「蓋をあけたとたんに、破れた皮膚から悪臭が立ちのぼり、生きた真珠のように泡をふくスープのなかでゆだっている、黒ずくめの、……ドン・フェルナンドの姿が目にはいったのだった」(p.333)。

「女の子が生まれて間もなく、あらためてネールランディア停戦協定の締結を記念するために、アウレリャノ・ブエンディア大佐の表彰式をとり行なうという、……政府の発表があった」。「大佐は激しく反撥し、表彰を拒否した」。「金細工の狭い仕事場は使節たちであふれた」が、大佐は「このままそっとしておいてくれ、と強い口調で言った」(p.333)。「大佐をもっとも怒らせたのは、大統領がわざわざマコンドの式典に列席して、大佐に勲功章を授けるつもりでいるという話」で、「次のような返事を大統領に伝えさせた」(p.334)。

誰のじゃまにもならない老人にたいするこの無礼へのみせしめに、いささか遅きに失した感があるが、大統領に一発ぶち込むことのできる機会を今から心待ちにしていると。(p.334)

こんな時に頼りになるのは「青年時代から勝利と敗北をわけ合ってきた友」である。ヘリネルド・マルケス大佐が「四人の男にかつがれた揺り椅子」に乗ってやってきたとき、「てっきり、自分も同じ気持ちであることを伝え」(p.334) に来たのだと思ったが、実際には授章を受け入れるように彼を説得しに来たのだった。落胆したアウレリャノ大佐は言った。

「気のつくのが遅かった。いっそ、あのとき銃殺させたほうが良かった」(p.334)

「祝典には家族はひとりも出席しなかった」(p.334) が、「わびしい仕事場からも、軍楽隊の演奏や……演説の文句などが聞こえ……怒りと甚だしい無力感で大佐の目は濡《ぬ》れていった」。「式典のざわめきがまだ消えないうちに、ウルスラが仕事場の戸をたたいた」。「じゃまをしないで」と言った大佐に、「あけておくれ。あのお祭り騒ぎとは何の関係もないことなんだから」とふだんの声でウルスラは言った。「大佐が掛け金をはずすと、いろんな格好をした十七人の男が戸口に立っていた」(p.335)。彼らはすべて大佐が戦争中に女性たちに産ませた子供だった。

「彼らが屋敷に滞在した三日間は、まるで戦争のような騒ぎだった」(p.336)。「彼らがふたたび沿岸の一帯にちりぢりに帰っていく前に、アマランタは無理やり晴着を着せて、教会へ連れていった。敬虔《けいけん》な気持ちからというよりふざけ半分に、……聖体拝領席まで行くと、……アントニオ・イサベル神父が額に灰で十字のしるしを描いてくれた」が、「帰宅してから……額の汚れを洗い落そうとすると、消えないことがわかった」(p.337)。「このほうがいいわ。これからは、お前たちを見間違える者はいないよ」(p.338)とウルスラは言った。

「アウレリャノ・セグンドは、……みんなここに残っていっしょに仕事をしないか、と（彼らを）誘った」が、「それに応じたのは、祖父の激しい気性と探究心を受けついだ混血の大男、アウレリャノ・トリステひとりだった」(p.337)。彼は「ホセ・アルカディオ・ブエンディアが発明熱に取《と》り憑《つ》かれていたころ夢みた製氷工場を、町のはずれに建てた」(p.338)。さらに「アウレリャノ・ブエンディア大佐の息子たちがマコンドを二度めに訪れたとき、そのなかのアウレリャノ・センテノという者がそこにとどまって、アウレリャノ・トリステの仕事を手伝うことになった」(p.343)。

ウルスラとアマランタはかつて子供のころに洗礼のためにこの家に連れてこられた彼のことを覚えていた。というのも「手にした壊れやすい品物を二、三時間ですべて粉々にしてしまったからだ」。「今では、あばた面《づら》の中肉中背の男にすぎなかったが、その手の恐るべき破壊力は昔と変わらなかった」(p.343)し、やがて彼は「水のかわりに果汁を使った氷の製造の実験に取りかかり、知らず識《し》らずのうちに、シャーベット製造の基本を身につけた」(p.345)のだった。

大佐のふたりの息子たちの懸命な努力により、製氷の生産性は目まぐるしく向上した。

「近在の狭い市場では不足になり、アウレリャノ・トリステは……ほかの町へも取引きをひろげることを考えなければならなかった」(p.344)。彼はこう言った。

「何がなんでも鉄道を引かなきゃいかん」(p.344)

鉄道の出てくる話が好きだ。汽車でも、電車でもいい。とにかく鉄道が出てくるだけで興奮してしまう。かつて、私は『駅馬車』をアメリカの鉄道を巡る映画だと勘違いし、駅と言っても馬車のためのものだとようやく気づいて落胆したものだった。子供心に『世界の車窓から』は、車窓ではなく車掌さんが出てきて鉄道を紹介する番組だと思い込んでいた。しかし、映し出されるのは鉄道ではなく、当然のことながら鉄道の車窓から見える景色だ。ようやく中央駅に到着する機関車の勇ましい姿が映ったかと思うと、あろうことかすぐに町の市場の映像が流れた。結局鉄道をあまり見られないじゃないかと憤慨してテレビのスイッチを切ることになった。

「こりることを知らないアウレリャノ・セグンドは、……鉄道を引くための資金を出してや」(p.344)り、アウレリャノ・トリステは「次の水曜日に出発し……それっきり消息が絶えた」。「何の便りもないまま雨期が終わり夏がすぎて、それでも兄が帰って」(p.345)

映画『スタンド・バイ・ミー』で鉄道橋を渡る少年たち [4]

こなかったため、みなはもう鉄道はやって来ないと諦めかけていた。となれば、遠回りなどせずに、このまま鉄道橋を渡ろう。

そう考えたのは、たまたま聞いてしまった行方不明の死体探しへと仲間で出かけた『スタンド・バイミー』の少年たちだ。と、その時だった。

「日盛りに川で洗濯をしていたひとりの女が、……金切り声をあげながら町の真ん中の通りを駆けてきた」。「来るよ、あっちよ!……かまどみたいに、おっかないのが、町を、引きずるみたいに……」(p.345)

工事に誰もそれまで気がつかなかったのは「ジプシーたちの、新しいいかさまであると思ったからだ」った。「すさまじい反響をともなった笛のような音と、異様なあえぎが町全体をゆさぶった」(p.345)。「機関車の上で手を振っているアウレリャ

後ろから汽車が追いかけてくる [4]

ノ・トリステの姿が見えた」。「やっとこの町へ到着した花いっぱいの汽車が、夢中になっている連中の目にとび込んだ。多くの不安や安堵《あんど》を、喜びごとや不幸を、変化や災厄や昔を懐かしむ気分などをマコンドに運びこむことになる、無心の、黄色い汽車が」(p.346)。

参考文献

1. ガブリエル・ガルシア＝マルケス『百年の孤独』(鼓直訳)、新潮文庫、二〇二四年。
2. Gabriel García Márquez, “Cien años de soledad,” 1967.
3. 朝日放送『新婚さんいらっしゃい』、二〇一五年。
4. ロブ・ライナー(監督)『スタンド・バイ・ミー』、一九八六年。

第12章 レメディオスの昇天で使ったシーツは返してください

前章までのあらすじ

アウレリャノ・セグンドはカーニバルの女王に選ばれたフェルナンダを探し当て結婚し、二人の子を授かるものの、ベッドを共にすると家畜が次々と子を産むというペトラ・コテスの元へ通うのをやめようとしない。活況に沸くマコンドに移り住んだアウレリャノ・ブエンディア大佐の17人の息子たちの一人、アウレリャノ・トリステは製氷工場をおこしていた。

気づくと私はマレーシアの地方都市の長いホームで、国境からやってくるはずの長距離列車を待っていた。しかし、待てども待てども、やってくるのは貨物列車ばかりで、辺りはすっかり暮れてしまった。このまま列車はこないのかもしれない。不安が私を襲ったが、結局のところ自分ではどうしようもないことを心配しても仕方ないと考え直した。それがマレーシアに赴任してからの半年ほどの間にこの土地で私が学んだことだった。その瞬間だった。人々が待ちくたびれたころにマコンドに鉄道が開通した場面を思い出したのだ。続きを読まねばと私は思った。

「鉄道が本式に開通して、水曜日の十一時に正確に列車が到着しはじめ、……木造の粗末な駅舎が建てられた」。「そしてある水曜日、……いかさま師たちにまじって、ずんぐりした愛想のよいミスター・ハーバートという者がマコンドへやって来て、屋敷で昼食をとった」(p.349)。食卓に運ばれた虎斑入りのバナナの房から「彼は最初、気のなさそうな様子で一本をもぎとった」が、「よく噛《か》んで味わい、ひと房を食べきると、もうひと房をと頼んだ」。そして、「肌身はなさず持っている道具箱から……取りだした……特別なメスで切りきざみ、調剤用の天秤《てんびん》で重さをはかり、武器商人が用いるゲージで幅を測定」し、「一本のバナナを綿密に調べあげた」のだった。「そのものものしい動作が気になって、誰も落ち着いて食事ができなかった」(p.350)。いったい彼は何をしているのか。

「それからの数日、網と虫籠《むしかご》をかかえて、町はずれで蝶《ちょう》を追っかけ回している彼の姿が見られた」。やがて、「土木技師や農業技師、水文学者《すいもんがくしゃ》や地形学者、それに測量技師などの一団が到着し」、同じ場所を「数週間にわたって調査した」。あっという間に大勢の人々が「座席やデッキだけでなく客車の屋根の上にまで乗って、各地から汽車で押しかけた」(p.351)。「よそ者は、鉄道線路の向こう側に、椰子《やし》の木で縁取られた通りが走る別の町を建てた」。「その区域はまるで巨大な鶏舎のように電流の通った金網で囲まれてい」た。「かつては神だけに許されていたさまざまな手段を有する彼らは、雨の降り方を変え、収穫の周期を早め」、川の流れを変えた。「フランスの娼婦らが住んでいる通りを、……もっと広い町に変えて」(p.352)、「トルコ人街も、……電気の明るい輸入品専門の店でにぎわいをまし、土曜の晩には、大勢の山師たちであふれ返った」(p.353)。「古くからのマコンドの住民は、ここが自分たちの町だとは思えなくなっていた」(p.354)のだった。

アウレリャノ・ブエンディア大佐は言った。

「アメリカ人にバナナをすすめたばっかりに……えらいことになった、まったく!」(p.354)

発端は「ホテルで部屋がないと言われて、たどたどしいスペイン語で抗議していた彼(ハーバート氏)を、アウレリャノ・セグンドが偶然見かけて、……わが家に連れてきた」(p.350)ことだった。たどたどしいスペイン語と私は思った。ちょうど私も、いつまでも到着しない列車の消息をやはりたどたどしい英語で係員に尋ねたばかりだった。そして、

『新スパイ大作戦』[3]

いつものことながら相手の話す言葉が聞き取れないことに悩まされていたのである。もちろんこれまで手を打ってこなかったわけではない。耳を鍛えるためには海外ドラマがいいと度々耳にしていた私はこちらに来てからというもの、次々と海外ドラマを観ていたのだった。そして、あるドラマに私は没頭していたのである。『新スパイ大作戦』だ。

リーダーであるジム・フェルプス率いるメンバーたちが、秘密の指令にもとづいて、社会で暗躍する悪者を追い詰め、出し抜き、アメリカを危機から救う。高校生のころに深夜のテレビを食い入るように観た記憶が蘇ってきた。私は次々とエピソードを観ていった。そして、驚くことに彼らの話す言葉が明瞭に聴き取れるのである。何しろこれは日本語吹き替えだったからだ。もちろん、これでは英語の勉強にはならない。しかし、一度観はじめると、止まらない。それにしても、当時も今もどうしてこれほど『新スパイ大作戦』に熱中してしまうのだろうか。思うに、彼らが物、顔、声を複製し、あらゆるシステムにいとも簡単に侵入してしまう、ありえないテクノロジーに息を呑んだからではないだろうか。

では、マコンドの人々が『新スパイ大作戦』を観たらどう感じただろう。「マコンドの人びとは、すばらしい新発明の品々の……どれから驚けばいいのかとまどった」(p.347)にちがいない。だが、怒り狂うことにもなっただろう。何しろ、「ある活動写真で死んで埋葬され、その不幸に同情して涙を流してやった人物が、次の活動写真でアラビア人に姿を変えて生き返」ると、「主人公らの運命に一喜一憂していた観客は、このとんでもないインチキを腹にすえかねて、椅子席をめちゃめちゃにした」のだし、「市長は……告示を出し、活動写真は観客が騒ぎたてるまでもない幻覚のからくりである、と釈明し」(p.347)なければならぬほどだったからである。嘘なのだ。『新スパイ大作戦』ももちろん嘘だ。現実には作戦など存在しないのである。にもかかわらず私はメンバーが繰り広げる作戦に一喜一憂しているのだった。

そして何より『新スパイ大作戦』の指令を受け取る場面が印象的なのである。リーダーが指令の入ったディスクを収めたプレーヤーを受け取る。よくわからないそのへんの人たちから受け取る。このまた小芝居もいい。そして、指紋認証をすると再生がはじまる。

「おはよう、フェルプス君」

このシーンが堪らないのだ。事件の背景と、そこに絡む重要人物の紹介が続く。マコンドでならという考えがふたたび私の頭をよぎる。マコンドではレメディオスの周りで多くの男たちが彼女に恋焦がれて殉死していたことを思い出す。テレビでは「そこで今回の指令だが」と切り出して作戦の内容が示される。マコンドでの指令なら、きっとこうだろう。これ以上、殉死する者を出してはいけない。そして、レメディオスの身を守れ。

指令のラストはこう結ばれる。

「例によって君もしくは君のメンバーが捕らえられ、或いは殺されても当局は一切関知しないから、そのつもりで」

さらにこうだ。

「なおこのディスクは自動的に消滅する。成功を祈る!」

♪デデーン、デデデーン!

すると頭の中にスパイ大作戦のテーマ曲がエンドレスに流れつづけるのだった。

「アウレリャノ・セグンドは……よそ者たちの殺到がうれしくて仕方がなかった」(p.354)。

寝室を建て増しし、食堂を広げても、たちまち屋敷の中は騒々しい連中で溢れ返った。アウレリャノ・ブエンディア大佐やアマランタは、バナナ・プランテーション・バブルに乗じてやってくる闖入者を嫌って人目のつかないところで暮らすようになった。一方、ウルスラは、「子供のようにはしゃ」ぎ、「肉と魚を用意しなきゃだめよ」と家のものに指図した。「列車は暑さがいちばんきびしい時刻に到着し……汗みずくの客が、テーブルのいちばん良い席を取ろうとしてなだれ込んできた」(p.355)。こんな状況なら、スパイが仮にまぎれ込んでも誰にも気づかれまい。しかし、スパイたるもの、用心には用心をするに越したことはないのである。「額に灰の十字がある、アウレリャノ・ブエンディア大佐の別のふたりの息子が、……騒ぎにつられて町へやって来」(p.356)た。「みんなが来るから、ぼくらも来たんですよ」(p.356)

完璧である。これなら決して怪しまれない。こうして大佐の息子たちはマコンドに移り住んできたのだった。

「小町娘のレメディオスだけがこのバナナ熱にかから」ず「自分だけの素朴な世界の喜びに浸っていた」し、「すっぽり頭からかぶるだけですむ長い麻の服を自分で縫って、それ一枚で押しとおした」のだ。髪型について「うるさく言われると、あっさり丸坊主《まるぼうず》にな」(p.356)った。ところが、快適さを求めてシンプルな格好になればなるほどに、「信じが

屋根裏から金庫を覗き込むスパイ [3]

たいほどの美貌《びぼう》は……見る者をまどわし、……男たちを挑発する結果になった」。何しろ、「粗末な寝巻の下には何も着ていないことが……明らかだった」(p.357) し、「手を使って食事したあと気持ちよさそうに指をしゃぶったりするのは、罪深い挑発でなくて何だ、と思ったからである」。それに、「よそ者たちは、小町娘のレメディオスの体から頭がクラクラするほど強烈な匂《にお》いが発散すること……に気づいた」のだ。「世間ずれした男たちでさえ、……(彼女の) 体臭がいだかせるような不安は一度も経験したことがない、と断言し」たし、かつて「守備隊の若い隊長」や「紳士が絶望の淵《ふち》に落ちたことを理解しえた」(p.358) のだった。そんなこととは露知らず、無邪気に暮らしていたレメディオスは、やがて人目につかぬように台所で食事をし、暇つぶしのように蠍《さそり》を退治しながら、何時間も入浴す

屋根裏から侵入しようとするスパイ [3]

るようになった。「ある日、……ひとりのよそ者が屋根のかわらを引きはがし……彼女の裸を見たとたんに、そのあまりの見事さに息をのんだ」(p.359)。「「気をつけて!」彼女は叫んだ。「落ちるわよ」」(p.360)

　代わりに読んでいる私も一瞬ひやっとする。そして、『新スパイ大作戦』においても、優秀であるはずのスパイたちが思わぬアクシデントから絶体絶命のピンチに陥るたびに、観ている私たちはヒヤヒヤせざるをえない。こうして、ドラマに引き込まれ、現実とフィクションの境界が曖昧になってくるのだ。男は大丈夫か? 17人のアウレリャノは今ごろどうしているのか。

　ところが、屋根の上の男はレメディオスの体に「シャボンをつけさせてくれないかな?」(p.360)と懇願し、やがて求婚するものの、彼女は「女が風《ふ》呂《ろ》にはいるのを一時間も、……見ているような……ばかな人」はお断りと拒んだのだった。その時、「傷んでいたかわらがすさまじい音を立てて割れ」、男は「恐怖の叫びをあげただけでセメントの床に落ち、首の骨を折って即死した」(p.361)。またしても一人の犠牲者を出してしまった。

彼女が「発散させるのは愛の香りではなく死の匂いだというわさを（人々は）信じるようにな」(p.362)った。しかし、だからといっていったい家族に何が出来ただろうか。ウルスラは彼女に気を遣うのをやめて「成りゆきにまかせることにし」(p.364)、アマランタもフェルナンダも「役に立つ人間に仕立てあげる試みをいっさい放棄していた」(p.365)のだ。「こうして小町娘のレメディオスは、……おだやかな睡眠と、きりのない沐浴《もくよく》と、時間のでたらめな食事……のなかで、一人前の女に育っていった」(p.366)。

「やがて迎えた三月のある日の午後、紐《ひも》に吊るしたシーツを庭先でたたむために、……手助けを頼んだ」が、「アマランタが……レメディオスの顔が透きとおって見えるほど異様に青白いことに気づい」(p.366)たのだ。

「どこか具合でも悪いの？」

「いいえ……こんなに気分がいいのは初めて」(p.366)

「光をはらんだ弱々しい風がその手からシーツを奪って、いっぱいにひろげるのを見た」。

彼女の「体がふわりと宙に浮いた」(p.366)。大変なことになった。スパイのメンバーたちは何をしているんだ。17人のアウレリャノはどこへ行ってしまったのだ。人々が慌てている間に「彼女はシーツに抱かれて舞いあがり、……午後の四時も終わろうとする風のなかを抜けて、……鳥でさえ追っていけないはるかな高みへ、永遠に姿を消した」(p.367)のだった。

フェルナンダは「しぶしぶこの奇跡を認め」たが、「シーツだけは返してくださるようにと、神様にお願いをしていた」(p.367)。「小町娘のレメディオスこそこれまで会ったいちばん頭のよい人間である……と今なお信じて」(p.365)いたアウレリャノ・ブエンディア大佐だけは何とかならなかったかと考えただろう。

「バナナ会社が進出してくると、市の役人たちは威張りくさったよそ者と交替させられた」(p.368)し、「従来の警官にかわって、蛮刀をさげた殺し屋ふうの男たちが配置された」。大佐は世の中がどんどん悪くなっていると感じていたにちがいない。かつての戦争で「とことん戦わなかったのはやはり間違いだったと悟り、大いに悔やんだ」(p.369)。

ちょうどそのころ、連れられて「広場の屋台へ冷たいものを買いに出かけた……子供がうっかりしてひとりの巡査部長に突きあたり、制服を飲み物でよごし」てしまった。「乱暴な男は蛮刀で子供をめった斬《ぎ》りにし、止めようとした祖父の首を一刀のもとにはねた」

のだ。「アウレリャノ・ブエンディア大佐にとって、この事件は贖罪《しょくざい》の終わりを意味した」。「しわがれ声で、もはや胸にしまっておけない憎悪《ぞうお》をぶちまけた」(p.369)。大佐は叫んだ。

「近いうちに……息子たちに銃を持たせて、この、いまいましいよそ者たちを皆殺しにしてやる！」(p.369)

「その週のうちに、……大佐の……息子たちは灰の十字の真ん中をねらう目に見えない犯人によって、兎のように狩り立てられた」のだ。「アウレリャノ・トリステは、……母親の家を出ようとして、……弾丸で額を撃ち抜かれた」(p.370)。

——君もしくは君のメンバーが捕らえられ、或いは殺されても当局は一切関知しないから、そのつもりで。

「アウレリャノ・センテノは、……ハンモックの上で、氷用の手《て》鉤《かぎ》を……眉間《みけん》に打ち込まれるという無残な姿で見つかった」(p.370)。

——……君のメンバーが、……殺されても当局は一切関知しないから、そのつもりで。

「アウレリャノ・セラドルは、恋人を活動写真に連れていった」帰りにピストルで、アウレリャノ・アルカヤは「ベッドからはね起き、ドアをあけたとたん、……モーゼル拳銃《けんじゅう》が火を吐いて顔を吹き飛ば」(p.370)された。

——……君のメンバーが……殺されても……

「そのつもりで。」「そのつもりで。」スパイには死がつきものだが、大佐にそのつもりはなかった。「アマランタは、……電報が来るたびに名前に線を引いていった」。どうして、どうしてなんだ！「アウレリャノ・ブエンディア大佐にとって、それは暗い日々の連続だった」(p.371)。「大佐が感じたものは悲しみではなくて、やり場のない怒りであり、体の萎《な》えていくような無力感であった」。「金細工の魚をつくる仕事もやめ、ろくに食べ物を口にしなかった。……腹立たしげに何事かをつぶやきながら、夢遊病者のように屋敷のなかをさまよった」(p.372)のだった。

「大佐はある朝、ウルスラが栗の木のかげで亡夫の膝《ひざ》にすがって泣いているところに出くわした」(p.373)。「(お父さんは)とっても悲しんでるわ。あんたが死ぬと思ってるのよ」と言うウルスラに、大佐は答えた。「伝えてください。人間は、死すべきときに死なず、ただ、その時機が来たら死ぬんだとね」。「亡父の予感は心に残っていた自尊心の燠を掻《か》きたてた」(p.374)。「大佐は熱心に説いてまわ」り、「自尊心さえ捨てて頼み歩いた」。「ウルスラが埋め隠しているものを上まわる多額の金を集めた」。そして、「大佐は……戦争を始めるのを助けてもらうつもりで、病床のヘリネルド・マルケス大佐のもとを訪れた」(p.375)。

しかし、ヘリネルド・マルケス大佐にもそのつもりはなかったのだった。「ネールランディア協定から以後、アウレリャノ・ブエンディア大佐が世間を捨てて小魚の金細工に励んでいるあいだも、……反乱軍の将校たちと接触を続けていた」が、「嘆願、陳情書」とそれに対する「「目下、慎重に検討中だ」という文句で明け暮れる」(p.375)「恐るべき持久戦には精根つきて、……老いの悲惨な敗北の淵に沈んで」いたのだ。「アウレリャノ・ブエンディア大佐が……政権を根こそぎにする反乱を起こしたい、と言ったとき、ヘリネルド・マルケス大佐は」、ただ「哀れみを感じ、思わず吐息をついて言った」(p.376)のだった。

「ああ、アウレリャノ！　年を取ったと聞いていたが、見かけよりよほどぼけてるんだな、

あんたは！」(p.376)

ハッとして私は本から顔を上げた。まだ列車は来ていなかった。アウレリャノ・ブエンディア大佐が時代の流れに逆らえないように、物語を読む者は、物語に逆らうことはできない。もちろん、そんなことは十分に承知しているはずだった。ところがどうだろう。老いて無謀な戦争を企てようとした大佐のように、私はスパイを送り込み、にもかかわらずレメディオスの昇天を阻止できなかったどころか、大佐の息子たち(今となってはスパイのメンバーだが)を皆殺しにしてしまったのだった。冷静になろうとした。自分ではどうしようもないことを心配しても仕方ないなと理解したはずではなかったか。私もまたぼけているのだろうか。

その時だった。「すさまじい反響をともなった笛のような音と、異様なあえぎが町全体をゆさぶった」(p.345)。「機関車の上で手を振っているアウレリャノ・トリステの姿が見えた」。「やっと……到着した花いっぱいの汽車が、夢中になっている連中の目にとび込んだ。多くの不安や安堵《あんど》を、喜びごとや不幸を、変化や災厄や昔を懐かしむ気分などをマコンドに運びこむことになる、無心の、黄色い汽車が」(p.346)。

こ、これはいったいどうなっているのだ。12章の終わりまで読んだはずだが、これは11章の終わりじゃないか。もう一度、12章を読み直せということか。事態をつかめぬままの私にわかったのは代わりに読みつづけるしかないということだった。とにかく続きを読もう。たとえそれが再び11章であろうと、12章であろうとも。そして、続きが気になったのなら、あなたは迷わず本屋さんへ走ってください。

参考文献

1. ガブリエル・ガルシア＝マルケス『百年の孤独』（鼓直訳）、新潮文庫、二〇二四年。
2. Gabriel García Márquez, "Cien años de soledad," 1967.
3. 『新スパイ大作戦』（Mission: Impossible）, Paramount Pictures, 1988 - 1990.

第13章　物語を変えることはできない

前章までのあらすじ

バナナ・プランテーションの活況に沸くマコンドに汽車で押し寄せる人々。シーツに包まれて空高くに飛んでいく小町娘のレメディオス。代わりに読む私は、町へやってきていたアウレリャノ・ブエンディア大佐の息子たちをスパイに見立て、彼女を救おうと試みるが失敗し、息子たちは何者かによって次々と暗殺されてしまった。

事件が立て続けに起こるうちに、アウレリャノ・セグンドの子供、ホセ・アルカディオは「ぼつぼつ神学校へすすむ準備を急がねばならない時機に来ていた」し、妹のメメも

「後に彼女をクラビコードの名手に仕立てあげる、尼僧《にそう》たちの学校へ移る年齢に達していた」(p.377)。「ウルスラはいまだに老いぼれる気配を見せず……よそ者たちを見かけるたびに」、中から大量に金貨の見つかった「聖ヨセフの石膏像をこの屋敷に残していった覚えはないか、という質問をしつこくくり返した」(p.378)。彼女は呆けてはいなかった。しかし、問題は目の曇りだった。「最初は一時的な視力の衰えだと思い、鶏《とり》がらのスープをこっそり飲んだり蜂蜜《はちみつ》を目にさしたりしていたが、……闇の世界に沈んでいくのを止める手だてはないと納得した」。そして、「ウルスラはこの事実を誰にも打ち明けなかった」ため、「彼女の目がいつごろから悪くなりだしたのか、誰も知らなかった」。「黙って、そこらの物と物との距離や、他人の声をおぼえ込もうとし……やがて、臭いが予想外に役立つことを知った」(p.379)のだった。

「フェルナンダが結婚指輪がないと言いだして大騒ぎになったことがあるが、子供たちの寝室の棚の上のそれを見つけてやったのもウルスラだった」(p.379)。「家族のひとりびとりがそれとは知らずに毎日、同じところを通り、同じ動作をくり返し、さらに同じ時刻に同じことをしゃべ」っており、「そういう小さな習慣からそれたときに初めて、みんなは何かを紛失するのだ」(p.380)と彼女だけが気づいていたからだった。「ある日、ウルスラはベゴニアの廊下で刺繍《ししゅう》をしていたアマランタに蹴つまずい」て、「一年を通じて太陽の位置がごくわずかずつ移動し、廊下にすわる者たちが無意識のうちに、少しずつ場所を変えねばならないという事実」(p.381)を彼女は心得た。

「ウルスラ自身が失明していることをちょくちょく忘れ」(p.379)ていたのだ。このように失明によってむしろ「屋敷のなかのどんな些細《ささい》な出来事も見逃さないほど頭が冴《さ》えていたので、忙しすぎて突きとめられなかった真実を初めてはっきりと知ることができた」。それは、「アウレリャノ・ブエンディア大佐が家族への愛情を失ったのは、……けっして激しい戦乱のためではない、大佐はいまだかつて人を愛したことがない」という事実だった。「戦いに明け暮れていたのも、世間が考えるように理想のためではな」く、「業《ごう》にも似た自尊心に駆られて勝敗をあらそっただけなのだ」とウルスラは確信し、「およそ愛には縁のない人間だという結論に達した」(p.382)のだった。

ウルスラは彼が生まれる前のことを思い出した。「まだ息子がお腹にいたころのある晩、その泣き声を聞いたことがあ」った。「そばにいた(父の)ホセ・アルカディオ・ブエンディアも目をさまし、こいつはきっと腹話術師になる、と言って大いに喜」(p.382)び、「ほかの者は、……占い師だろう、と予言した」。彼女は「豚のしっぽがはえる最初の徴候だと信じて身震いし、どうぞ死産にしてください、と神に祈った」(p.383)のだった。

それで思い出すのが、私が小さいころからおしゃべりで、

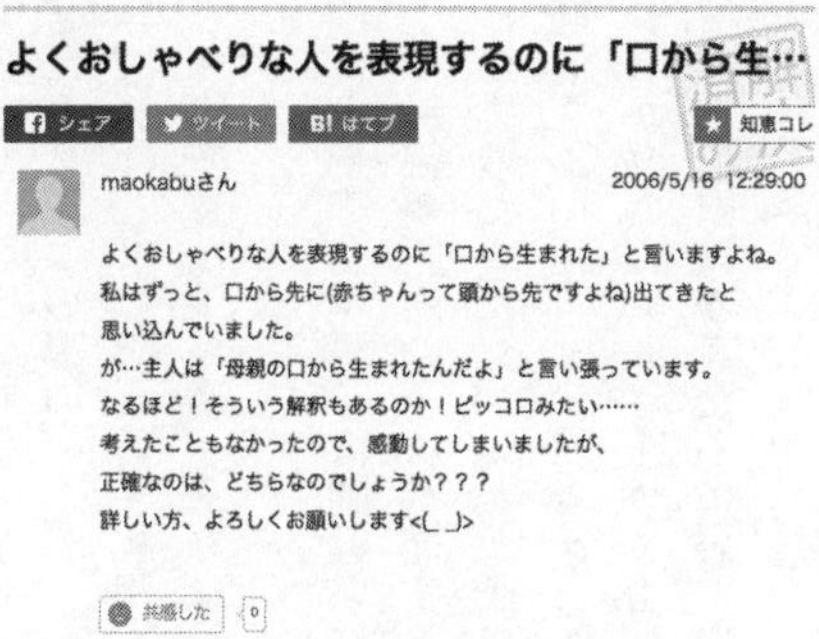
よくおしゃべりな人を表現するのに「口から生…

シェア　ツイート　B! はてブ　知恵コレ

maokabuさん　2006/5/16 12:29:00

よくおしゃべりな人を表現するのに「口から生まれた」と言いますよね。
私はずっと、口から先に(赤ちゃんって頭から先ですよね)出てきたと
思い込んでいました。
が…主人は「母親の口から生まれたんだよ」と言い張っています。
なるほど！そういう解釈もあるのか！ピッコロみたい……
考えたこともなかったので、感動してしまいましたが、
正確なのは、どちらなのでしょうか？？？
詳しい方、よろしくお願いします<(_ _)>

共感した　0

Yahoo! 知恵袋の質問
「口から生まれた」と言う夫 [3]

あんたは口から生まれてきた

としばしば言われて育ったことだ。大人の言うことというのは、特に生まれた時の話というのは確かめようがないのであるから、案外そういうものなのかと鵜呑みにしがちである。だから、私は口から生まれたと言われて育ったのではなかった。文字通り私は私が口から生まれてきた世界で生きてきたのだ。では、同じようなことを言われた人がいるだろうか。ネットで検索してみると、Yahoo! 知恵袋に興味深い質問を見つけた。

この質問に対して、

「言いません。」

というそっけない回答があり笑いを誘うが、私は回答よりもこの質問こそ興味深いと思うのであ

る。ここにも母親の口から生まれたと言い張る一人の男がおり、そのことを嬉々として語る妻がいる。「あの母親なら口からでも生みかねない」というような悪意はまったく感じられない。何かこの妻の質問を読むことで、突然私自身が救われた気がしたのだった。なぜだろう。この妻の、

「なるほど！ そういう解釈もあるのか！ ピッコロみたい」

と感激しながら楽しそうに質問する様子に、間違えている人への愛情を感じたからだった。

ようやくウルスラは間違いに気づいた。「年取ってかえって頭がすっきりしたおかげで……母親の胎内の子供が発する泣き声は、……愛の能力の欠如の明白なしるしであると悟った」のだ。ただ、「わが子にたいする評価のこの低下はかえって彼女の心に、……深い同情をふいに目ざめさせることになった」(p.383) のだった。娘のアマランタにも、血のつながりのないレベーカにも同じように深い哀れみを感じた。

さらに家族の者たちに思いを巡らした。「分別のないフェルナンダはいまだに」(p.385)「(昇天したレメディオスに) シーツを持っていかれたとこぼしている」し、アウレリャノたちの喪が明けないというのに「アウレリャノ・セグンドはふたたび屋敷の灯をあかあかとともし、大勢の酔っぱらいを連れこんで」、どんちゃん騒ぎを繰り返している。ウルス

ラは「いっそこのまま墓にはいって土をかぶったほうがよくはないか、と自分に問いかけ」(p.386)た。ウルスラにも人の心は変えられなかったのである。

ここで私は前章で、物語を変えようと企てたことを思い出さずにはいられなかった。もちろん、物語は変えることはできなかったのだ。前章を読んだマツヤマくんからメールがきていた。彼はもっと「代わりに読む」方法を追求すべきではありませんかとそのメールの中で私に訴えていた。まさにその通りだろう。いや、私は代わりに読む方法の追求の手を止めていたわけではなかった。物語の中と外、異なる物語との架空の会話を通じて、物語の改変を試み、その結果として代わりに読むことは成し遂げられないだろうかと画策していたのだった。物語の改変を試みることが、なぜ代わりに読むことになるのか。私にはまだわからない。それに危険がないわけではない。物語を改変してしまっては、読者は代わりに読む私をもはや信用できないかもしれないのだ。物語を変えようとする試みは完全な失敗に終わったのだろうか。

「ちくしょう!」(p.387)

ウルスラは思わず大きな声をあげた。それは「これほどの悲しみや苦しみをなめさせるとは、まさか人間が鉄でできているとは本気で信じているのではあるまいと、恐れげもなく神に迫りたい気持ちにもなった」(p.386)からだった。

法王修行のため「ある木曜日の午後二時に、ホセ・アルカディオは神学校へ発《た》った。……見送りのさいに想像したその(正装した少年の)姿を、ウルスラはいつまでも忘れなかったにちがいない」。「楽しげに振る舞」(p.387)っていた家族の者は、いざ送り出す段になると「まるっきり棺桶《かんおけ》を屋敷から送りだすときの」ようになった。「アウレリャノ・ブエンディア大佐だけが見送りに加わらなかった」(p.388)。

「何が法王様だ！　ばかばかしい！」(p.388)

「三カ月後に、アウレリャノ・セグンドとフェルナンダ……はメメを(尼僧の)学校に連れて」いった。この頃から「アマランタは自分の経かたびらを織りはじめた。バナナ熱はとっくに冷めていた」が、「これまでどおり、屋敷には昼食の客が呼びこまれていた」。

そこでは、「フェルナンダが一家の采配《さいはい》を振るようになって」おり、「両親に仕込まれた厳格な作法を強制」(p.388)したのだ。夫のアウレリャノ・セグンドは「わが家の暮らしが窮屈なので、……ペトラ・コテスのそばがますます居心地がよくな」り、「どんちゃん騒ぎの場所をそこに変え」(p.389) てしまったのだった。

ペトラ・コテスは「第二の青春を楽しんでいるか」のようだったし、アウレリャノ・セグンドは「若いころと同じように彼女に夢中になった」(p.390)。「当時くらい彼がにぎやかに騒ぎ、惜しげもなく金を使ったことはなかった」(p.391)。「顔色がすぐれ、人から好かれ、家畜がとめどなく仔を産んだことはなかった」(p.392) のだった。「出会った者を、……いっさいおかまいなくダンスパーティに誘った」。「パーティの気分が最高に盛りあがったとき」(p.391)、彼は叫んだ。

「牛よ、もうやめろ！ もうやめてくれ、人生は短いんだ！」(p.391)

「例のない歓待ぶりの評判は低地の向こうまで広まり、……美食家たちを引き寄せた。ペトラ・コテスの家で催される途方もない食べくらべに参加するために、……大食漢が各地から訪れ」、ついにアウレリャノ・セグンドにも歯が立たない「〈象おんな《ラ・エレファンタ》〉のあだ名で全国に名を知られた」者があらわれたのだった。「食べくらべは火曜の朝まで続いた」(p.392)。タピオカに、山の芋、焼きバナナに、大量のシャンペン、肉の塊を平らげていった。

あまりに大量の食事に圧倒され、読んでいる私もお腹が膨れたような気持ちになった。食べ物以外に何も思い浮かばなかった。完全に思考停止だった。これまで同様に脱線しよ

レストランで食事をとる少年 [4]

うとするなら、一体何に脱線すればいいのだろうか。あなたは何を思い浮かべただろうか？　教えてほしい。そう思いながら私はここを読み続けなければならなかった。なおも食べくらべは続いた。

「〈象おんな〉が平然としているのに、アウレリャノ・セグンドは……しだいに消耗していった」(p.394)。二人は目をさますと、大量のオレンジジュースに、コーヒー、生卵、豚肉に、バナナ、そして再びシャンペンと、食べ続けた。

このような状況にもかかわらず、映画『自転車泥棒』で金持ちの子がご馳走をレストランで食べるのをうらやましそうに見ている男の子を思い出さずにはいられないのだった。

なぜか、食欲がなくなる話や、空腹の話ばかりを思い出してしまう。大食いの場面と言えば、『スタンド・バイ・ミー』のパイの大食いくらいしか思いつかない。あるいはそれでいいのかもしれない。大食いだから、大食いを思い浮かべ、脱線するというわけではない。もし、脱線というのが似たようなものを思い浮かべることにすぎないのだとしたら、これまでも今からだって、私たちはどこへもたどり着かなかっただろう。

「ペトラ・コテスが焼いた二羽の七面鳥を食卓へ運んだときには、すでに……鬱血《うっけつ》の一歩手前まで来ていた」（p.394）。

「もうだめなら、およしなさい」（p.394）

と〈象おんな〉は言ったが、彼は諦めなかった。無茶をして喉の奥に詰め込んで失神し、フェルナンダの元に担ぎ込まれることになったのだ。

夫がペトラ・コテスのところでほとんど暮らすようになっていたので、「フェルナンダは骨休みができた。……退屈な時間をわずかに慰めてくれるものは」（p.395）「子供たちの手紙だった。……しかし、一行もほんとうのことは書かなかった。心の悩みを隠そうとした。……屋敷のうらわびしさを、子供たちには悟らせまいとした」（p.396）のだった。

「わびしい年月、フェルナンダがいちばん心配したのは、……休暇をすごすために帰ってきたメメが、屋敷にアウレリャノ・セグンドの姿がないことに気づきはしないかということだった。……両親はしめし合せて」（p.397）、休暇の間だけは「アウレリャノ・セグンドは模範的な夫の役を演じ」なかった。メメは母親の性格をほとんど受け継いでいなかった。一方、「父親の派手好みや度をすぎた客好きがまんざらでもなさそうだった」。「三度めの休暇のとき」、「ろくでもない遺伝が初めて明らかになった」のである。彼女は「前もって知らせもよこさずに、四人の尼僧と六十八人の級友を連れて戻ってきたのだ」(p.398)。フェルナンダは早速嘆いた。

「なんて無茶な子だろう！　父親にそっくりだわ」(p.399)

大勢を受け入れた屋敷は大変なことになった。彼女らのために「近所からベッドやハンモックを借り、食卓では九交替制をしき、入浴時間をきめ」たが、「にぎやかな生徒たちは、朝食を食べたと思うと昼食の、それがすむと晩飯の列につかなければならなかった。それでも「疲れを知らない娘たちはまだ中庭を騒ぎまわって、退屈な校歌などを歌ってい た」のだった。「生徒たちは寝る前にトイレに行こうとして右往左往し」(p.399)、夜中まで行列をなした。「それで考えて、フェルナンダは七十二個のおまるを買い込んだが」、結局「各自のおまるをかかえた女の子たちが、洗う順番を待つために、朝からトイレの前に長い列をつくった」だけだった。客が去るとフェルナンダは「七十二個のおまるをメルキアデスの部屋にしまい」、「今は締め切られているその部屋はそれ以後、おまるの部屋、と呼ばれるようになった」(p.400)のだった。

その頃から「ふたたびホセ・アルカディオ・セグンドが姿を見せだした。誰にも声をかけずに廊下を通りすぎ、仕事場に閉じこもって大佐と話をした」のだった。「ウルスラは監督用の長靴の音に耳をすまし、彼の心がすっかり家族の者から離れていることを知っ」た。彼は「直線的で、きまじめで、いつも何事かを考えこんでいた」(p.401)。それは「ヘリネルド・マルケス大佐に連れられて兵営へゆき、銃殺を見……処刑される男の悲しげな、同時にひとを小ばかにしたような微笑が目に焼きつい」て以来のことだった。「彼の一生の方向をきめた死刑囚の思い出は、……年を重ねるにつれてより鮮明なものになった」(p.402)。ウルスラは「彼こそアウレリャノを名のるべき男だ、少年時代のある時期にふたごの弟と入れ替わったのだ」との確信を深めた。というのも「大佐が仕事中でも仕事場に入れていると気づいた」(p.401)からだった。

「アウレリャノ・ブエンディア大佐は影のような存在になっていた。……栗《くり》の木のかげで立小便をするとき以外はほとんど仕事場を離れなかった」し、「ウルスラが日に一度運んでくれるものを、文句も言わずに食べた」(p.396)。過去の思い出の品も燃やしてしまい、人との交流を絶った。

「お前の心は、まるで石だね」(p.397)

とウルスラが言った。「自分の殻に閉じこもり、家族の者に死人扱いされるようになった」(p.403)。

　そして、十月十一日を迎えた。「アウレリャノ・ブエンディア大佐にとって、この日もここ数年の毎日と同じで、とくに変わった一日でも何でもなかった。塀の外のひき蛙《がえる》や虫の騒々しい声が耳について、大佐は明け方の五時に目をさました」(p.403)のだった。「大佐はいつものように毛布にくるまり、……粗い木綿の長いパンツをはいていた」。「小便をしに中庭へ出た」とき、「大佐にはその姿が見えなかった」が、父「ホセ・アルカディオ・ブエンディアは雨水で腐った椰子《やし》ぶきの小屋のかげでまだ眠っていた」。「重苦しい十月の霧が気になって、大佐は入浴をあとまわしにした」。「サンタ・ソフィア・デ・ラ・ピエダが焚《た》きつけたかまどの火の匂《にお》いに気づき、台所に寄って、……コーヒーが沸くのを待った」(p.404)のだった。もはや、大佐は何も思いだしはしなかった。「湯気の立ったカップを持って仕事場に帰り、……明かりをつけた」。「午前中、何も考えずに、夢中になって(金の小魚の細工の)仕事をした」(p.405)。雨が激しくなり、外で何者かが「叫んだ声も耳にはいらなかった」(p.406)。

　仕事をひと段落させてから、やっと大佐はウルスラが運んできた食事に手をつけはじめた。スープ、「玉葱《たまねぎ》と煮た肉や、白い米料理や、輪切りにして揚げたバナナを、時間をたっぷりかけて食べた」。そして、「ハンモックを吊って横になり、ナイフで耳垢《みみあか》を掻《か》きだしながら、間もなく眠ってしまった」(p.406)のだった。目がさめると、「したくもない昼寝のあとのべたべたした汗で、腋《わき》の下のリンパ腺炎《せんえん》の傷跡がよけい気になった」。「大きな音をさせてげっぷをしたとたんに、……スープの酸《す》い味が戻ってきた」(p.407)。大佐は胃の命令に従って便所へ行ったのだった。

大佐は繰り返し腋の下のリンパ腺炎にこれまで悩まされてきた。これはどうにかならなかったのだろうか？　例えば私の知っている尾山台の吉田先生、鍼治療のあの吉田先生なら、大佐のリンパ腺炎だって治すことができたのではないか。と、このような仮定はありえない。ではこれは一体なぜありえないのだろうか。通常、物語のある時点で、もしここで何か違うことがあったらどうなっただろうかと私たちはしばしば考えるが、それとこれは何が違うのだろうか。自然ではない。つまり、はなから物語を変えること自体が目的である場合には、それは不自然に感じられる。物語を変えるのではなく、自然にそこに存在する選択肢を並べて考えてみるとき、はじめて「もしも」という問いが意味を持つと言えそうだ。

大佐は便所で長いことかがみこんでいた。思い浮かんだ思い出は、「戦争当時のことを大佐の心に思い浮かばせた」。「そのあと、心はさまざまな出来事へと移っていった」。「空気がさらっとし始めているのに気づいて、ちょうどいい、今のうちに入浴を、と考えたが、アマランタに先を越されてしまった」(p.408)。常に入浴は邪魔が入るのだった。夕刻、「遠いラッパの音や、ドラムの響きや、子供たちのうれしそうな声が聞えた」。サーカスの到来である。大佐は「父親のお供でジプシーのところへ氷を見にいった、あのすばらしい午後を懐《なつ》かしんだ」(p.408)。大勢の野次馬が表に出て行列を見た。サーカスの行列が去ったあとで、「大佐はふたたびおのれの惨《みじ》めな孤独と顔をつき合せることになった」。大佐は栗の木のところで「小便をしながら、なおもサーカスのことを考えようとしたが、もはやその記憶の痕跡《こんせき》すらなかった。ひよこのように首うなだれ、額を栗の木の幹にあずけて、大佐はぴくりともしなくなった」(p.409)。大佐は死んでしまったのだろうか？

私は一度だけ映画の中で死んだ人間が生き返るのを見たことがある。アパートで小さな子供が見守る中、臨終の床に就く母、そこへ急いで帰宅する夫。妻に「死ぬな」と呼びかけつづけるが、妻は力が抜けたようにふっと息絶えてしまう。映画『タンポポ』の一場面だ。

夫は大声で呼び掛ける。

「そうだ、母ちゃん、飯を作れ。飯だ」

すると、妻は突然息を吹き返し、立ち上がる。台所に立ち、ネギを刻み、中華鍋を煽る。

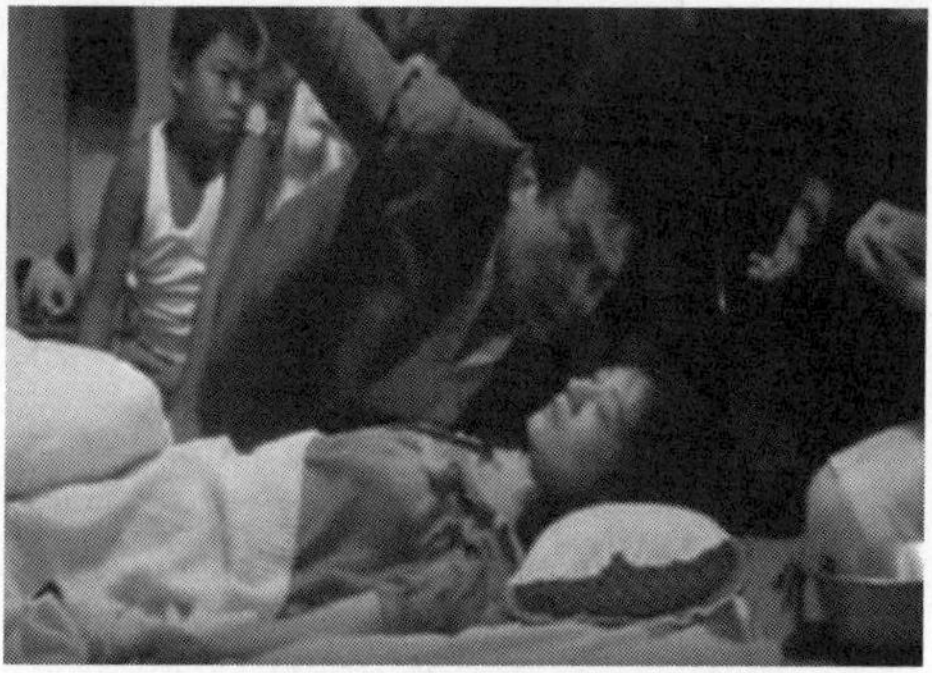

臨終の床に就く妻 [5]

焼き飯が出来上がり、ちゃぶ台へと運ぶ。

夫と子供たちは茶碗に取り分け、焼き飯を頬張る。

妻はそこでばたりと倒れ、本当に絶命する。

「母ちゃんの最後の飯だ、お前ら泣くな、食え！」

父は子供たちにそう言い、泣く子らはまだ温かい焼き飯を、必死に掻き込むのだった。

あの時、一度は死んだ人間が生き返ったのだ。アウレリャノ・ブエンディア大佐はもう死んでしまったのだろうかと私は思った。私はその結末を改変しようとは思わない。改変しようとしているわけではない。物語を変えることはできないのだ。それは前回学んだことだ。だが、物語を変えようとすることは、あるいは変えたいという衝動は無意味なのだろうか？

死んだ人間が本当に死んでしまったのだろうかと問うことは、決して無意味ではないのだ。何かをや

家族のために焼き飯を作った妻 [5]

ろうとして、何者かにそれを阻まれた大佐の気持ちは、私たちもやはり何かを物語に作用させようとしつつも、それがしっかりと物語に阻まれる経験をしなければ、身を以てその無念を理解することはできないのではないか。私は失敗し、無念や挫折を感じることで、物語の中の者たちの無念さを僅かなりともこの手に感じることができる。この文章を通じて、その感触が少しでも伝わっていればと思う。そこに私は「代わりに読むこと」の不可能性と可能性の両方を感じているのだ。

アウレリャノ・ブエンディア大佐はもう死んでしまったのだろうか？　もう一度、心の中で私はつぶやく。「朝の十一時に、サンタ・ソフィア・デ・ラ・ピエダがごみ捨てに中庭へ出て、禿鷹がさかんに舞い下りてくるのに気づいたのだ」(p.409) った。そうだ、大佐は死んでしまったのだ。

参考文献

1. ガブリエル・ガルシア＝マルケス『百年の孤独』（鼓直訳）、新潮文庫、二〇二四年。
2. Gabriel García Márquez, "Cien años de soledad," 1967.
3. Yahoo! 知恵袋、「よくおしゃべりな人を表現するのに口から生…」http://detail.chiebukuro.yahoo.co.jp/qa/question_detail/q108200140、二〇一六年九月一八日閲覧。
4. ヴィットリオ・デ・シーカ（監督）、『自転車泥棒』（映画）、一九四八年。
5. 伊丹十三（監督）『タンポポ』（映画）、一九八五年。

第14章　メメに何が起こったか

前章までのあらすじ

長老のウルスラは失明し、その子孫であるホセ・アルカディオは法王修行、メメはクラビーコードの学校へ旅立った。物語の改変をたびたび企てた私はアウレリャノ・ブエンディア大佐の死に直面し、再び無力さを嚙みしめていた。

「メメの最後の休暇は、アウレリャノ・ブエンディア大佐の死による喪と偶然かさなった」。「フェルナンダは……みんなにきびしく喪を守らせ」ながら、彼女とアウレリャノ・セグンドの間には赤ん坊が翌年生まれた。その子は「アマランタ・ウルスラと名づけられた」(p.411)。

編入試験でピアノに向かう野川雪
(『少女に何が起ったか』[3])

「やがてメメは勉学を終えた」。パーティの席上でクラビコードを演奏して腕前を披露し、周囲を驚かせた。というのも「移り気で子供っぽいところさえある彼女」が「いったんクラビコードの前にすわると、人が変わって、考えもしなかった分別ありげな、おとなびた娘に見えたからだ」(p.412)った。見違えた姿に、誰だかわからぬ者もいたに違いない。一方、私は鍵盤を弾く姿に既視感を覚えていたのだった。ああ、そこで鍵盤に向かう少女はだれだろう。

あの力強い弾き方。そうだ、『少女に何が起ったか』の小泉今日子だ。彼女が演じる野川雪は一心不乱にピアノを弾いていた。ある時は紙に書いた鍵盤で、ある時は屋敷のピアノで。私は少しずつそのドラマを思い出していった。

将来を嘱望されたピアニスト、東雪彦(風間杜夫）は屋敷のお手伝いだった野川文子（市毛良枝）と恋に落ちる。父であり東音楽大学学長の東雪雄（松村達雄）の意に反して結婚しようとした二人は勘当され、駆け落ちして北海道に移り住む。しかし、厳しい寒さの中で、じきに若くして雪彦は亡くなる。二人の間に生まれたのが野川雪（小泉今日子）だった。大きくなった雪は、漁協で働き、病気がちの母・文子の世話をしながら、父の残した楽譜を練習をしている。ある日母の病状が急変する。母は雪に東京へ行き、東音楽大学に入り、東雪雄の孫だと認めてもらいなさいと託す。そこに黒いコートの男（宇津井健）が現れる。

「この人の言うことはお母さんの言葉、何でもこの人の言う通りにしなさい。この人はね……」

そこで、母・文子の息は絶えた。彼女は東雪雄の孫、東雪彦の娘と認めてもらうため、東京を目指す。しかし、それは一筋縄ではいかない。突然屋敷に現れた雪彦の子を名乗る娘に東家の人たちは混乱し、財産目当てのインチキだと決めてかかる。しかし、学長の雪雄は彼女を駆り立てる。

「もし、お前が本当に私や雪彦の血をひいているのなら、ピアノで証明できるはずだ」

雪雄は音楽大学への編入試験を受けさせるため、お手伝いとして屋敷に住まわせ、そして空き時間にピアノの練習をさせることにしたのだった。ところが、彼女は屋敷の人々か

練習が出来ない雪は父と母の写真に祈った
（『少女に何が起ったか』[3]）

らピアノの練習を邪魔される。たくさんの言いつけを片付けると練習する時間もない。唯一許された深夜、午前0時すぎに練習を始めると、彼女を詐欺呼ばわりして追いかけ回している刑事（石立鉄男）が現れるのだった。

「おぉ、薄汚ねえ、シンデレラ」

明け方になってようやく刑事から解放された雪はひとり風間杜夫と市毛良枝の写真に向かって哀願する。

「お父さん、私はどうしたらいいの？　お母さん、私を助けて！　ピアノの練習が十分に出来ない。このままじゃきっと試験に落ちてしまうわ」

ああ、好きなだけピアノが弾きたい。自由に弾きたい。

一方、メメも自由になりたかった。ただ、メメはクラビコードをやりたいと思っていたわけではなかった。自由を手に入れるために、そして「母親の不興を買わないために、きちんと練習を積むことで良い成績をあげ」(p.412)ていた。学校を卒業して家に戻ってからも、「娘のみごとな腕前がわかりそうな者が新しく町を訪れるたびに、フェルナンダが屋敷へ招待した……メメは、練習に打ちこんだのと同じ辛抱づよさで公開の演奏を行なった。それは、いわば自由の代償だった」(p.413)。

そのおかげで、フェルナンダは彼女が「大勢の友だちを呼んだり、……農園ですごしたり、……映画……に出かけたりしても、反対はしなかった」が、「その種の気晴らしを通して、メメのほんとうの好みが明らかになった」。それは「自堕落で騒々しいパーティや恋人の品定めだった」。「彼女はタバコを吸うことを覚え、男の話にふけった」し、「ラム酒を回し飲みし、あげく裸になって、体のあちこちを測ったり比べたりしたこともあった」(p.413)のである。

「真夜中に、頭が割れるように痛いといって目をさまし……胃液を吐いたりもどしたりし始めた」こともあったが、家族が右往左往する中でウルスラだけが「わたしに言わせれば、これは酔っぱらいの症状だよ」と「正しい見立てをした」(p.415)。

アウレリャノ・セグンドは「メメが意気消沈しているのを見て気がとがめ、これからはもっとよく面倒をみよう、と心に誓った」(p.416)のだった。私を再び強い既視感が襲った。

夏実は父と二十歳の誕生日に食卓を囲むが
(『パパとなっちゃん』[4])

いつもと様子の違う娘と、それを心配する父……。そうだ、小泉今日子と田村正和だ。ドラマ『パパとなっちゃん』の一場面である。志村夏実（小泉今日子）は幼い頃に母を亡くし、建築デザイナーの父・志村五郎（田村正和）と二人で暮らしている。ドラマは彼女が二十歳の誕生日を迎えるところからはじまる。

隣に住む母方の祖母・まどか（白川由美）が家事全般の世話をしてくれており、その日もまどかさんがご馳走をこしらえて、家族で誕生日のお祝いをすることになっていた。夏実は大学の女友達とランチをして夕方には戻ってくることになっていたが、約束の時間を過ぎても帰宅しない。実はランチは女友達だけでなく、憧れの男子も一緒だった。しかも、憧れの男子と友達が婚約したことを本人たちから知らされたの

深夜に夏実と五郎は仲直りしの乾杯をした
(『パパとなっちゃん』[4])

だ。失恋した夏実は、ヤケを起こして酒を飲む。一向に帰ってこない娘にイライラを募らせた父は、夏実の幼馴染が心配して掛けてきてくれた電話で、彼女が失恋したことを知る。

びしょ濡れで帰ってきた娘を父は怒鳴りつける。いつまでも子供だったと思っていた娘が、すっかり大人になっていることに父は気づかされる。好きになったり、失恋したりを繰り返して大人になっていくものとわかってはいても、父として目の当たりにすると、複雑な気持ちになってしまうのだ。

心配してくれている父の気持ちもわかる。久しぶりに夏実が弾くピアノの音に誘われるようにして、父は部屋へやってくる。二人は互いの心の内を話し、ワインで乾杯する。

「その結果、父娘のあいだに愉快な友だち付合いが始まることになった」のだ。彼は「メメと付き合うためならどんな約束でもあとに延ばし、映画やサーカスのお供をした」。彼女のために特別な部屋を用意し、いくらでも小遣いを与えた。「しだいに気難しい人間に変わりつつあった」彼は「娘の発見でかつての陽気さを取り戻した」(p.416)。情婦のペトラ・コテスとの関係もそのまま続いた。メメはバナナ・プランテーションを保有するアメリカ人の娘たちとも交友を持つようになったし、好きな人が出来たときも父に打ち明け話をしたほどだった。

このような「ありきたりの平和と幸福」(p.421)はアマランタの急死によって終わりを告げる。アマランタは若いころにピエトロ・クレスピを取り合ったレベーカのことを片時も忘れることはなかった。そして「長い年月、彼女が神に祈ったのはただひとつ、レベーカより早く死ぬはめにならないように、ということだった」(p.423)。彼女が死んだら、どのように葬り去るかを綿密に計画していた。「愛のためであっても同じようにしたかもしれないと考えると体が震えた」(p.424)。

しかし、彼女は「自分がレベーカより早く死ぬかもしれないということ」には「思い及ばなかった」が、「すでに……死神がその目の前に姿を見せていた」。死神はただ彼女に「経かたびらを織りはじめるように、と命じ」(p.425)「それを仕上げた日の暮れ方に、なんの苦痛も……感じないで息を引き取るだろう、と告げた」(p.426)のだ。

数年が経ち、彼女は「今までどの女も仕上げたことのないみごとな縫い取りに最後のひと針を刺し終えると、今日の夕方、わたしは死ぬから、と淡々とした口調で告げた」(p.427) のだ。

アマランタは考えた、「死者のもとへ手紙を届けるのに自分より適当な者はいない」と。「午後の三時には、広間におかれた箱が手紙でいっぱいになった」(p.427)。

死ぬことが予め決まっているというシチュエーションは、私に映画『蒲田行進曲』の池田屋階段落ちを思い出させた。落ち目の映画スター・銀四郎（風間杜夫）は大役に抜擢されることになり、身辺の整理の必要に迫られる。銀四郎を銀ちゃんと慕う売れない大部屋俳優のヤス（平田満）に、それまで同棲していた女優の小夏（松坂慶子）と結婚してやってくれと押し付ける。しかも、彼女は銀四郎の赤ん坊を身ごもっていたのだ。無茶苦茶な頼みにヤスは悩んだ挙句、銀四郎の言うことを聞き、本当に小夏と結婚することにする。彼女を養っていくためには、稼がなければならない。大怪我をするようなスタントを次々とヤスはこなしていく。

銀四郎を主役にした「新撰組」の撮影がはじまるが、討ち入りの場面での階段落ちだけは役者が見つからず、撮影が頓挫する。何しろこれは他のスタントとはまったく違うのだ。階段から転げ落ちれば、死ぬか、よくて一生半身不随だ。落ち込んでいる銀四郎を見て、

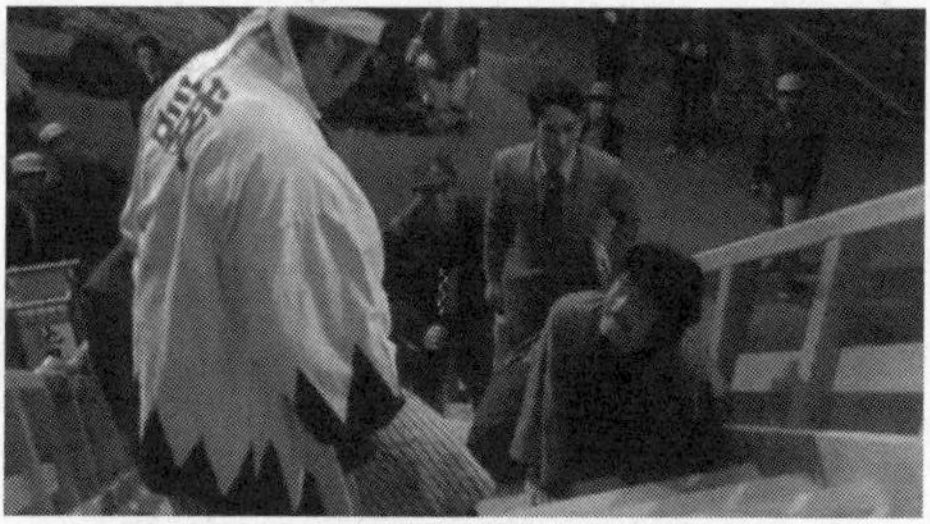

本番を控えて自暴自棄になっていたヤスは
銀四郎にぶたれて目を醒ます（『蒲田行進曲』[5]）

ヤスはその役を買って出る。それは親分の頼みは絶対だということだけではなく、彼こそが銀四郎の活躍をまた夢見ていたからだ。

どうしてこんなにも恋慕とは屈折してしまうものなのだろうか？　銀四郎への忠誠、芽生えてくる妻・小夏への愛、生まれてくる子供のため。とは言っても、その赤ん坊は銀四郎と小夏の子供だ。どれが本当の気持ちで、どれが本心で、どれが本望なのか、ヤス自身もわけがわからなくなる。明日は本番という時にも、酒で酔っ払い家で暴れる。小夏は泣く。

アマランタは終始冷静だったのだろうか。

「まるっきりお芝居だった」(p.428)。「口でことづてを託し」(p.427)た者に、

「心配しないで。向こうへ着きしだい訪ねていって、ことづてしてあげるわよ」(p.427)

と彼女は言った。「いよいよという時になってもひど

く元気なので、フェルナンダなどは、みんなからかわれているのだと思った」(p.428)ほどだった。何しろ「余裕しゃくしゃく、足のたこなどを削っていた」からである。「アントニオ・イサベル神父が……訪れ」、「この機会を利用して、二十年近くも怠っているアマランタに告解をさせようとした」(p.429)。しかし、この一点だけはアマランタも冷静ではいられなかったのである。彼女は「みんなの前で、自分が処女であることを証明させ」(p.430)、こう叫ぶのだった。

「思い違いはしないでちょうだい。アマランタ・ブエンディアは、生まれたときのままの体で死んでいくのよ」(p.430)

その夜はメメのクラビコードの演奏会がもともと予定されていた。「ステージに灯がともされてプログラムの第二部に移ったとき、メメも彼女のことを思わずにはいられなかった」。そして、「曲目の途中で耳打ちする者があり、演奏は中止になった」(p.430)。

「あんたー!」

病院を抜け出し、雪降りつもる中、小夏は撮影現場へと急ぐ。その瞬間を察した彼女は、撮影所の柵越しに叫んだ。

階段落ちの瞬間臨月の妻は夫を思い柵越しに叫んだ
(『蒲田行進曲』[5])

「アウレリャノ・セグンドが屋敷に帰り、……奥へはいると、……美しい経かたびらに身をつつんだ、醜く、血の気のない、年老いた生娘のなきがらが目に映った」(p.430)のだった。

その時期、メメの暮らしに変化が起こっていた。そのことに気づいたのは、アマランタの死後すぐに寝たきりになったウルスラだけだった。彼女はメメが「いつもより早く身仕度をすませ、外出の時間が来るまで少しも落ち着かず、……寝室のベッドでひと晩じゅう輾転《てんてん》反側し、あたりを飛びまわる一匹の蛾《が》に悩まされている」(p.432)ことを知っていた。

やがて鈍感だった母・フェルナンダも「娘のいわくありげな沈黙や、とっぴょうしもない動作や、むらの多い気分や、矛盾した言動などに目を止めるようになった。そしてこっそりと、だが厳重に娘を見張ることにした」(p.432)のである。

「ある晩、メメが父親と映画に行くと言った。ところが、それから間もなくフェルナンダの耳に、ペトラ・コテスの家の方角から……聞きおぼえのあるアウレリャノ・セグンドのアコーデオンの音が聞こえてきた」。フェルナンダは映画館へ急いだ。彼女はそこで娘が薄暗い座席にすわり、男とキスしているのを目撃することになったのだ。「彼女はひとことも口をきかずにメメを映画館から連れだし、……寝室に閉じこめた」(p.433) のだ。「翌日の午後六時に、フェルナンダは自分を訪ねてきた男の声を聞いた」(p.433)。なぜか「屋敷じゅうが黄色い蛾であふれた」(p.434)。彼は「黒くて陰気な目をし」(p.433)、手は「激しい労働で荒れ」、くたびれた格好だったが、「卑屈にならないだけの自尊心と慎みがあり、……生まれながらの気品さえそなわっていた」(p.434)。

「帰ってちょうだい。まともな家に来る用事なんかないでしょ!」(p.434)

そうフェルナンダが言い放った相手とはいったいどんな相手なんだろうか?

ここは『パパとなっちゃん』で考えるべきだろう。父はいつまでも子供だと思っているが、年頃の夏実には好きな人だっているし、言い寄ってくる男も後を絶たない。たとえば、毎日配達にやってくる杉並生協の梅田君(浜田雅功)もそのひとりだ。彼は夏実のことが

生協の梅田君に送ってもらう夏実
(『パパとなっちゃん』[4])

好きで、何かにつけてはプレゼントを渡し、「なっちゃん、なっちゃん」と彼女のご機嫌を取ろうとする。彼女の帰宅を意味も無く居残って待っていたりする。ただ、もちろん夏実にとっては、生協のとってもいい人。それ以上でもそれ以下でもない。むしろ、安心しきっているから、営業車両に乗せてもらったりもする。こんな人じゃない。

「男の名はマウリシオ・バビロニアといった。マコンドで生まれ育って、見習工としてバナナ会社の工場で働いていた」のだ。アメリカ人の友人である「パトリシア・ブラウンと連れだって、農場をドライブするために自動車のある場所へ行ったとき」(p.434)に彼女は彼と知り合ったのだ。「本職の運転手とはちがって、マウリシオ・バビロニアは実際に運転して見せてく

夏実と杉本君は昼休みにこっそり倉庫でデート
（『パパとなっちゃん』[4]）

れた」のである。しばらくして、「挨拶以外の口をきいたこともないのに、ある晩、メメは溺《おぼ》れかけているところを彼に助けられた夢をみて、感謝の気持ちよりも激しい怒りをおぼえた」(p.435)。そして、「夢のさめたあとも、彼を避けるどころか、どうしても会わずにはいられないと思ったほど猛烈に腹が立った」(p.436)のである。

夏実が好きになったのは、同じ出版社で働く先輩の杉本君（大江千里）だった。彼と昼休みに散歩しながら、彼は海外の大自然を写した写真集を広げてみせ、日本で出したいと夢を語る。彼のことが夏実は好きだ。会ってほしい人がいるのと話してみるものの、父はなかなか会おうとしない。そこで、まどかさんの入れ知恵で、家族で恒例のクリスマスパーティに彼をこっそり招待したのだったが、彼は仕事のトラブルで来ることができなくなったと詫びの電話を掛けてくる。電話を受けた父は自分に内緒で彼を呼んでいたことを知り激怒する。夜遅くにどうにかしてやってきた彼と父は二人きりになる。遅くなってしまったことを謝る彼と父は打ち解ける。小泉今日子の「あなたに会えてよかった」がそこで流れはじめるのだった。

メメがもし父にバビロニアを紹介していたなら、そして彼とアウレリャノ・セグンドの間に対話があったなら、結果はまったく異なったものになっていただろう。メメは杉本の妻になっていたかもしれない。

しかし、そうはならなかった。「彼女は男に夢中にな」り、寝食をわすれ「孤独に深ぶかと身をうずめて、父親さえじゃまだと思うようになった」のだ。「最初のうちは彼の乱暴なところが気になった」が、やがて「これも愛情の表現だと気づ」き、「彼女はすっかり心の平静を失」ってしまった。彼女は「激しい欲望でどうかなりそうだった」(p.440)。

杉本君と夏実は結婚の許しを請うため、今度は宮崎の実家の両親に会いに行く。彼の生まれ育った環境を知り、それらが彼を自然に興味を持たせ、優しい人にしたのだと納得する。一方で、彼女は本当は彼はここで父の家業を継ぐべきなのではないかと不安を感じるのだった。彼は、彼女も東京で出版の仕事を続けたいと言ってたじゃないかと言う。彼自身がどうしたいかはっきりと言ってくれないことに腹が立ち、東京に戻った夏実は父と喧嘩する。まどかさんに相談すると、心配しないで彼を信じて付いていきなさいと助言するのだった。

一方、助言を求めたメメも「トランプ占いの上手な女がいることを人づてに聞き、ひそかに訪ねていった」(p.440)のである。それはピラル・テルネラだった。メメはこの「占い師が自分の曾祖母《そうそぼ》に当たることを知らなかった」。ピラル・テルネラは「彼女自身がメメの祖父に当たるアルカディオを、さらにその後、アウレリャノ・ホセを身ごもった、古い天蓋《てんがい》付きのベッドを使えとすすめ……さらに、芥子泥《からしでい》の蒸気で望ましくない妊娠を避ける方法」(p.441)を教えたのだった。果たしてそれは吉と出たのか、凶と出たのか。彼女は「バビロニアに身をまかせ」、「ふたりは三カ月ものあいだ週に二度ほど愛し合った」のだった。やがて「フェルナンダがふたりを映画館で見つけ」ることになった。アウレリャノ・セグンドは「自分にだったら何でも打ち明けるだろうと信じて、フェルナンダに閉じこめられた寝室のメメを訪れた」が駄目だった。彼は娘との「あの友情や共謀も昔の夢でしかないと思い知らされた」(p.442)。「バビロニアと話をしようと考えたが」(p.443)、これも叶わなかった。

屋敷に軟禁されている「メメは、悲しんでいる様子は毛ほども見せなかった」(p.443)。

困り果てた雪は赤いハンカチを干して
男の助けを求めた（『少女に何が起ったか』[3]）

彼女は屋敷で実に落ち着き、規則正しく健康に暮らしているようだった。そんなことがなぜ可能なのか？

ショパン・コンクールを控えた雪であったが、学長が高熱で倒れ、看病をすることになった。大学へも行けず、屋敷に半ば閉じ込められることになった。もちろん、合間に屋敷でピアノの練習はできるはずと信じていた大津先生（辰巳琢郎）は、しっかり練習しろと励ました。ところが、コンクールに向けて練習したいのに、屋敷のピアノには鍵が掛けられている。屋敷の人たちの陰湿な意地悪だった。仕方なく紙に書いた鍵盤で練習するも、それではコツを掴むことなどできない。

ところが、しばらくして彼女のピアノが上達していることを東美津子（賀来千香子）が気づく。よく練習してるじゃないかと大津先生が褒める。いったいどうやって彼女は練習をしているのか。夜中に目が覚めた美津子は居間を覗いて、驚愕の事実を知ることになった。何しろ、雪が鍵の掛かっているはずのピアノを練習していたのである。そして傍らには謎の黒いコートの男が座っていたのだ。雪は困り果てて、あの男に助けを求めたのである。彼は毎晩夜中になると屋敷にやってきて、彼女のためにピアノの鍵を開けていたのだ。この男はいったい誰なのか？

ブエンディア家では「メメがみんなのように朝ではなく、夜の七時に風呂にはいる」ことをウルスラが不審に思った。鈍感なフェルナンダは「日暮れになると、黄色い蛾が屋敷にはいり込んで」くるので、「必死になって殺虫剤で蛾を退治して回っ」ていた。ある時、たまたま「追い払おうとしてそこらの布をつかんだが、芥子泥が床にころがっているのが目にはいり」(p.443)「心臓が凍りつくような恐怖をおぼえた」(p.444)のだった。

雪雄の長女・貴恵（岸田今日子）と婿で音楽大学教授の東久之（長門裕之）はどうにかしてあの男を捕まえてくれと刑事に頼む。刑事は知っていた。雪が北海道に母の四十九日で帰った折、怪我をして輸血を受けた。ところが、雪は何千人に一人という珍しい血液型、Rh(−)AB型だ。その輸血の血を提供したのはあの黒いコートの男なのだ。つまり、雪の父は天才ピアニスト、東雪彦ではなく、あの男ではないのか。彼らは雪彦の娘と偽って、

黒いコートの男を追い詰めた刑事だったが
(『少女に何が起ったか』[3])

東家の財産を狙っているのではないか。刑事は捕まえてみせようと意気込んだ。もちろん、報酬にも期待を馳せながら。

　フェルナンダは新しい市長に「鶏が盗まれているらしいので、夜間、裏庭に見張りを立ててもらいたい、と頼んだ」。そして、「メメが……男恋しさに震えながら待ちこがれている、浴室へしのび込むために屋根がわらを引きはがしているところを、マウリシオ・バビロニアは警官たちに撃たれた」(p.444)のだ。

「弾丸のために、一生ベッドを離れられない体になった。呻《うめ》き声ひとつ立てず、不平ひとつ言わず……世間から鶏泥棒とつまはじきされながら、年取ってわびしく死んでいった」(p.444)のだった。

　一方、知られているとは知らず、いつものようにやってきた黒い男は、雪にピアノの練習をさせていたが、とうとう夜中に屋敷の者や刑事に彼は取り囲まれてしまう。しかし、間一髪で東家から黒いコートの男は逃げ去る。雪にすらあの男の正体はわからないままである。メメはこれからどうなるのか、そして雪はコンクールで入賞することができるのか？　気になった方は、本屋さんへと走ってください。

参考文献

1. ガブリエル・ガルシア＝マルケス『百年の孤独』（鼓直訳）、新潮文庫、二〇二四年。
2. Gabriel García Márquez, "Cien años de soledad," 1967.
3. ＴＢＳドラマ『少女に何が起ったか』、大映テレビ、一九八五年。
4. ＴＢＳドラマ『パパとなっちゃん』、ＴＢＳテレビ、一九九一年。
5. 深作欣二（監督）、つかこうへい（作）『蒲田行進曲』（映画）、一九八二年。

第15章　ビンゴ

前章までのあらすじ

クラビコードの学校を卒業し屋敷に戻ったメメはマウリシオ・バビロニアと出会い密かにデートを重ねるが、母に密会がばれ屋敷に軟禁されてしまう。バビロニアは彼女の元へ夜毎忍び込んでいたが、母・フェルナンダが頼んだ警備隊に背中を撃たれ寝たきりのまま一生を過ごした。私はドラマで様々な役を演じる小泉今日子にメメを重ね合わせた。

フェルナンダは「背骨を砕かれたマウリシオ・バビロニアが運びだされると同時に、この不祥事をもみ消すための計画を綿密にねり上げた」(p.446)。

「出かけるわよ、レナータ」(p.446)

フェルナンダはメメ(レナータ)を連れて汽車に乗った。マコンドの郊外や、遠い街を通り過ぎたがメメの目には何も入らず、気をひくことはなかった。彼女は「期待しなかったし望みもしなかった」(p.446)。彼の「悲痛な叫びを聞いたときから、二度と、この世を去るまで口をきかなかったのだ」(p.447)。

「夕方の五時に、列車は低地の終点に着いた。……馬車に乗って、荒れ果てた町を通り抜け……木製の外輪がにぎやかな音を立て、錆《さ》びた鉄板が炉の口のように赤く見える川船に乗りこんだ。……フェルナンダが一日に二度、食事をベッドまで運んだが」(p.448)、メメが手をつけることはなかった。やがて、「高地を騾《ら》馬《ば》の背でゆられて……石だたみの狭い通りに三十二カ所の教会の弔いの鐘の音が鳴りわたる、陰気くさい町にはいったときも、男のことを思いつづけていた」(p.449)。

「翌朝、ミサをすませてから、フェルナンダはある陰気な建物までメメを連れていった。王妃としての教育を受けたという修道院の思い出ばなしは母親からよく聞かされていたので、メメは即座に、そこがどこなのかを察した」(p.449)。メメは美人の見習尼僧の「手をにぎり、言われるままにあとについて行った」。それ以来「ひとことも口をきかずに老衰で息を引き取ることになるあの秋の朝まで、彼女は一日も欠かさず彼のことを思いつづけ

田中美佐子と結婚する大江千里 [3]

たにちがいない」(p.450)。

彼は、大江千里は、ドラマ『パパとなっちゃん』で小泉今日子演じる夏実と結婚した。ところがその後、浜田雅功と田中美佐子を取り合いになる。挙げ句、娘を助けようと、故障して止まらなくなったメリーゴーラウンドに振り回されて、死んでしまうのではなかったか。それは、ドラマ『十年愛』でのことだ。その後、彼は別の名前で小説を書いたりしていたが、ある時日本での活動をやめて、ジャズ留学のためニューヨークへ旅立った。浜田もその後いくつかのドラマに出たのち、ドラマへはほとんど出演しなくなったし、田中美佐子も結婚を境にあまりドラマでは見かけなくなった。小泉今日子だけが、この20年間映画やドラマに出演しつづけてきたのだった。

「汽車で帰宅した」(p.450) フェルナンダは、乗客や軍隊の様子から「間違いなく大へんなことが起こりそうな気配が気になったが、マコンドに帰り着いて、ホセ・アルカデ

闘いの場となったミスタードーナツ

ィオ・セグンドがバナナ会社の労務者を煽動《せんどう》してストを計画していると聞いて初めて、事情がのみ込めた」。彼は「バナナ会社の監督の仕事をやめて、労務者たちの味方になったのだ」。彼女は彼をアナーキストと呼んだ。「二週間後にストが始まった」。「労務者たちの主張」は「日曜日までバナナの採取や積出しに駆りだされるのはごめんだ」という「きわめて正当な要求」だった。「一連のストライキの成功のおかげで……ホセ・アルカディオ・セグンドの名前が一躍あがった」が、「ある晩、秘密の会合から出てきたところを正体不明の男にねらわれた」(p.451)。それ以来、彼は身を隠して活動せざるをえなくなった。

ホセ・アルカディオ・セグンドが労働者を率いて闘ったことと比べるのもはばかられるが、私もかつて闘ったことがあった。それは学生時代のことで、キャンパスの駅前にあったミスタードーナツでのことだ。夜、図書館が閉まるとよくミスドに通った。コーヒーがお代わり自由であることが都合よかった。私は適当にドーナツを摘みながら、勉強をしていた。やがてサークルの仲間も加わった。

店にはベテラン店員の野村さん、それからネームプレートのテプラの印字が薄くて「古田」か「吉田」か判読できない副店長、そして髪を固く2本束ねて角のように頭上に屹立させている女性店員（私たちは彼女を「ツノさん」と呼んだ）がいた。

ある時期を境に、コーヒーのお代わりの応対が厳しくなった。長く居ればドーナツを買い足しもしていたし、コーヒーのお代わりは正当な要求のはずであった。しかし、次第に私たちが店に入ると、店内に緊迫した空気が漂うようになった。私たちは息をひそめるようにして、コーヒーを飲むようになった。

「フェルナンダだけが、当時の世間の不穏な動きにも超然としていた」。夫のアウレリャノ・セグンドはメメの行方を案じていたが、彼女は「メメが自分から進んで修道院にはいったことを証明する書面を突きつけた。……本心では……信じなかったが」、彼はそれで責任を果たした気になって「安心してペトラ・コテスのもとに帰」(p.452)り、ばか騒ぎや食べくらべにふけったのだった。━人になったフェルナンダは教皇修行中の息子へ長い手紙を書き、また「のびのびになっていたテレパシーによる手術の日取りを決めようと」

「遠方の医師との手紙のやりとりを……再開した」(p.453)。

テレパシー?と私は思った。が、またこれについては適当な時期が来てから考えよう。

私たちはコーヒーのお代わりをくり返した

何しろ、「ある暑さのきびしい水曜日……籠を持ったひとりの年配の尼僧が屋敷を訪ねてきた」のだが、「美しいレースの布をかぶせた籠」(p.453)には、「メメの子供がはいっていた」(p.454)からだ。

「子供が生まれたのは実は二カ月前のこと」であったが、母親が口をきかないので、「勝手だが祖父にちなんでアウレリャノと名付けさせてもらった」との手紙が添えられていた。家の恥を隠そうと、「籠に入れられて川に浮いていた、ということにでもしましょう。……聖書を信じるくらいですもの。わたしの話だって信じるはずだわ」(p.454)とフェルナンダは言った。

その「幼いアウレリャノが初めての誕生日を迎えたころ、……それまで地下にもぐっていたホセ・アルカディオ・セグンドその他の組合指導者たちが、ある週末、突然あらわれて、バナナ栽培地域の町々でデモを煽動して回ったのだ」。その場では目立った衝突は起きなかったが、当局は日を改めて「指導者らをめいめいの家から引きずり出して、……徒歩で州刑務所へ連行した」(p.455)。

あらためて比較するのもはばかられるが、指導者らが刑務所へ連行されたように、私たちはミスドの店内から追い出されようとしていた。パソコンで仕事をするサラリーマン、談笑しつづける婦人たち。彼らがいる時には店員も目立った行動には出なかった。つまり、私たちを追い出すことはせずに、監視をつづけるだけだ。しかし、彼らが店を出るとすかさず副店長はやってきた。そして、私たちに言うのだ。

「勉強されるんでしたら、お帰りください」

私たちは「勉強するなら」という言い方に納得がいかなかった。実際、「混雑してきたので、他のお客様に席を譲ってもらえないか」と言われたらただちに退散しようと決めていたのだ。決して長居したかったわけではない。私たちは私たちなりに、正当性を主張していたのだ。

なぜ今回のデモ騒ぎを呼んだのか。それは「不衛生な住居と、いい加減な医療と、不当な労働条件」だった。「会社は現金を支払わず、社内の売店でヴァージニア産のハムを買うためにしか使えない金券を支給し」(p.455)ていたし、「会社の嘱託医らは患者をろくに診察せず」、どんな病気にも「硫酸銅まがいの色をした錠剤を与え」る「治療法を用い」ていた。「子供などは何度でも列について、飲まずに持ち帰った錠剤をビンゴゲーム

ミスドのフレッシュの裏側には

の数取りに使っているほど」(p.456)であった。「ビンゴゲーム」と私は思った。そうだ、あの時、もはやわけがわからなくなっていた私たちは、勉強してなどいなかったではないか。それでは何をしていたのかといえば、まさにビンゴゲームをやっていたのだ。

と言っても、もちろんあのビンゴのぐるぐると回るカゴを回していたわけではない。そんなことをすれば即刻追い出されかねない。しかしそこには確かにビンゴゲームをやらねばならぬ必然性があったのである。ある日、コーヒーのお代わりのしすぎで意識が朦朧としていた私は、机に突っ伏していた。事件は目を開けた瞬間に起きた。フレッシュの殻の裏側に数字が刻印されていることに気づいたのだ。ひょっとしてと思い、向かい側に座った後輩のコースターに転がっているフレッシュを手に取った。自分のとは違う番号だった。私は言った。

「ビンゴゲームをやろう」

翌日後輩が早速、東急ハンズでビンゴカードを買ってやってきた。

「さぁ、やりましょう、やりましょう」

当初は勉強するために来ていたのが、次第に私たちは意味もなく長居をすることを目指すようになっていた。何時間もコーヒーをひたすらお代わりし、もらったフレッシュでビンゴゲームをやった。目的と手段が完全に逆転していたのである。このような状況を店長は知っていただろうか。

このような酷い労働環境を改善させるため、労務者たちは要求書を会社の老いぼれ弁護士たちに突きつけたが、「長いあいだ、その内容をバナナ会社に伝えなかった」(p.456)し、直接ブラウン氏を捕まえても、会社や当局はそれはブラウン氏ではないと明らかな嘘をついた。挙げ句の果てには裁判所までが彼らの肩を持つようになった。「大規模なストが始まった。農場の作業は中断され、バナナが株のまま腐っていった。……ひまを持てあます労務者らが町々にあふれた」。やがて「治安確保のため軍隊が出動するという知らせがはいった」。「通りをのぞくと、三個連隊の兵隊たちが太鼓の音に歩調を合わせて、大地をゆるがしながら行進してくるのが目に映った」(p.458)。

「軍隊は戒厳令を敷いて争議の調停を行なう権限を与えられていたが、実際には、仲裁の試みはいっさいなされなかった。……労務者はサボタージュにはい」った。そして「農場や売店を焼き打ちした。……レールを破壊し、電信電話用のケーブルを切断した」(p.459)。

「かつて例をみない血なまぐさい内乱が今にも勃発《ぼっぱつ》すると思われたとき、当局は労務者たちにたいして、マコンドに集まるよう呼びかけた。その内容は、次の金曜日に州の軍政司令官が当地を訪れて、争議の調停を行なうというものだった」(p.460)。

「ホセ・アルカディオ・セグンドも、金曜日の早朝から駅に集まった群集にまじっていた。……軍隊が広場のまわりに機関銃をすえ」ていた。「正午ごろには、労務者に女子供をまじえた**三千**人を超える群集が、……通りで押し合いへし合いして……お祭りのような騒ぎだった」。「群集に向けて**四**つの機関銃座がすえられた駅舎の屋根に上がり、ラッパの合図で静粛を命じた」(p.460)。母親に頼まれて「ホセ・アルカディオ・セグンドは子供を肩車にのせてやった」。スト参加者を「場合によっては射殺する権限」(p.461)が軍隊に与えられていることが明らかになった。

「諸君。**五**分間の猶予《ゆうよ》を与える。この場を立ち去れ!」と「大尉は……低い声で言った」(p.461)。

その日は、ビンゴをやるほどの闘志もなく、私と友人は黙々と本を読んでいた。少しノートにメモを取っていると副店長がやってきた。

「勉強されるんでしたら、よそでお願いします」

いつものやつだ。私たちはただ「はい」と言って、ノートを片付けた。雑談しながら、

紙切れに落書きをしていると、再び通りかかった副店長が、

「勉強されるんでしたら、お帰りください」

と言って去っていった。私たちはこれは勉強か？と笑いながら、念のためにペンも片付けた。勉強こそしなかったものの、私たちは決して店からは立ち去らなかった。私たちをじっと監視する副店長に気づくと、ただ息を止めた。

「何もしていない以上、追い出せないだろう」

長い間、硬直状態が続いた。副店長はいなくなったと思って、少しノートを開いていたのが迂闊だった。突然背後に人の気配を感じた私は、体を動かさず、窓に視線をやると、私の手元を覗き込む、副店長の姿がガラスに映っていた。時すでに遅し。しまった。副店長はテーブルを背後から覗き込み声を上げた。

「**三**回目ですんで！」

「**五**分間たった」(p.462)

同じような声で大尉が言った。「もう**一**分待つ。それでも立ち去らなければ発砲する」

「「あいつら、ほんとに撃つ気だわ」と、女が小声で言った」(p.462)。

向かい側で注意を受けているのを見ていた友人のフジイは副店長が去ると小声で言った。

「今度は③や」

この日は私たちはビンゴなどしていなかったにもかかわらず、受けた注意すらビンゴゲームのネタにするというのか。私が啞然としていると、エグチが声を上げた。

「ビンゴ！」

もはやビンゴカードを手にしてすらいないのに。彼らは私以上に強い意志で戦い続けることを宣言していた。最高の戦友だ。私たちは高揚していた。

「ホセ・アルカディオ・セグンドは……身を乗りだして、生まれて初めて大きな声で叫んだ」（p.462）。

「腰抜けめ！一分たっても、おれたちはここを動かないぞ！」（p.462）

「大尉の命令で、十四カ所の機関銃座がいっせいに火を吐いた」（p.462）。「突然、駅の向こうはじで、不吉な悲鳴が呪縛《じゅばく》を破った。「おかあさん！」……激震……噴煙……轟音《ごうおん》……爆発」、みな「群集にのみ込まれた」。「最前列にいた者は機関銃弾になぎ倒され」（p.463）た。「すべてを、ひと呑《の》みにした」（p.464）。

「意識を取り戻したとき、ホセ・アルカディオ・セグンドは闇のなかにあおむけになっていた。静かに走る長い列車に乗せられていることを知った」。「初めて彼は死体の上に横になっていることに気づいた。節々が痛い。耐えきれないほど眠い。寝返りを打とうとした時、……海いた」（p.464）。「眠っている町や村を通過するさいに板の隙間から洩れる光線で、……海に投げこまれるはずの男や女、それに子供たちの死体が目にはいった」。広場にいた女もそこにいた。**一**両目の貨車までたどり着くと彼は「闇に向かって飛び、……**二百**両に近い貨車から編成され」ていた「列車が通りすぎるまで溝に伏せていた」(p.465)。

彼は「列車と逆の方向に歩いて」マコンドへ向かった。「真夜中を過ぎたころから、どしゃぶりの雨になった。……ずぶ濡《ぬ》れになり、激しい頭痛に悩まされながら**三**時間以上も歩いただろうか、朝の光に浮かび上がるように数軒の人家が目についた。コーヒーの匂いにつられて**一**軒の家の台所へはいっていくと、子供を抱いた女がかまどの上にかがみ込んでいた」(p.466)。

彼は名前を名乗った。「女は、彼を知っていた」(p.466)。彼女は彼を手当てし、毛布とコーヒーを差し出した。「**三千**人はいたはずだ」と彼は「小さな声で言った」。「死人の話さ。きっと、みんな駅にいた連中なんだ」(p.467)

ところが「女は哀れむような目で彼を見つめ」(p.467)てこう言ったきりだった。

「この土地では、死人なんか出ていませんよ」(p.467)

屋敷に帰り着くまでに立ち寄った他の家でも「同じことを聞かされた」し、「駅前の広場を通りかかっても、……虐殺の痕跡《こんせき》は何ひとつなかった」。「町はずれの狭い通りで、……黒人たちが土曜日の讃美《さんび》歌《か》を合唱していた」(p.467)。彼は「中庭の塀を乗り越えて、勝手口から屋敷のなかへはいっていった」。母のサンタ・ソフィア・デ・ラ・ピエダは声もあげずに「息子を〈おまるの部屋〉に連れてゆき、……ベッドを用意してやった」(p.468)。ホセ・アルカディオ・セグンドは皆に否定されても、虐殺があったことを疑うことはなかっただろう。ただ、周りの誰もそのことを知らないというその事実に圧倒されたに違いないのだ。

ミスドでの闘いをどれだけの人が今、覚えているだろうか。私はふと不安になる。覚えていたからと言って、何も得になることなどない。しかし、私たちはあの時、必死に闘ったのだった。今振り返れば、本当にしょうもない、スケールの小さい闘いを、私たちは果敢に戦い抜こうとしたのだった。ただ、正直に言えば、私もあの闘いの最後がどう決着したのかを思い出すことが出来ないでいる。何か、トラウマになるような事件が起こったのだっただろうか。一つ確かなことは、学生であった我々はやがて卒業し、ミスドだけが残ったということだ。

私は突然、不安になる。スケールが小さいということは、こういう場合に不利だ。何しろシンプルでスケールの大きな話の方が信じられやすいからだ。しかし、本当は話のスケールが小さければ、小さいほど、事実に違いないのである。

不安は不安を呼ぶ。誠に驚愕するほどのスケールの小ささで、3年近く私は『百年の孤独』を代わりに読んできたわけだが、私が代わりに読んできたと言い張ったとして、果たして誰かに信じてもらえるものだろうか。私は眠れない夜を過ごす。

「誰も代わりには読めないんですよ」

コーヒーをいれてくれた民家の女が口を突くのを想像して、耐えきれずに叫びそうになる。いや、確かに私は代わりに読んできたのだ。私には確かな証拠がある。そう、ドラマ『それでも家を買いました』だ。どれだけ否定されたとしても、私が代わりに読もうとした時に、うっかり『それでも家を買いました』に観入ってしまったこと、そして田中美佐子の「海老名は、ゼッタイにいやー!」という叫びが、引越しを企てようとする夫、ホセ・アルカディオ・ブエンディアに対するウルスラのそれと通底していると感じたことは、代わりに読むことの原点であり、疑いようのない事実だった。私はもう一度ドラマを最初から観なおした。

しかし、なかった。私は呆然とするしかなかった。そう、あの「海老名は、ゼッタイにいやー!」というシーンがどこにも見当たらなかったのである。私は確かに観た。そうでなかったなら、地方で暮らしていた私が海老名という地名を知るはずがなかった。

兄ホセ・アルカディオ・セグンドの元を訪れたアウレリャノ・セグンドもまた信じなかった。「労務者らは駅前を退去せよという命令に服従して、おとなしくわが家へ帰ったという」「政府の特別の告示を読んで」(p.468) 納得していたのだ。「バナナ栽培地区の全域にわたって……雨が降りはじめ……一週間後も雨は降りつづいていた」。「労務者は満足して家族のもとへ引き揚げ……バナナ会社は雨のあいだは活動を停止する」という公式発表が「政府によってくり返しくり返し全国に流され、ついに一般に信じられるようになった」のだ。ところが昼は平静だが、「夜になり消灯時間が来ると、兵隊たちは銃で民家の戸をたたき壊し、ベッドから容疑者を引きずり出して連行した」。しかも、「消息を聞きに司令室へ押しかけた犠牲者の身内にさえ、その事実を否定した」(p.469) のだった。

「まったく平和そのものだ、この町は」(p.470)

「組合の指導者らは完全に抹殺された」。「ホセ・アルカディオ・セグンドだけが生き延びた。ところが二月のある晩、……(弟の) アウレリャノ・セグンドがドアをあけると、将校に率いられた六人の兵隊が立っていた」。「兵隊たちは、無言で屋敷じゅうの部屋や衣裳《いしょう》だんすを調べた」(p.470)。アウレリャノ大佐のかつての仕事部屋だけでなく、ホセ・アルカディオ・セグンドが隠れていたメルキアデスの部屋も例外ではなかった。「将校は強引にそこをあけさせ、懐中電灯で掃くように部屋ぜんたいを照らした」。家の者は「もうあきらめるより手がない、と観念した」が、将校は「とくに変わった表情を見せなかった」。しかし、「いくつもの衣裳だんすに押しこまれた**七十二**個のおまるに出くわす」(p.472) と、途端におまるに関心を示した。
「この家は、いったい何人家族だね？」(p.472)
「**五**人ですよ」(p.473)
「納得がいかない様子だった」。しかし、彼にはホセ・アルカディオ・セグンドの姿は見えなかった。「ほんとうに、この部屋には長いこと人が住んでいないらしい」(p.473) と言って将校は去った。彼の目は節穴だった。
ホセ・アルカディオ・セグンドは「ドアが閉められたとき、……自分の戦いは終わった、と思った」(p.473)。戦争とは恐怖だと彼は悟った。と同時に、「メルキアデスのこの部屋にじっとしていると、これまで**一**度も経験したことのない心の安らぎを感じた」。そして、「メルキアデスの残した羊皮紙を何度となく読み返しはじめた。訳がわからないだけに、かえっておもしろかった」。彼は静寂のために「ドアに南京錠をかけてもらった」。幽閉生活が半年を迎えたころ、「兵隊たちがマコンドを去ったのを見て、アウレリャノ・セグンドは」(p.474)「南京錠をはずし……ドアを開けたとたんに」悪臭とひどい光景が目にはいった。兄は「胸の悪くなる臭《にお》いで汚れた空気を気にする様子もなく、理解できない羊皮紙を飽きもせずに読み返していた」（p.475）のだった。

「彼はわずかに視線を上げ」（p.475）て、こう言った。

「三千人以上はいたぞ。絶対に間違いない。駅にいた連中はみんな殺《や》られたんだ！」（p.475）

私は日本に帰った折、ミスドを訪ねた。そして、コーヒーを頼み、フレッシュを受け取った。そして、裏返してほっとした。やはり数字が刻印してある。これを使ってビンゴをやったのだ。コーヒーを一口飲み、あのミスドのオレンジっぽい店内を眺めると突然ある記憶が蘇った。

闘いから数年経った時、私はたまたまあのミスドに行った。しかし、店員も店内もすっかり変わってしまっていて、私はかつてここが戦場であったことなどすっかり忘れていたのだった。ところがカウンターで注文をしようとした瞬間、店員の女性が私の顔を見て、驚きながら言ったのだ。

「お久しぶりです！」

私はドーナツの入ったガラスケースから顔を上げた。そう、そこにはかつて頭に角を生やしていたツノさんが一人立っていたのである。一気にあの戦いの記憶が蘇った。確かにあったんだ。私たちのビンゴゲームはまだつづいているのである。この一件を今思い出したのと同時に「海老名は、ゼッタイにいやー！」というシーンも絶対にあったんだと私は確信した。代わりに読んでいるという確信はゆるがない。けれど、私が代わりに読んでいると言ったとして、果たして人に信じてもらえるだろうか。マツヤマくんは、あるいはA子はなんと言うだろうか。ここ数回の間、「代わりに読む」ことの条件を追求することから離れていた。代わりに読むの原点が失われた今、それでもなお、代わりに読もうとするなら、普遍的な代わりに読む方法を探求する必要があるだろう。もっと考察を深めなくてはいけない。

参考文献

1. ガブリエル・ガルシア＝マルケス『百年の孤独』（鼓直訳）、新潮文庫、二〇二四年。
2. Gabriel García Márquez, “Cien años de soledad,” 1967.
3. ＴＢＳドラマ『十年愛』、一九九二年。
4. ＴＢＳドラマ『それでも家を買いました』、一九九一年。

第16章　どうして僕らはコピーしたいのか？

前章までのあらすじ

工場の不当な扱いに労働者たちは蜂起したが、駅前の大虐殺で一掃された。ホセ・アルカディオ・セグンドは死体の山の上で目を覚まし町に戻ってくるが、大虐殺のことを誰も覚えていない。圧倒的な体験の拠り所を失った時、私たちはいったいどうすればいいのか？　代わりに読むの原点である『それでも家を買いました』のあのシーンを見つけられなかった「私」は、ドーナツ屋の闘いを思い出し、より普遍的な方法を探し求める決意をする。

駅前の大虐殺の後からマコンドに降りはじめた雨は「四年十一カ月と二日、……降りつづいた。……家々の屋根は崩れおち、壁は傾いた」。雨が降り出した時、アウレリャノ・セグンドは「たまたま用事があってわが家へ帰っていた」(p.477)。「彼は三日ごとに身につけたものを脱ぎ、洗濯が終わるまでパンツ一枚でじっとしていた。そして退屈しのぎに、屋敷のあちこち傷んでいる個所の修理に精出した」。「何カ月ものあいだ、……道具箱をかかえて、うろうろしている彼の姿が見られた」。「掛け金を取りつけたり時計を分解したりしている夫を見たフェルナンダは」夫もまた一族の者が罹る「一度すませたものをまた最初からやりなおす、あの悪い癖に染まったのではないかと心配した」(p.478)。

そうではなかった。「雨のおかげで何もかもが狂ってしまったのだ。水気などあるはずのない機械までが、三日ごとに油をくれないと歯車のあいだから黴《かび》を吹い」ていた。「魚がドアから奥へはいり込んであちこちの部屋を泳ぎまわり、窓から外へ抜けられるくらい、空気は水をふくんでいた」し、ある朝、目を覚ましたウルスラの「背中にびっしり蛭《ひる》が貼りついてい」たほどだったからだ。驚くべき湿度との戦いだった。彼らは「溝を掘って屋敷の水はけを良くし、ひき蛙《がえる》や蝸牛《かたつむり》を追いださなければならなかった」。だから、日々忙しく暮らしていた「アウレリャノ・セグンドは……老境を迎えつつあることに気づいていなかった」が、「ある日の午後、揺り椅子《いす》にすわって早ばやと暮れていく空をながめていた彼は、ペトラ・コテスの顔を思い浮かべても、身内におののきひとつ感じない自分を知った」(p.479) のだった。

夫が屋敷で暮らしている間、フェルナンダも「夫が寝室へやって来て、……アマランタ・ウルスラの出産以後、ある種の仲直りもできない体になっていることを見抜かれはしないかと心配した」。「顔も知らない医師との文通に夢中になったのも、実はそれが原因だった」し、暴風雨による脱線事故で交通が断たれてからは、「虎《とら》の仮面をかぶり、偽名を使って、バナナ会社の医師たちの診察を受けようかとさえ思った」(p.482) ほどだった。

ある日、ヘリネルド・マルケスの葬列が屋敷の前を通った。「サンタ・ソフィア・デ・ラ・ピエダに頼んで戸口まで出ていた」(p.485) ウルスラが叫んだ。「さようなら、ヘリネルド! うちの者によろしく言っておくれ。雨が上がったら、会えるからってね」(p.485)

「ひどく熱心に葬列の動きを追うので、てっきり見えているのだと誰もが思った」。ウルスラに「手を貸してベッドへ連れ戻した」折に、水浸しの「通りの様子を見て、アウレリャノ・セグンドは驚いた。……家畜が気になって、防水布を頭からかぶり、ペトラ・コテスの家へ出かけ」ると、「彼女は中庭の腰まである水につかって、馬の死体をどかそうとしている最中だった」(p.485)。

雨が降りはじめて以来、「アウレリャノ・セグンドのもとへ使いをやって、早急に手を打ってくれと頼んだが、彼からは……雨が上がってから何とかしよう、という返事しかかえって来なかった」。ようやくやってきたアウレリャノ・セグンドを彼女は「喜びも怨《うら》みもしなかった。……骨と皮になり、すっかり年を取っていた」(p.486)彼女は言った。「ほんとに、いいときに来てくれたわ！」(p.486)

彼が「手を貸すと、ふくれ上がった大きな死骸《しがい》はくるりと一回転し」(p.485)た。老境を迎えたアウレリャノ・セグンドだったが、しばらく彼女の家に留まるうちに、互いの愛撫が「動物たちのあいだで呼んだめざましい繁殖ぶりを思いだした。……なかば欲も手伝って、相手をゆさぶり愛撫を迫った」が、「ペトラ・コテスはそれにこたえず、眠そうな声で言った」(p.487)。

「こんなことをしてる時じゃないわ」(p.487)

「こんなことをしてる時じゃないわ」には経験があった。これもA子に言われたのだっただろうか？　いや、映画で観たことがあったはずだ。ヒーローとヒロインが危機的な状況に追い詰められ、間一髪脱出を図ろうとするまさにその時に、なぜか二人は顔を寄せ、見つめ合い、キスをする。カメラはそこにズームする。そんなことしてる場合じゃない、さっさと逃げなければいけないのだ。あれは『スター・ウォーズ』だったのか。『インディ・ジョーンズ』ではなかっただろうか。

逃亡する二人 [3]

そう合点して、『レイダース／失われたアーク《聖櫃》』を頭から観ていったのだが、見つけることができない。『それでも家を買いました』の「海老名は、絶対にイヤー！」にしろ、私の脳は近ごろ観たこともないシーンを捏造しているのだろうか。その代わりに、たまたま、あるドキュメンタリー映画を私は見つけたのだった。それは『レイダース』を観てしまったがために、好き過ぎて自分たちでそれをリメイクせずにはいられなくなった少年たちとその後を追った映画『レイダース！』だった。

スクールバスでエリックはクリスが『レイダース』のコミックを持っているのを見かけ、コミックを借りようと声を掛けたのが始まりだった。クリスはショットごとに『レイダース』をリメイクしているんだと言い、反対にエリックを誘った。

地下室にガソリンを撒く [3]

ふたりはインディ・ジョーンズの興奮を語り、そしてともに映画を撮影していった。ビデオのなかった当時、エリックは一度しか観ていない映画を絵コンテに書き出した。彼らは友人の家の地下室にセットを作り上げ、一つ一つシーンを撮影していった。ジープに引きずられるシーンでは、彼らは大怪我をしそうになった。自宅の地下室にガソリンを撒き、火をつけた。再現方法を考え、危険を冒している時、彼らはまさにインディ・ジョーンズになりきっていた。

ただ、そんな少年時代の彼らにはどうしても撮影できなかったシーンがあった。ナチスの航空機を背に敵と戦うシーンだった。時が流れ、中年になった彼らの前に、映画の存在を知り、残されたシーンの撮影を支援する人たちが現れたのだ。仕事を休み再び集まったかつての少年たち。広い土地に組み立てた航空機のレプリカ。しかし、撮影は思うように進まない。天候が悪く、時間だけが過ぎて行った。こんなことをしている時じゃないのではないか、という気持ちが彼らを襲ったにちがいない。彼はゲームを開発する企業でプロジェクト・マネージャーになっていた。まとめて取った休暇もあっという間に過ぎていった。カット数は大量に残っていた。

インディ・ジョーンズをリメイクした彼らは、コピーせざるを得なかった。どうして私たちは作品に感動し、興奮した時、リメイクしたいのか？　私たちはどうしてコピーせずにはいられないのか？「こんなことしている場合じゃない」という言葉が頭の中でリフレインする。それでもやめられない。ただ、雨が降りつづくのを眺めているしかなかった。

家の中で私は『百年の孤独』を読んでいた。「まだ、読んでたんですか？」そう言う、A子の声が聞こえたような気がした。

我にかえった「アウレリャノ・セグンドはトランクを提げてわが家へ帰った」(p.487)。「子供たちに大喜びで迎えられたアウレリャノ・セグンドは、あの喘息《ぜんそく》やみのアコーデオンをふたたび弾いて聞かせた」が、「子供たちは音楽よりも百科事典のほうに関心を示した」(p.488) のだった。彼の想像力は、百科事典に登場する人物をアウレリャノ・ブエンディア大佐の写真だと断言させた。自宅に帰った彼に「こんなことをしてる時じゃない」

問題は すべて解決したけど
雨に悩まされてて
あと2日休みをくれと上司に電話 [3]

という声が聞こえていただろうか。

穀物倉庫の食料が底をついたことをアウレリャノ・セグンドは知らされるが、打つ手がなかった。

「この雨だって、そういつまでも降っちゃいないだろう」(p.489)。天気は相変わらず悪い。今日も撮影は無理だ。

翌日の朝8時には職場に戻る約束になっていた。映画を撮りたいという強い気持ちの一方で、社会的責任もある。彼は職場の上司に電話をする。重たい空気が流れる。

「あと2日くれないか？　雨に悩まされていて」

「それは無理な相談だ。正直、何度もくり返されて、腹が立っている。雨は俺の責任じゃない。自分の立場を考えてくれ」

これまでも上司は彼に言い続けてきた。こんな時期に休暇を取るな、仕事を優先しろと。もし、彼がアウレリャノ・セグンドで、電話の上司がフェルナンダだったなら何が映画の撮影だと叫びだしただろう。食料が底をついても、

吉本新喜劇でキレる未知やすえ [4]

何も手を打たない夫に怒りはつのり、「抑えがたい奔流となってほとばしる日がついにやって来た」(p.489) のである。

一昼夜におよぶ長ゼリフは私に歌舞伎か、はたまたかつての吉本新喜劇を思い浮かべさせた。フェルナンダは未知やすえだ。彼女は句点を打つ暇もなく、「忿懣《ふんまん》をぶちまけ」(p.489) つづけた。

やがてアウレリャノ・セグンドは、夜通しつづいた「頭がガンガンする大太鼓のような声についに耐えきれなくなって、彼女をさえぎった」(p.494)。「頼むから、静かにしてくれ」(p.494)

一方、幼いアマランタ・ウルスラとアウレリャノ少年は長雨をも楽しんでいた。「蜥蜴《とかげ》を捕えて腹を裂いたり」(p.495)、ウルスラをおもちゃにしたりした。先祖や別の時代の人間たちのふりをして、年老いて頭がぼんやりしていたウルスラに、再会を喜ばせ、泣かせたりした。その結果として、彼女が度々訪ねてきた者に聖ヨセフの石膏像を持ち込んだ人を知らないかと聞くのを見て、「アウレリャノ・セグンドは、ウルスラだけが埋めた場所を知っている大金のことを思いだした」(p.497)のだった。

しかし、彼が「遊び仲間のひとりをそそのかして、大金の持ち主で通そうとしたことがあるが、巧妙な罠《わな》が仕掛けられたこまかな質問攻めに遭って、まんまと失敗した」。彼女は「その秘密を守るのに十分な正気は残していて、間違いなく埋蔵金の持ち主であることを証明できる者にだけ明かすつもりだと思われた」(p.497)からだった。だが、これは逆に彼を奮い立たせたと思う。ウルスラが秘密にすればするほど、金貨はどこかに埋まっているということを確信させたにちがいないからだ。埋蔵金発掘プロジェクトのはじまりを意味した。

「アウレリャノ・セグンドは、中庭と奥庭に水はけの溝を掘るという口実で人足たちを雇い、みずから鉄の棒やあらゆる種類の金属探知機を使って地面の下を探った」が、金は見つからず「トランプのほうが頼りになるかもしれないと思い、ピラル・テルネラのもとを訪ね」(p.497)た。彼女のトランプ占いをでまかせだと思った彼だったが、彼女の言った数字と、実際に家の周りを測量した距離が見事に一致したことで、彼の探検熱は沸騰した。彼は「もはや子供たちの面倒を見ようと」(p.498)もせず、「仕事に夢中になって」いた。

それは、曾祖父を彷彿とさせるものだった。「屋敷の東側の廊下の土台をえぐりすぎたのだろう、……背筋の寒くなる深い亀裂《きれつ》が生じていた」が、「それでもアウレリャノ・セグンドは宝探しをあきらめなかった」(p.499)。アウレリャノ・セグンドはその金貨の存在をどのくらい信じていただろうか。あるいは、糸井重里は赤城山に徳川埋蔵金が埋まっていることにどれくらい本気だったか？

「ほんとうでなくてはいけませんか？」

誰がそう言ったのか？　その通り。ほんとうでなくてはいけないわけではない。100％の確信などそうそうありえない。これはいかに心ぼそい確信を元手に、物事を実現に近づけて行くのかという私たちが常に直面する現実に対する、象徴的な取り組みだった。

徳川埋蔵金にしても、最初は誰も信じていなかったかもしれない。しかし、ひょっとしたらあるかもしれないと信じる者同士がユンボを使って土を掘り始める。人がかつて掘り、埋め戻した形跡、木片。何かが見つかると、さらに掘らざるを得なくなる。絶対に出てくるよと励ましあう。自分たちの信じることを肯定してくれそうな事実を片っ端から集める。これだけ大掛かりなプロジェクトになったのだから、出て来ないわけがない。無茶なプロジェクトに必要なのは、こうした、熱狂と共犯関係だったのだ。

では、最初の1カット目の撮影をはじめた少年たちは、全編をリメイクできるとどれだけ信じていただろうか。ただ、彼らはリメイクしたかった。リメイクすることで作品の感動と興奮を、彼らの愛情を表現したかった。さらに、少年たちが熱中して作り上げたそのレプリカが、何十年も経って、それを偶然にも観た「大人たち」の熱狂を掻き立てたのだ。逆にこうも言うことができるだろう。どれだけほとんど嘘であったとしても、少しでも可能性を信じている時には、またその少しの可能性が、残りの嘘の部分を駆逐してしまうのなら、私たちはその嘘をテコに、前に進んでいけるだろう。

ヘリネルド・マルケス大佐はマコンドの雨が止むのを見ることはなかった。彼は雨がいつかやむことを信じていただろうか。ウルスラは信じた。

「事実、雨は上がった。ある金曜日の午後二時、煉瓦の粉のように赤くざらざらした、しかも水のようにさわやかな太陽が、あっけらかんと照りだしたのだ」(p.499)った。大人になったかつての少年たちは、大急ぎで撮影を始めた。

彼はギリギリのところで、上司から2日の猶予を得ていたのだった。彼らは次々と残されたシーンを片付けて行く。残すはあの爆破のシーンだけだ。準備万端、カメラは回る。しかし、肝心の爆破のタイミング、火薬技師がスイッチを押すが、何も起きない。「少年」はカメラを回し続ける。火薬技師は大量の爆薬を仕掛けたナチスの航空機に、様子を見に近づいて行く。と、その時だった。最初に小さい音、そして、立て続けに大きな音で

突然爆発する火薬 [3]

火薬が爆発したのだ。彼の体はその場に倒れた。彼は大丈夫なのか？「少年たち」はカメラを回し続ける。何人かの仲間が機体へと駆け寄り、重たい体を引き摺り出し、安全な場所に彼を寝かせる。その後ろをインディ・ジョーンズの格好をした男が走って逃げ出して行く。メラメラとあがる炎が次第に胴体に燃え移ると、仕掛けられた火薬はコントロールを失ったように、バンバンと爆発を起こし、完全に機体は焼け落ちたのだった。火薬技師は目を覚ます。撮影は大成功に終わった。

一方、「最初の日曜日、乾いた下着をつけて町の様子を見に出かけたアウレリャノ・セグンドは、ひどく惨めな気持ちになった」。というのも、「マコンドは廃墟《はいきょ》も同然の姿になっていた」からだ。しかし、人びとは、「通りの真ん中にすわり込んで、久方ぶりの日射《ひざ》しを楽しんでいた」(p.500)。アウレリャノ・セグンドが、雨で流されずに済んだ住居にペトラ・コテスを訪ねると、「彼女は色青ざめ、髪はざんばら、目は落ちくぼみ、体じゅう疥癬《かいせん》だらけというていたらくだったが、それでもくじ引きの用意とやらで、懸命に紙っきれに数字を書きこんでいた」(p.502)。自身も薄汚れている彼は啞然とし、それから無神経にもこう言ったのだった。

「まさか、骨を景品にするつもりじゃないだろうな」(p.502)

彼女に言われて寝室を覗くと、「一頭の騾馬が目に映った。主人同様に骨と皮だったが、しかし主人に劣らぬくらい元気できびきびしていた」。というのも、「ペトラ・コテスは自分の怒りを餌《えさ》として与えてきた」(p.503)からだった。そんなことが可能だろうか？

もし、そんなことが可能なら、くじを当てることだって、不可能と信じられていることだって信じることができるかもしれない。くじ売りが大きな声を出す。

「1%の可能性に賭けてみませんか？」

誰の声だろうか。もし代わりに読むことができた時、何かが変わるのだろうか。代わりに読むために必要なこと、熱狂と共犯関係、信じつづける力。一歩前進したのだろうか。でも、依然として疑問ばかりだ。教えてほしい、どうやったら代わりに読める？

参考文献

1. ガブリエル・ガルシア＝マルケス『百年の孤独』（鼓直訳）、新潮文庫、二〇二四年。

2. Gabriel García Márquez, "Cien años de soledad," 1967.
3. ジェレミー・クーン、ティム・スクーセン『レイダース！』（映画）、二〇一五年。
4. 吉本新喜劇、一九六四年〜。

第17章　如何にして岡八郎は空手を通信教育で学んだのか？

前章までのあらすじ

バナナ農園のストライキが労働争議と駅前での大虐殺という最悪な結果を迎えて以来、マコンドに雨が降り続いた。アウレリャノ・セグンドはペトラ・コテスと愛を交わそうとして、「そんなことしてる時じゃないわ」と拒まれた。屋敷の周りを埋蔵金を求めて掘り返すばかりで、家のことは任せっきりの彼に、フェルナンダは堪忍袋の緒が切れた。代わりに読む「私」は「そんなことしてる時じゃないわ」という言葉を手掛かりに、感動のあまりコピーせざるを得ない私たちについて思索を巡らせた。

マコンドの長い雨が上がり、「一帯に焼けるような土埃《つちぼこり》が舞」うようになると、ウルスラは頻繁に正気に返るようになった。「子供たちにおもちゃにされていたことを知って情けなくなり、ウルスラは泣いた」(p.505)。しかし、屋敷が雨やアウレリャノ・セグンドの発掘で台なしになり、「家族の者があきらめと悲哀に取り憑《と》かれていることを知」(p.506)ると、彼女は「気力ひとつで、闇《やみ》のなかで方角を見さだめた」(p.505)。

「こんなだらしないことで、どうするの」(p.506)

そう家族のものを追い立てる「彼女は一瞬も休まなかった。あたりが暗いうちに起きて、手のすいている者は子供まで使った。……服を日に当て……殺虫剤の奇襲をかけて、ごきぶりを追い払った。……昔に戻したいという熱意に駆られて、見捨てられていた部屋をのぞいて回った」(p.506) のだった。

「どんどん捨てましょう。ときめかないモノは感謝してから」

と画面の中で近藤麻理恵は声を上げていた。『人生がときめく片づけの魔法』で一躍脚光を浴びた、片づけの魔術士・こんまりこと近藤麻理恵は、まさに崩壊していく屋敷の立て直しに必死のウルスラそのものだった。

彼女は小学生のころから片付け魔だった。近藤は言う。「一番の楽しみは、主婦向けの生活雑誌を読むことでした」([3] p.24)。「けれど、私にはどうしても越えられない悩みが一つありました。どこを片づけても、しばらくすると元の状態に戻っているのです。牛乳パックでつくった仕切りからは文房具があふれ、ビデオテープでつくったラックは郵便物でパンパンになり……」([3] p.25)。

彼女は当時、こう考えていた。「しかたない。片づけはリバウンドするものなのだから」([3] p.25)。いや、ちがうと私は声を出す。そこはマコンドだったんだ。そうでなければ、そんなことが勝手に起こるはずがない。そんなある日、近藤がリバウンドしない掃除術を編み出した。「何の考えもなしにいきなりモノを捨てはじめてしまうのは、それこそリバウンド地獄に自ら身を投じるようなもの」である。大切なのは「片づけをすることで、いったい何を手に入れたい」か、そしてその先にある「理想の暮らしを考える」([3] p.55) ことだと言う。そして、「モノを一つひとつ手にとり、ときめくモノは残し、ときめかないモノは捨てる」([3] p.62) のである。

『人生がときめく片づけの魔法』[3]

いくつか注意せねばならないことがあった。「絶対にやってはいけないのは、場所別に捨てはじめてしまうこと。「寝室を片づけ終わってからリビングに手をつけよう」……とつい考えてしまいがちですが、これは致命的な間違いです」([3] p.64)。だから、彼女は屋敷のすべての部屋を例外なく開けていった。サンタ・ソフィア・デ・ラ・ピエダは彼女をメルキアデスの部屋に近づけまいとしたが、決意は固く、「三日もねばり抜いたあげく、部屋を開けさせることに成功した」(p.507)のだ。近藤は言う。「お客様の家を片づけていて……本当の意味で驚くのは、ふつうの家庭で、誰でもあたりまえのように持っているモノを信じられない量で発見したとき」([3] p.162)であると。「たとえばあるお客様の家で発見されたのは、大量の歯ブラシ。……キッチンの定番ラップでは、ストック三〇本。……トイレットペーパーのストックでは八〇ロール。……極めつきは綿棒のストック、なんと二万本」([3] pp.163 - 164)。彼女は悪臭とともに「寄宿生たちが使った七十二個のおまるがそこにしまってあること」、ホセ・アルカディオ・セグンドがそこにいることを思い出した。ついに近藤はブエンディア家の屋敷で、人類が体験のしたことのない驚愕のストックに対面したのだった。「姿が見えているように、叫んだ」。「しようのない子だね。……こんな豚みたいな暮らしをして!」(p.507)

そうウルスラが嘆くと、彼はこう返した。
「仕方がないさ。時がたったんだもの」(p.508)
彼女はそれがかつて「死刑囚の独房にいた（息子の）アウレリャノ・ブエンディア大佐と同じ返事」だと気づき、「時は少しも流れず、ただ堂々めぐりをしているだけであることをあらためて知り、身震いした」が、なんとしても彼女は部屋から彼を出そうとした。
「ホセ・アルカディオ・セグンドはパニックに落ちいった。何と言われようと外には出ない、……死体を積んでマコンドから海へ向かう二百両連結の列車を見るのはまっぴらだ、と叫んだ」。「そら、駅にいた連中だよ。みんなで三千四百八名さ」(p.508)
近藤は言う。「思い出品は、片づけ初心者が最初に手をつけてもよいシロモノではありません」([3] p.68)。というのも、「それらを捨てると、大事な思い出さえも忘れてしまうような気がする」からだ。でも、「忘れてもいいような過去の思い出はとっとと忘れたほうが、これからの人生を考えると、いいと思いませんか」。「人は「過去」を生きられるわけではありません。今ときめくことのほうがもっともっと大事だと、私は思います」([3] p.154)。
過去の記憶や思い出も整理しなくてはいけないのだろうか？　過去の記憶を整理させてしまう「ときめく」とはいったいどういうことなのか。ときめきなどなくても、ただ哀しいだけの事実であっても、記憶しつづけるべきことがあるかもしれないではないか。近藤は言う、「ときめくかどうか。心にたずねたときの、その感情を信じてください」([3] p.170)と。ここで、ウルスラは近藤と完全に袂を分かった。

結局、彼女はホセ・アルカディオ・セグンドに「そのまま部屋にいることを許したが、そのかわり、南京錠《ナンキンじょう》を掛けるのをやめさせた。毎日掃除をさせ、ひとつを残しておまるをごみ捨て場に追いやった」(p.509)のだった。無理をすることはない。この近藤麻理恵の掃除術も感謝して葬り去った。

「アウレリャノ・セグンドは、ふたたび……ペトラ・コテスのもとに腰をすえ……動物たちを買い入れ、お粗末ながら富くじの商売を立てなおした」。街の人々は「あわよくばという期待をいだいて、火曜日の晩になるとペトラ・コテスの家の中庭に押しかけ」(p.510)

「間もなく、それは毎週ひらかれる定期的な市になった」(p.511)のだった。

「夕方ごろから揚げ物や飲み物の屋台が中庭にあらわれ」るほど盛況だったが、逆に「このばか騒ぎのおかげで、アウレリャノ・セグンドは、いかに気力が衰えたかを……思い知らされた」(p.511)。

「ところがペトラ・コテスは、このころほど彼を好もしく思ったことはなかった」(p.511)のである。ふたりは忙しく働き、必死にお金の勘定をした。「これは、フェルナンダを喜ばせるために。あれは、アマランタ・ウルスラの靴を買うために」(p.512)、あの子のために、この子のために。

「しかし、いくらあくせく働いてお金を倹約してみても」(p.513)

一生懸命に働いて、節約もしているのに、貯金がたまらないと嘆いていませんかと恫喝する家計コンサルタントの甲高い声、でもね、よく見てください、保険に150センタボ、スマホに200センタボ、コーヒーは嗜好品ですよ、ポイントはね、投資と浪費に仕分けをすることなんです、それから固定費、……

バカじゃないのか？　アウレリャノ・セグンドは耳を疑った。どの出費も家族のためじゃないか。

教育費は投資だといって、際限なく支出してませんか、もちろん、その気持ちはわかりますよ、でもね、身の丈というものがあります、こちらの言うことも聞かずに、分かった顔の家計コンサルタントがあれこれ言うのが電話口から聞こえてくる、もういい、放っておいてくれ、……

「アマランタ・ウルスラを生徒六名の私立学校に入れた」(p.515)

一方、「アウレリャノの場合は、公立の学校に通うことさえ許さなかった」が、そのおかげで彼は「何時間もひとりで百科事典の挿画をながめ」(p.515)ることになった。その姿はすっかりアウレリャノ・ブエンディア大佐のようだったので、ウルスラは「またもや息子と彼をごっちゃにした」(p.516)。ウルスラには過去と現在が混濁していた。「豚のしっぽのある子が生れるといけないから、同じブエンディア家の血筋の者を結婚させないように、という実際的な忠告」(p.518)を残して、「聖週間の木曜日の朝、ウルスラは息を引き取った」(p.519)。「アウレリャノ・セグンドはこの錯乱状態を利用して、埋蔵金の隠し場所を言わせようとしたが」(p.518)、最後まで決して彼女は明かさなかった。たて続けに、その年の暮れにはみんなにすっかり忘れられてしまったレベーカが死んだのだった。

ふとここで、私はA子のことを思い出し、また長い間A子のことを忘れていた自分に啞然としていた。ときめかなければ捨てればいいと近藤は言ったが、彼女の力を借りなくても「忘却は貪欲だった。思い出を少しずつ、だが容赦なくむしばんでいった」。「ネールランディア協定を記念」(p.521)して、アウレリャノ・ブエンディア大佐に「勲章を、今回は何としてでも渡すという……目的」で「大統領使節の一行がマコンドを訪れたが」(p.522)、町ではその名はすっかり忘れられ、知るものを見つけるのに時間を要した。新しく派遣されてきたアウグスト・アンヘルという神父も、「あたりに瀰漫《びまん》した投げやりな雰囲気と、すべてを老朽化させ役に立たないものにしてしまう熱い塵《ちり》や、昼食のミートボールのせいで日盛りに襲う睡魔などに屈服させられた」(p.523)。マコンドで荒れ廃れていく流れに彼らは従う定めなのだろうか。

しかし、不可能に挑戦するものもあった。フェルナンダは手紙とテレパシーを用いた、遠方の医師との遠隔医療に臨んでいたのである。「彼女は約束の日時に寝室にこもり、白いシーツだけをまとって北枕《きたまくら》で横になった。……目覚めたときには、……鼠蹊部《そけいぶ》から胸部にかけて……大きな縫い目が走っていた」。遠方の医師たちの「手紙によると、……精密検査を行なったが」、彼女が訴えていた症状の「徴候は、どこにも見当らないということだった」。「テレパシーの得意な医師たちが発見したのは、ペッサリーの使用によって容易に矯正できる子宮の下垂にすぎなかった」(p.524)。フェルナンダは息子に「事情を打ち明けて、わざわざローマからペッサリーを送ってもらった」(p.525)。

不可能を可能にすることができるのだと私は思う。ここで考えるべきは、80年代に偉業を成し遂げた喜劇俳優・岡八郎のことだ。

街の食堂を営む夫婦のもとに柄の悪い借金取りがやってくる。金返せへんのやったら、この可愛らしい娘を連れて行こかと脅し、店の机や椅子を蹴散らかす。じっと居座る借金取りを怖がって客はみな帰ってしまい、商売にならない。たったひとり、店の隅で酒を飲んでいたのが岡八郎だ。

「頼みますわ。なんとかしてください。私ら商売できまへんねん」と訴える店主に、「ほ

食堂の岡八郎 [4]

な、任しとき」と言って、彼は立ち上がった。

「おう、お前らなぁ、ええ加減にしとけよ。なんやったら、わしと勝負するか？」

と上着を脱ぎ、腕を振り回す。可笑しな中腰でパンチを繰り出す。なんやなんやと相手が少しビビりだしたところで岡は宣言する。

「掛かってこんかい！　言うとくけどな、わしはなぁ、学生の頃なあ、ピンポンやっとったんや」

相手は一斉にこける。しかし油断した相手にさらにこうも言う。

「それからなあ、わしはなあ、空手五段やぞ」

再び緊張が走る。

「通信教育やけどな」

どっと笑いが起こる。岡八郎はどのようにして通信教育で空手を身につけたのだろうか？　ヤクザとの喧嘩で、あるいはまた違う場面でも確かに

かかってこんかいと相手を挑発する岡八郎 [4]

相手に啖呵を切る岡八郎を私たちは目撃した。彼はよほど腕に自信があったに違いない。ところが、私たちには彼がどのようにしてその術を身につけたのかがわからない。たしかに目の前に人が浮かんでいるが、それを実現する手段がわからない。ミッシングリンクだ。

観客は、フェルナンダや岡八郎のことを笑う。どうしてだろうと私は思う。岡八郎はたしかに通信教育で空手を学んだ。目の前に空手の強い男がおり、それ自体は何も不思議はない。ところが、通信教育では空手は身につかないのではないかと私たちは考える。なぜ、通信教育では無理なのか。通信教育で身につくタイプの、あるいは通信教育だからこそ身につくタイプの技能だってあるじゃないか。私はその境界が何であるのか、瞬時には答えられない。人によって微妙に異なるこの可能

舞台上で全員が一斉にこける [4]

と不可能の認知のズレが私たちに可笑しさをもたらしているのかもしれない。さらに、この認知のズレは実際の境界とも違うかもしれない。そして、そこにこそ、不可能を可能にするような梃子が存在しないだろうか。

私は「代わりに読む」ことを目指しつつ、どうやればいいのかがわからない。誰かのためなら、あるいは特定の本なら代わりに読めるだろうか。通信教育なら代わりに読めるようになるだろうか。誰かがすでにこの問題に取り組み解決しているかもしれぬという期待を胸に、私は思いを巡らせた。

フェルナンダの娘、「アマランタ・ウルスラは、それまでウルスラを悩ますのについやしていた時間を学校の宿題に使い、頭の良さと勉強好きなところを示しはじめた」。アウレリャノ・セグンドは「彼女をブリュッセルに遊学させる約束をし」

(p.525)、その実現に向けて仕事に励んだ。

一方、孫のアウレリャノは「家にこもりっきりの生活や孤独を好」んだ。「やがて誰も知らないうちに、ホセ・アルカディオ・セグンドと強い愛情で結ばれるようになった」。誰もが信じなかったアウレリャノ・セグンドの記憶と歴史を忠実に彼が理解するようになったからだ。「ある日、……バナナ会社に見捨てられてから町がすっかりさびれてしまった、と」誰かがこぼすとアウレリャノ少年は「バナナ会社が混乱させ」たのでありそれまでは「正しい道をあゆむ栄えた町だった」と間違いをただした。それは「博士らに囲まれたイエスもかくやと思われるほどしっかりした話し方」(p.526)で、さらに駅前の大虐殺や死体を積んだ列車について語ったのだ。

「羊皮紙の神秘的な文字の分類にも成功していた」(p.528)ホセ・アルカディオ・セグンドは彼に「読み書きを教え、羊皮紙の研究の手ほどきをし」(p.527)た。彼はそのアルファベットを「英語の百科事典で見た」ことがあるといい、「事実、二つはまったく同じものだった」(p.528)。

富くじを思いついたころ、「アウレリャノ・セグンドは喉《のど》に何かがつかえているような感じがして目をさました」(p.528)。そのことを話すとペトラ・コテスは「俗信めいた」民間療法に頼り、今では占い師のピラル・テルネラは妻の「フェルナンダが写真をピンで刺すという評判のわるい手を用い」(p.529)ているのだと推測した。

すぐに彼は「妻の隙《すき》をうかがって屋敷じゅうを掻き回した」が、写真に刺したピンは見当たらず、代わりに衣裳だんすの底に見つけたのは、半ダースのペッサリーだった。ピラル・テルネラはそれを「持ってこさせて中庭で燃やした」(p.529)。半年ほどして再び彼は真夜中に「咳《せき》の発作に襲われ」て目をさまし「死期は遠くないことを悟った」。彼は死ぬ前に娘を必ずブリュッセルに遣りたいと思い、「週に一回ではなく三回も富くじを売りだした」(p.530)のだが、「こんな豚や山羊のくじ引きくらいでは、とうてい娘をブリュッセルへはやれないと悟った」(p.531)のだ。

もはや、彼に家計コンサルタントの声は聞こえなかった。もっと違うものの声が聴こえていたのかもしれない。彼はとうとう「洪水で荒れて」しまった「土地のくじ引き」というう「実に素晴らしいアイデア」を思いつき、「一週間たらずで売り切れ」、そのおかげで「アマランタ・ウルスラはブリュッセルに旅立った」(p.531)のであった。重荷が下りたアウレリャノ・セグンドはなんとか間に合ったと胸をなでおろしただろう。

「アウレリャノ・セグンドは、娘から投げキッスをされても手を振るのがやっとだった。夫婦は……その場に立ちつくしていた。婚礼の日以来、これが初めてだったが腕を組んで、汽車が地平線のかなたの黒い一点となるのをいつまでもながめていた」(p.534)のだった。

「ブリュッセルから最初の手紙が届けられる前の八月九日、メルキアデスの部屋でアウレリャノと話をしていたホセ・アルカディオ・セグンド」は、「三千人以上の人間が海に捨てられたんだ」と何気なく呟いた。彼は「そう言ったとたんに羊皮紙の上につっ伏して、目を開けたまま息絶え」、「同じ時刻にフェルナンダのベッドの上で、彼のふたごの弟もまた、……長い苦しみから解放された」(p.534)のだった。「そろいの棺桶におさめられた」ふたごは「少年時代までそうであったように、ふたたび瓜《うり》ふたつの姿に戻った」(p.535)。

再び声がした。ときめかないものは捨てましょう、と今夜も近藤が画面の中で唱えている！だがその実現は遠い。埋葬は混乱し、雑なものになった。

「悲しみを酒でまぎらわしながらふたりの遺体を屋敷からかつぎ出した男たちは、どっちがどっちかわからなくなり、棺桶を間違った穴に埋めてしまった」(p.535)のである。

参考文献

1．ガブリエル・ガルシア＝マルケス『百年の孤独』（鼓直訳）、新潮文庫、二〇二四年。
2．Gabriel García Márquez, "Cien años de soledad," 1967.
3．近藤麻理恵『人生がときめく片づけの魔法』、サンマーク出版、二〇一一年。
4．『蔵出し名作吉本新喜劇　岡八郎2』、よしもとアール・アンド・シー、二〇一〇年。

第18章　スーパー記憶術

前章までのあらすじ

雨が上がり、屋敷の整理に精を出すウルスラたちだったが、片づけの魔術師・近藤麻理恵をしても崩壊していく屋敷や記憶の忘却には抗えない。立て続けにウルスラが、そしてレベーカが亡くなる。アウレリャノ・セグンドはペトラ・コテスと富くじを売り歩き、末娘のアマランタ・ウルスラをベルギーに留学させるという念願をかなえる。双子の兄のホセ・アルカディオ・セグンドは、アウレリャノにメルキアデスの羊皮紙の読み方を伝え、直後に兄弟は同時にこの世を去った。

まず、タモリの話だ。あなたはタモリの驚異のスーパー記憶術を覚えているだろうか？

タモリのスーパー記憶術 [3]

あれは『笑っていいとも!』の一コーナーだった。目隠しをしたタモリに向かって、観客が順番にデタラメな単語を言っていく。五十人近く言い終えると、鶴瓶が「準備はいいですか?」と尋ね、タモリが「はい、大丈夫です」と言う。すると、タモリは①からすらすらと単語を順に思い出していく。なんなら逆順に、あるいはピンポイントでもさっと出てくる。あの風景はすごかった。子供心に、どうやったらこんなことが可能なんだろうかと唖然としたのを思い出す。ありえないことが、目の前で確かに起こっていた。トリックがあるのか? 仕込みの観客なのか? 画面の前で私はあっけにとられた。これぞマジック・リアリズム的な経験だったのではないか。タモリは、まるで気功師のように「ハッ」などと声を出してから暗記していた。

幼いアウレリャノはというと、彼もまたあらゆるものを覚えていたが、その様子はタモリとは異なるものだった。「長いあいだ、アウレリャノはメルキアデスの部屋から一歩も外へ出なかった。……サンタ・ソフィア・デ・ラ・ピエダがその部屋にはいっていくと、彼はいつも夢中で本を読んでいた」。物語に、歴史書、秘法に、伝染病に関する研究まで「すべて暗記して、思春期に達するころには、自分の生きている時代のことには無知なくせに、中世人については基礎的な知識をそなえるようになっていた」(p.537)。ただひたすら時間をかけ、彼はあらゆるものを暗記してしまったように見える。マジック・リアリズムの世界で、彼はマジックなど使わずに記憶していた。

私もおそろしく非効率な、よくわからない暗記方法で世界史の人物や事件やその年号を覚えたりしていた。あれはなんだったのか。そういえば、タモリのスーパー記憶術を見るよりもずっと前、小学生に上がった頃のことだ。『笑っていいとも!』のタモリに感銘を受けた私は、家にあった事務用箋にメッセージを書いてタモリ宛のファンレターを送った。やがて憧れはファンレターだけでは飽き足らず、スタッフと直接話したくて番組が終わる時間を見計らい、スタジオ・アルタに電話した。電話口に出た女性は「ここはスタジオですので、『笑っていいとも!』に御用でしたら、フジテレビにお電話してください」と親切に教えてくれた。しかし、当時何を思ったのか、私はこの親切な女性を話の通じない人だと決めつけ、他の人なら繋いでくれるのではないかとの期待から日にちをおいて三たびスタジオ・アルタに電話した。その三度目のことだ。『笑っていいとも！』の担当の方をお願いします」と私が言うと、電話に出た女性は言った。

「もう、いい加減にしてください」

薄々は気づいていたが、三度とも電話に出たのは同じ女性だった。私はぶつくさと独りごちながら電話を切った。いったい私は誰と何の話をしたかったのだろうか。

「サンタ・ソフィア・デ・ラ・ピエダもまた、アウレリャノはよくひとり言をいう子だと思っていた」。しかし、「実は、彼はメルキアデスと話をしていたのだ」。ある日、「彼は鴉の羽めいた帽子をかぶった陰鬱《いんうつ》な表情の老人が、誕生のはるか以前から脳裏に刻まれた思い出が形をなしてあらわれたように、窓の照り返しをまともに受けて立っているのを見た」(p.538) のだった。

羊皮紙が「どんな種類の文字で書かれていると思うか、とメルキアデスに問われたときも、ためらわずに「……サンスクリットだよ」」(p.538) とアウレリャノは答えることができた。アウレリャノはメルキアデスに憧れを抱いていたにちがいなく、また後継者を見つけて安堵したメルキアデスは次第に姿を消してしまった。アウレリャノがメルキアデスに憧れたように、私はタモリに憧れていた。当時私はどこにそれほど感銘を受けたのか、必死に思い出そうとしている。

アウレリャノは曾祖母であるサンタ・ソフィア・デ・ラ・ピエダの助けがあったからこそ、そのように羊皮紙の読解や書物に没頭することができた。アウレリャノはメルキアデスから教わった『サンスクリット語初歩』を「カタルニャ生まれの学者が」(p.539) 開いている本屋で買ってきてほしいとサンタ・ソフィア・デ・ラ・ピエダに頼んだ。

彼女は「五十年以上も働きづめだった」(p.540)。にもかかわらず、高い空に消えた小町娘のレメディオスとふたごのホセ・アルカディオ・セグンドとアウレリャノ・セグンドの産みの母なのに、ほとんどそのことを思い出してはもらえなかった。「一生を子供たちの養育にささげながら、……穀物部屋の床にじかに敷いた寝ござの上で眠った」のだ。「ペトラ・コテスだけが彼女のことを忘れずにいて」、気遣ってくれていた。フェルナンダに至っては、「彼女を長年奉公している召使いだと」勘違いしただけでなく、「夫の母親であることを何度か聞かされたが、……聞いたとたんに忘れてしまった」。それでも、彼女は「この下積みの境遇をいっこうに気にする様子がなかった」(p.541)。

しかし、ある日、「屋敷そのものが一夜のうちに老化の危機に落ちいったのだ」。「柔らかい苔《こけ》が壁をおお」い、雑草がセメントの床を突き破ってヒビを入れ、「黄色い花が顔をのぞかせた」(p.542)。彼女だけが「一人で戦いつづけ」たが、片付けても片付けても次の日には元どおりになってしまうのを目の当たりにして、ウルスラやこんまりだけでなく、彼女もまた「はっきりと敗北を悟った」(p.543)。

「降参よ。この屋敷は、とてもわたしの手には負えないわ」(p.543)

彼女は屋敷を、そしてマコンドを後にした。フェルナンダはその出奔を悲しむこともなく「ぶつぶつ言いながら……何か持ち逃げされなかったか」と家を見て回った。屋敷はもはやフェルナンダとアウレリャノしか残っていなかったが、二人は顔も合わさなかった。アウレリャノが「台所の用事を引き受けるようになった」が、フェルナンダはアウレリャノが用意しておいた「食事を取りにいくとき以外は、もはや寝室を出ることもなくなった」(p.544)のだった。

そのころからフェルナンダには屋敷の中の「毎日使っている物が、ひとりで動き回れるようになったとしか思えなかった」。気づけば「右においたはずのインク壺《つぼ》が左にあった」。「机に向かって書きものをするとき、この物の勝手な移動には悩まされた」。「一時はアウレリャノが犯人だと考え」(p.545)たりもしたが、彼が「悪ふざけをするような人間ではないことを知」り、「しまいには化け物のいたずらだと信じるようにな」った。そして、「物をいちいち入り用の場所に固定することにした」のだった。この一族、困った時はやはり物を固定する。

「だがブリュッセルのアマランタ・ウルスラも、ローマのホセ・アルカディオも、こうした小さな不運な出来事については何も知らなかった」。というのも、フェルナンダは手紙には「幸せに暮らしているとしか書かなかった」(p.546)からである。

ある朝、アウレリャノが「いつものようにかまどに火をおこそうとすると、前の日に彼女のために置いた食事が消えた灰の上に残っていることに気づいた。寝室をのぞいてみると、彼女は(女王の衣装である)貂の毛皮のマントで体をおおい、大理石のような肌に包まれた実にあでやかな姿でベッドに横たわっていた」(p.550)のだった。

「四カ月後にホセ・アルカディオが帰宅した」(p.550)。アウレリャノが迎えたこの客は「香水のいい匂い」をさせて、聖者を思わせたが、しかしまた「陰鬱で孤独な、中年の子供といった感じがつきまとっていた」(p.551)。

「まっすぐに母親の寝室」に向かった彼は母の「遺体の額にキスをし」(p.551)た。「フェルナンダが無数の真実をぶちまけたぶ厚い手紙を……立ったままむさぼるように」読み、「アウレリャノの顔をのぞいた」(p.552)。

「それじゃ、お前は父無《てて》し子か!」(p.552)

帰国した彼は、いつも昼近くになって起きだし、「ローブを着、……スリッパをはいて浴室へ行」った。「香料を浴槽に入れ」(p.554)「アマランタの思い出にうっとりしながら、二時間もあおむけに体を浮かせていた」。「夜遅く戻ってくると、猫のような息づかいで、アマランタを思いながら悩ましげに歩き回った」。彼はローマにいた頃も、「教皇の座をめざすという嘘《うそ》で母をあざむき」(p.555)ながら、アマランタの頭の中で理想化された姿を思い続けていた。

ホセ・アルカディオが教皇修行へ旅立った時から、本当にローマに行ったのだろうかと私は考えていた。なんなら、大西洋を越えることなく、隣の町にでも居たのではないかと考えていた。それでも、ただ騙していたわけではない。「ホセ・アルカディオはローマに着くか着かぬかに神学校を去りながら、神学と教会法にまつわる夢だけは育てつづけた」(p.555)。かつてドラマ『予備校ブギ』で織田裕二は実家の病院を継ぐために、医学部を目指していると家族に嘘をつきながら、私大文系コースで緒形直人や、的場浩司と机を並べて授業を受けていた。そもそも緒形直人は現役時代に受験会場に向かう途中、地下鉄で痴漢に間違われたことで会場への到着が遅れ、受験に失敗してしまったのだが、その原因を作ったのが、誰を隠そう、私大文系コースで英語を教えている、田中美佐子であった。どこへ行っても、何をしていても、田中美佐子が付いてくる。「海老名は、絶対にイヤー!」と言った田中美佐子が、ウルスラとなぜか印象が重なる田中美佐子が。

織田裕二もホセ・アルカディオもまた、家族の期待に応えようとすればするほど、あるいは自分の理想を追い求めれば求めるほど、このような状況に陥ったのではなかったか。

私大文系コースの教室で並んで授業を受ける [5]

　このような状況に陥った時、私たちは本当にサボっているのだろうか。どちらかと言えば、精一杯やっているからこそ、このような状況に陥っていないだろうか。医学部を目指さなければと思うほど、私大文系コースに向かい、極楽浄土を切望すればするほど、マニ車をぐるぐると回してしまう。路線バスは正確に走らせなければと思うほど、誰も乗っていないバスを走らせても意味がないではないかと、間引き運転してしまう。

　思い出しついでだが、子供の頃に、月命日に実家の仏壇の前でお経を上げてくれるお坊さんを不思議に思い、祖母に聞いてもらったことがある。というのも、いつもお経を上げている間、最初と最後には家族がお茶を出してそばにいたりするのだが、ほとんどの時間はお坊さんが一人でお経を上げていたのだった。私たちの態度にこそ問題がありそうだが、私はたまたま学校から早くに帰ってきて隣の部屋で昼寝をしていた。ベッドに横になり、聞こえてくるお経を聞くともなく聞いていると、自然と疑問が湧いてきたのだった。

「お経って適当に飛ばしたりすることはないんですか?」

誰も聞いていないのなら、別にお経を適当に飛ばしてみても、マニ車を回すように、パラパラッとお経をめくっても良さそうなものではないか。この失礼な質問に対する答えは「そんなことはありませんよ」という冷静なものであったが、私はそれが「時々やります」であったとしても、一向に差し支えないと思ったのである。ちゃんとお経を上げていたって意味があるんですから、適当に上げて意味がないわけがないじゃないですか。誰も聞いていないものを飛ばしても、それはサボったことにならない。なんなら、そのような適当さこそが求められているのかもしれないではないか。

そんなことを今また考えさせたのは、一言一句読み上げれば、お経を上げたことになるのだろうかという疑問であった。それは、私が代わりに読みながら常々考えていることでもあった。代わりに読む私は一文字も欠くことなくここまで読んできたが、だからと言って「代わりに読んだ」ことになるだろうか。適当に飛ばしながらでも、読み方次第では、的確に代わりに読むことが可能かもしれなかった。もっと言えば、適度な距離を置いて、読み飛ばしてこそ、近視眼的な態度では見えないものが見えたりするかもしれなかったし、それこそが本来の読むということかもしれなかった。一文字もサボらず読めばいいという考え方は甘えに過ぎない。そんなことを思ったのは、アウレリャノの羊皮紙解読について読んだ時だった。

かつてサンタ・ソフィア・デ・ラ・ピエダに買ってもらった文法書を頼りに、アウレリャノは三年以上の月日をかけ、「やっと一枚分の翻訳を終えた」が、「テキストが韻文の暗号になっていて」(p.547)「何を意味しているのかさっぱりだった」。鍵となる書物が「カタルニャ生れの学者の店に」(p.548)あるとメルキアデスから聞いていた。

ホセ・アルカディオが帰国してからのことだが、アウレリャノは「それを解く」(p.548)べく、メルキアデスから聞いていた「必要な本を買うためにカタルニャ生まれの学者の本屋へ行った」。主人は「万巻の書を読み尽くした人らしい穏やかさをたたえていた」が、「大きな机に向かって、……風変わりな字体で何やら書いてい」て、「客を見ようともしなかった」。アウレリャノは雑然とした店の中から、「欲しいと思っていた五冊の本を、……難なく捜しだした」(p.553)が、それはメルキアデスが言った通りの場所だったからだった。持っていった金細工で代金を支払おうとすると、「魚の金細工をアウレリャノに返し」(p.554)た。

「頭がどうかしているんじゃないのか」(p.554)

どうしてそこまでして解読したいのだろうか。どうしてそこまでして百科事典を暗記したいのだろうか。そもそも、覚える意味はあるのだろうか。なぜそれほどアウレリャノは解読や暗記に熱心なのか？

かつて、円周率暗唱ギネス記録について聞いた時に覚えた疑問に似たものを私は感じていた。今や、高々十桁の電話番号さえ覚えないような時代に、コンピュータで計算できるものを、しかもただ正確に暗記することに意味があるだろうか。

『円周率 10 万桁への挑戦』[4]

正確でなくてはならないが、暗記する必要がない。私は円周率の暗記にまったく興味がなかったが、一方で、円周率の暗記にひどく取り憑かれる人が世の中にはいるという事実もまた頭の片隅に常に居座っていた。失礼ながら、どちらかと言えば、無知な人、無意味なことに時間を費やしている人だと思って見下していたかもしれない。ホセ・アルカディオがアウレリャノのことを見下していたように。

そこまでしてギネス記録保持者という肩書きがほしいのか。なぜそんなに取り憑かれているのかと思っていた。よほど暗記が得意な男の仕業だろうと思っていた。記録が８万桁だと聞いても、とんでもない物好きがいるものだと私は思っただけだった。

いや、しかし何かが私の中で引っかかった。何しろ、記録は８万桁だ。どれだけ物好きで、どれだけ暗記が得意でも、そんなに覚えられるものだろうか？　私はうっかり調べてしまった。そして、驚愕の事実を知った。彼はただ暗記していたわけではなかったのだ。

彼は言う。

私の円周率世界は、北海道松前藩の武士の旅立ちからなる壮大なストーリーとして展開し始めます。([4]p.73)

言っていることがよくわからないのである。円周率と松前藩士の物語になんの関係があると言うのか。しかし、ギネス記録保持者という名声がほしいただの暗記の得意な男、という私の円周率暗唱挑戦者に対するイメージ、もまた間違っていると思い知らされることになった。

「原口式の円周率記憶法である『翻訳もどき』の意味するところは、円周率の数字の中に隠されている言葉の探索にあります。私の心に見事に整合する文章を生み出すことができれば、こよなく晴れやかな思いが得られることでしょう。その際には、悟りにも似た深い心のしじまをも得られるような気がするのです」([4]p.57)

そうだったのか。円周率に埋め込まれた言葉をうまく見つけ出せれば、晴れやかな思いで円周率を暗唱できてしまうということなのか。それを聞いて、掲載されていた円周率の出だしを読んでみる。

> そうじゃ。1月、餅さん蠱惑《こわく》な君の身、箸持つ主さん三晩身に負け、取り伸べ箸引き名文句、〝割き噛み面倒〟、落ち葉の翁《おきな》実感す。7月、サロマは日も白む。野辺もユリ葉か原野も野バラ、水は二度注《さ》す風雨ならブナ木や野ウシは連夜も絶えん、その辺野ザルも無事なるか、沢スジ無論苦混沌、落ち葉の夫妻、夏小道、気風を這うのは辛抱ヱ。イナセと鬼バス荒れ野なら行くさホントにイイ男ン子、も良し物の怪《け》弱くて直ぐ去るさ。([4] p.81)

しかし、まったくわからない。それに、仮にうまく語呂合わせになっていたとして、あなたはこのような語呂合わせの物語を、8万桁分も間違えることなく覚えることができるものだろうか。円周率に松前藩士の物語が埋め込まれていることも驚きであるが、松前藩士の物語なら、8万桁も語呂合わせで覚えられるという事実こそが、驚きに値する。「食欲がなくて、でもゼリーならスルッと入るんですわ」と言われたとして、納得してみるものの、その人が仮に8万個も食べてしまったら、それは何か食欲とは別次元のものによってゼリーを飲み込んでいるのではないかと首を傾げることだろう。そうだ、マコンドだ。彼はマコンドに住んでいるのだ。私はここに再びマジック・リアリズムの例を、タモリのスーパー暗記術以上のマジックを見せつけられることになった。

「帰宅して一年ほどたったころには」、持っていたものを「食べるために売り払って、ホセ・アルカディオの楽しみは、町の子供を呼んで屋敷で遊ぶことに限られた」。「縄とびをさせたり、……歌をうたったり、……軽業をやらせたり」した。「屋敷ぜんたいが風紀の乱れた寄宿舎になったかのよう」で、「子供たちは屋敷でわがもの顔に振る舞った」(p.558)。「ある朝、ふたりの子供がドアを押し開け……仕事机に向かって羊皮紙を解読している不潔たらしい長髪の男を見」(p.558)た。やがて、「四人の子供がアウレリャノが台所にいる隙をうかがって部屋へ闖入《ちんにゅう》し……羊皮紙を破り捨て」ようとしたが、「ある力がやさしく彼らを床から持ち上げて、……そのまま宙吊《ちゅうづ》りにし」た。以来、「彼らは二度とアウレリャノのじゃまをしなくなった」(p.559)。

羊皮紙を解読するアウレリャノを家族が支えていた。そして、そこには決して邪魔することができない力が働いていた。円周率を暗記する原口氏の熱意に、仮に円周率を暗記することに自体に意味がなくても、家族や自治体や多くの人たちが熱狂し、彼を支えた。そこにもやはり松前藩士の力が働いていた。この二つが私の頭の中で重なり合う。そして気づく。はたから見たら『百年の孤独』を代わりに読む私もまた、無意味な試みを続ける男なのだった。

「年上の四人の子供がホセ・アルカディオの身の回りの世話をした」(p.559)が、そのうちの一人は、「ホセ・アルカディオが喘息で眠れぬ夜も……そばを離れ」なかった。ある晩、「ふたりはウルスラの寝室で、……亀裂《きれつ》のはいったセメントの床を透かして黄色い光が射しているることに気づいた」。「片隅のセメントのかけらをはがすと」、「秘密の隠し場所があらわれ」、「三つの袋」には「七千二百十四枚の四十ペセータ金貨がはいっていた」(p.560)。

「宝の発見がきっかけ」で、「ホセ・アルカディオは屋敷を淪落《りんらく》のパラダイスに一変させた」。屋敷を贅沢にリフォームし、食料や酒を大量に取り寄せて貯蔵した。「ある晩、彼と四人の年長の子供たちはパーティを開き」(p.560)「明け方まで騒いだ」。浴槽で「ホセ・アルカディオはあおむけに浮いたまま、……アマランタの思い出にひたっていた」が、

「子供たちはいち早く飽いて、……ベッドの天蓋を壊したりした」後、「裸のまま丸くなって眠っていた」。「自分自身にいだいた嫌悪《けんお》と憐憫《れんびん》にかっとなった彼は……鞭《むち》を持ちだして、狂ったようにわめき、山犬の群れを追い立てるように容赦なくぶちのめしながら、子供たちを屋敷からたたき出した」。結果、「くたくたに疲れて喘息の発作を起こし」(p.561) た彼を助けたのはアウレリャノだった。彼はホセ・アルカディオに頼まれて薬局に薬を買いに「二度めの外出をすることになった」。彼は信頼を得て「好きなときに外出していい、と申し渡」(p.562) された。

「彼は相変わらず部屋にこもって羊皮紙に没頭し、少しずつ解きほぐしにかかったが、その意味を理解するには至らなかった。ホセ・アルカディオが彼の部屋まで」食事を「運んでいった。秘密めかした遊びくらいにしか考えず、羊皮紙には関心を示さなかったが」(p.562)「孤独な身内の男が持っている不思議な知恵……には心を惹かれた」。「羊皮紙研究のひまを盗んで、まさか小説でもあるまいに、六巻の百科事典を初めから最後まで読み上げていた」ことを知ったし、それだけでなく「百科事典にはない知識まで持っていることに気づいた」のだった。「何でもわかるんだよ」と彼は答えた。ホセ・アルカディオがアウレリャノを見直したのと同様に、アウレリャノも彼が「声を上げて笑ったり、……屋敷の昔の暮らしを懐かしんだり」する相手だと知った。「同じ血でつながったふたりの孤独な男のこの接近は、……孤独を耐えていくのには役立った」(p.563)。

羊皮紙を読み続けるアウレリャノの気持ちが少しホセ・アルカディオにもわかっただろうか。読み続けるアウレリャノと、代わりに読み続ける「私」、円周率を暗記する原口氏を私は重ねて考えてみる。タモリを重ねて考えてみる。そこでふと思い出した。

私はまたしてもA子のことを忘れていた。というのも、彼女とは音信不通なのだ。連絡が取れない。それに、彼女との出来事も思い出せないでいる。連絡先もわからない。正確に言えば、携帯電話の連絡帳を確認してみると、「A子」と書かれた連絡先が実に17件も登録されているのだが、数の力で解決できる類の問題ではなく、そのいずれの番号もメールアドレスも繋がらなかった。

私には彼女が言い放ったあの言葉だけがあった。彼女との関係はもはや絶たれてしまったのかもしれない。しかし、いやだからこそ、私はこう考える。私は代わりに読みつづける。彼女は言った。

「まだ、読んでたんですか?」

もし、ここで私が読み終えてしまったら、彼女の言った「まだ、読んでたんですか?」

は過去のものになってしまう。彼女との接点を失ったいまでも、彼女はあの言葉で私の首をぐっと摑み続けているのだ。私は可能な限り長く読もうとする。いつまでも読みつづける限り、呆れた顔をして、「まだ、読んでたんですか？」と言った彼女は、彼女との関係はいつまでも続いているのだった。芥川龍之介の「トロッコ」で鉄道工事現場のトロッコに乗って思いの外、遠くの町まで行ってしまった少年は、夜家まで暗闇をどうにか帰り着き、家に駆け込むなり泣き出してしまう。やがて中年になった今でも東京の片隅で朱筆を握りながら、ひどく疲れると、泣き出した当時のことを思い出す。いつまでも彼が当時の不安に心をギュッと摑まれているように、私は「まだ、読んでたんですか？」にギュッと首を摑まれていた。摑まれることで、安心し、心地よさすら感じていた。

「子供たちを屋敷から追放したあと、ホセ・アルカディオは」ナポリへ向けて旅立つ用意をしていた。アウレリャノが「自活していけるように店を持たせる計画まで立てていた」のだった。しかし、「九月のある朝、……ホセ・アルカディオが日課の水浴を終えようとしていると、屋敷から放逐したはずの四人の子供が屋根の隙間《すきま》からしのび込んでき」て、「髪をつかんで彼の頭を水中に沈めた」のだった。そして、「子供たちは……三個の金貨の袋をさらっていった」。アウレリャノはようやく「午後になってから」(p.565)、「不審をいだき、屋敷じゅうホセ・アルカディオを捜し歩いていると、香りのよい浴槽の水面に浮かび、いまだにアマランタを思いつづけている、大きくふくれ上った死体を見つけた」のである。彼は「このとき初めて、自分がどれほど深く彼を愛するようになっていたかを思い知った」(p.566) のだった。

「なんでもわかるんだよ」と彼が言ったときのホセ・アルカディオの見せた表情を彼は今になって思い出していただろうか。サンタ・ソフィア・デ・ラ・ピエダ、フェルナンダ、そしてホセ・アルカディオ。屋敷から皆いなくなり、アウレリャノはただ一人取り残されてしまった。朽ち果てていく屋敷で彼はどうなるのか？　A子のあの言葉に首を摑まれた私はこの物語を読み終えることができるだろうか。

参考文献

1. ガブリエル・ガルシア＝マルケス『百年の孤独』（鼓直訳）、新潮文庫、二〇二四年。
2. Gabriel García Márquez, "Cien años de soledad," 1967.
3. フジテレビ『笑っていいとも！』、二〇〇五年。
4. 原口證『円周率10万桁への挑戦　ぶっちぎり世界記録保持者の記憶術』、日刊工業新聞社、二〇〇六年。
5. TBSドラマ『予備校ブギ』、一九九〇年。

第19章　思い出すことでしか成し得ないものごとについて

前章までのあらすじ

朽ち果てていく屋敷に、サンタ・ソフィア・デ・ラ・ピエダは降参して町を去り、フェルナンダは女王を夢見ながら亡くなった。教皇修行をしていたホセ・アルカディオが町に帰ってきたが、屋敷の下に埋められた金貨を発見すると、町の子供たちに殺され、金貨も奪われてしまった。ただ一人、屋敷に取り残されたアウレリャノは、ホセ・アルカディオへの深い愛情に気づき、そして羊皮紙解読をつづけていた。私は円周率暗唱ギネス記録の男に既視感を覚えていた。

水死したホセ・アルカディオを見て、アウレリャノは彼のことを深く愛していたことに気づいた。彼はその驚異的な記憶力で、ホセ・アルカディオとの出来事を克明に思い出したことだろう。私はA子のことを思い出そうとしていたが、ほとんど思い出せなかった。確かなことは、『百年の孤独』を読みつづける私に「まだ、読んでたんですか？」と彼女が言ったことだけだ。そう言い残して私の前から消えた彼女はいったい今、どこで何をしているのだろうか。

「十二月の声を聞くと同時に、アマランタ・ウルスラが軽やかな風に吹かれ、夫の首に巻いた絹の紐の先をにぎって舞い戻ってきた」。真珠やトパーズの装飾品や、鮮やかな色の洋服で着飾った彼女は「半年前に結婚したという……ほっそりした中年のベルギー人」と一緒だった。「フェルナンダの古いトランクのほかに」(p.567)「二個の竪型《たてがた》のトランク、四個の大きなスーツケース、パラソル用の袋、八個の帽子箱、……ばかでかい鳥籠、……特別のケースにおさめた、夫の自転車など」(p.568)「荷物は廊下だけではおさまらなかった」(p.567)。

ちょうど一年ほど前、A子の消息を追いかけようと、まだマレーシアで暮らしていた私はgoogleで検索し、偶然見つけたのが近藤聡乃『A子さんの恋人』であった。

ニューヨークで暮らしていた漫画家のA子さんは、スーツケースひとつの身軽な格好と荷物で帰国する。というのも、ニューヨークにはプロポーズされたA君というアメリカ人

A子さんは身軽な格好で帰国した（[3] 1巻 p.37）

の彼氏がいたからである。ビザが切れ、帰国はしたものの、しばらくしたらニューヨークに戻るつもりだ。一方、東京にはA太郎がいた。A太郎は美大時代からの長い付き合いで、ニューヨークに旅立つまで、何度も別れようと思いつつも別れられなかった男だった。一度は連絡の途絶えていたA太郎だが、東京で暮らしはじめると、何かとA太郎が生活に入り込んでくるし、A子さんは過去の思い出を思い出さずにはいられない。彼女はその入り込んでくるA太郎という存在を必死に振り払おうとしなければならないのだった。

アマランタ・ウルスラは「長旅のあとだというのに、……一日も休もうと」せずに、「さっそく屋敷の修繕に取りかかった」。「歌ったり踊ったり」しながら「古くなった品物や習慣を惜しげもなく捨て」、「大工や錠前職人や左官らの先頭に立」ち、数ヵ月後には屋敷にかつての「生きいきとした、にぎやかな雰囲気をよみがえらせた」(p.568)。成長したアウレリャノを見つけて声を上げ「持参したポータブルプレイヤーにレコードをかけ、彼に流行のダンスを教えようとした」(p.569)。

「蜃気楼《しんきろう》めいたノスタルジーのせいで」「帰郷を決意した」妻が「そのうち幻滅するだろうと信じた」夫のガストンは「自転車を組み立てようともせず」、「つとめて彼女に逆らわないようにした」(p.571)。「流行を先取りする不思議な本能をそなえていた」彼女は「最新の型紙を郵便で取り寄せ……ヨーロッパで出版されるモードや美術やポピュラーミュージック関係のあらゆる雑誌を購読」(p.569)していた。だから、あっという間に「暑さと埃に疲弊しつくした死の町」(p.570)での暮らしに飽きて、またヨーロッパの現代的な生活に戻りたがるにちがいないと考えていた。しかし、「マコンドへ移って二年しても、アマランタ・ウルスラが着いたその日と同じように満足している様子なので、彼もようやく不安を感じはじめた。すでにそのころには、近辺の昆虫をすべて標本にしてしまい」(p.573)、「郵送されてくる雑誌のクロスワードパズルをすべて解き終わっていた」(p.574)。

「時がたつにつれて、そのままここに居つくつもりでいるらしいことが、いよいよはっきりし」(p.570)、ようやく「豪勢な自転車を組み立てる気になった」(p.571)のだった。

ふたりの馴れ初めはこうだった。ガストンは「スポーツ用の複葉機に乗ってアマランタ・ウルスラの学校の上空を旋回してい」て、「旗竿《はたざお》をよけようとして乱暴な操縦をしたために……逆さ吊りになった」ことで、彼女に出会ったのだった。彼女「よりは少なくとも十五歳は年上だったが、好みの若さや、（彼女を）幸福にしなければという……決意……が年の違いを十分におぎなっていた」。「なれそめのころから……ふたりはその気になると、どこであろうとその場で愛し合った」(p.572)。その彼女が「マコンドの話をして、世界じゅうでもっとも明るい光にあふれた、のどかな町だと言」い、子供たちと「年取るまで暮らすのが念願だと言った」のだった。そこで「ガストンは、いっしょにマコンドへ行って暮らさなければ、とても結婚してくれないだろうと思」い、「一時の気まぐれと信じ」(p.573)てマコンドにやってきた。

マコンドのガストンもニューヨークのA君も彼女に惚れている。そして、彼女にだったら付いてくるのがガストンなら、その聡明さで遠く離れていても彼女のことはお見通しと、故国に一人で送り出すのがA君である。ただ、A君はA子さんのわかりやすいところと、よくわからないところの意外性や共存に強く惹かれていて、だからお見通しだと思ってはいても、突然不安が彼を襲うのであり、ふとした折にそばにいない彼女のことをひどく寂しいと思ったりもするのである。

ガストンも、彼女がいつまでも満足している様子であることに気づいて、「ようやく不安を感じはじめ」(p.573)、こう考える。このまま、ヨーロッパには戻れないのではないか。また、ふとした瞬間にA君は思う。A子さんはニューヨークにこのまま戻ってこないのではないだろうか。どちらも不安に苛まれる。やはり近くにいても、遠く離れていても関係なく、心のうちはわからない。私は繰り返し『A子さんの恋人』を読み返す。三人の気持ちを束の間理解したようで、じきにわからなくなるからだ。A子さんはA君の元に戻るのか。それとも、A太郎と？　いや、どちらでもないのだろうか。

その行方だけではなく、繰り返し読み返したくなる魅力の一つは、あっさりとした線画でありながら、忠実に描かれた東京の街の風景であると思う。写真ではなく、忠実に描かれた東京の街はなぜこんなにも訴えるのだろう。マレーシアでこの本を手にした私は、あ、東京に戻りたい。そう思って、東京に戻ってきたのだった。

A子さんはなるだけ部屋を身軽な状態に保とうとする。懐に入り込んでくるA太郎が、こたつを貸してあげようかとか、出目金を君にあげようと言い寄ってくるが、常にその善意を振り払いつづけねばならない。友人と出掛けても、かつてA太郎とデートした記憶が

阿佐ヶ谷の街並み ([3] 2巻 p.153)

蘇ってくる。つい気がつくと、A太郎とのことを考えているのだ。ニューヨークのA君、それとも東京のA太郎。気づけば二人のことを考える日々だ。荷物だってニューヨークのA君に預かってもらったままだ。身軽でいたいと切望しつづけるA子さんの頭の中は実はこんがらがっている。

ひょっとして、このままA子さんは東京で暮らして行くのではないか。A君の元には戻らないのではないか。それとも、A太郎に別れを告げて、今度こそニューヨークのA君のもとに行ってしまうのか。どちらだろう。私はなぜかA太郎の肩を持ちたくなる。ハンサムで、あちこちの女の子を取っ替え引っ替えする軽い男のように見えて、A太郎は意外に誠実なのである。自分の部屋には決して他の女性を上げたりしない。このままA子さんがニューヨークのA君の元に行ってしまったら、A太郎が可哀想だ。そんなことを思いながら新刊のページをめくり、A子さんはこれからどうなるんだろうと考え込んでいた時、私はふと我に返った。

私が探していたのはこのA子さんではない！

私が探しているのは「まだ、読んでたんですか？」と言ったA子だ。彼女はいったいどこに行ってしまったのだろうか。

やがてガストンは「航空便を開設しようと思い立った」。それはたんなる思いつきや「新しい計画ではなかった」(p.576)。実際のところ、大学では「昆虫学をかなり専門的に勉強し」ていたが、「ほんとにやりたかったのは航空学だ」(p.571) ったし、結婚の関係で、この計画も先延ばししていただけだった。「久しく忘れていたブリュッセルの仲間とふたたび接触を開始し、……石ころだらけの原っぱ同然になっていたかつての魔の土地に飛行場をつくり、……もっとも適当だと思われる航路などの調査を行なった」(p.576)。「州都まで何度も足をはこび、……認可をえると同時に独占的な契約を結」んだ。「ブリュッセルの仲間と絶えず連絡を取って説得し、……最初の飛行機を船便で送り、最寄りの港で組み立ててからマコンドまで飛ばす、というところまで漕《こ》ぎつけた」。ところが、事は思うに任せなかったのである。「飛行機があらわれるのを心待ちに、通りを歩きながら空を見上げ、風の音にも心をときめかす癖がついてしまった」(p.577)のだ。

私はある古いドキュメンタリー番組を思い出さずにはいられない。あれはいつも月曜日の深夜に放送していた『ドキュメントDash Dash』という番組だ。ある日、放映されていたその番組は、北海道内を小型ジェット機で結ぶ会社を起こそうとしている夫婦を追っていた。どこかに映像が残っていないかと、あちこち探してみるものの、見当たらない。私はその番組で語られていたことを思い出すしかない。

夫婦はたしか旅行会社に勤めていた。妻の夢は大きな会社を作ること。彼女は社内ベンチャーの公募に応募した。北海道にリージョナルジェットを就航させたい。これはきっとうまくいく。夫はそんな勇ましい彼女に恋し、プロポーズするが、彼女は彼に強烈な結婚の条件をお見舞いする。炊事洗濯など家事はすべてやれ。年収は最低3千万円以上稼げ。それができなかったら離婚する。それはまるで暗黒世界のかぐや姫のようであった。しかし、その難題を彼は解決し、ふたりは結婚する。

ところが、北海道への就航準備がなかなか思うように進まない。監督官庁からの認可や、航空機材の調達に、金策。関係自治体や空港との交渉。やるべきことは山積したままだ。カメラはその二人の生活に入り込む。夜、先に帰宅し食事を用意して待つ夫、疲れて帰宅した部屋、カメラは狭い部屋の食卓を囲む二人を写している。苛立ちが画面から伝わってくる。妻は突然夫に八つ当たりする。

「あなたはちっとも私を愛してない！」と妻、「愛してますよ」と懇願するように言う夫。

困惑した夫は、それでも「愛してない」と繰り返す妻に、気持ちを昂らせて立ち上がり、こう語りかける。

――愛してますよ。愛してます。どうして、愛してないなんて言うんですか。愛してますよ。愛してます。だってね、あなたと結婚して暮らすのはとっても大変なんだから。愛してますよ。愛してます。愛してなかったら、一緒に暮らしていないよ。

ミュージカルで一人舞台に立つ俳優のように歌い上げた夫に、面と向かっては言えずに俯いて、

「愛してない……」

と呟き、夫はそれに対して激昂する。

「どうして愛してないって決めつけるんですか。そうやって決めつけるから、私は怒ってるんですよ」

そのあと彼らはどうなったのだろうか。思い出せない。それでも思い出すことしかできない。ふたりは愛してるんだろうか？　どのくらい深く愛してるんだろうか？　私はこの記憶の中のふたりに、アマランタ・ウルスラとガストンの面影を見る。

アウレリャノは外国から「帰宅したアマランタ・ウルスラとガストン・ウルスラに息ができないほど強く抱きしめられ」て以来、「彼女を見るたびに……心細さを味わっ」ていた。「苦しさを抑えるためにいっそう羊皮紙の解読に熱中し、……匂いがつきまとう叔母の天真らんまんな愛撫を避けた。ところが避ければ避けるほど、……彼女の……声……がますます聞きたくなるのだった」し、「彼のベッドから十メートルも離れていない仕事台」で「愛し合」うアマランタ・ウルスラとガストンのその立てる音のために、「一睡もできなかったばかりか、翌日は熱まで出て、腹立たしさのあまり泣いた」(p.580)のだった。

アウレリャノは「夜になるのを待ちかねたように、アーモンドの木蔭に立ってニグロマンタを待った」(p.580)。かつてさびれたマコンドの町歩きをしていて、「アウレリャノ・

ブエンディア大佐のことを記憶している」ただ一人の男、「アンティール諸島から来た黒人のうちでいちばん年取った男」(p.578)と知り合った。彼の曾孫であるニグロマンタという女と知り合い、やがて男が亡くなると、夜の街に立って客を取るようになっていたのだった。

「ふたりは恋仲になった。アウレリャノは午前中は羊皮紙の解読に熱中し、午睡の時間になると、ニグロマンタが待っている寝室へ出かけていっ」て愛し合った。しかし、彼は「アマランタ・ウルスラにたいする秘めた恋心を打ち明けて、かわりの者ではどうにもならない、経験でセックスの楽しさを知るにつれて、切なさがつのるだけだ、と言った」(p.581)のである。

記憶をたどり、思い返すことでさらに恋い焦がれる。すでにそこには存在しないものは、思い出すしかない。そうだ、A太郎は平気だろうか。

当初は、どぎまぎするA子さんをからかうように、A子さんにつきまとっているだけのように見えたA太郎だったが、彼女と関わるたびに、付き合っていた頃のことを思い出す。締め切り間際のA子さんの部屋で漫画の仕上げのアシスタントを徹夜ですることになる。アシスタントに専念する彼はいちいちやさしい。ところが、ふと恋人だった時もこうだったなと思い出す彼には寂しさが漂う。少しでも自分のことを考えてくれるだろうか、頭の

（上）心をつなぎとめる方法（[3] 3巻 p.42）と
（下）モヤモヤを期待するA太郎（同 p.103）

片隅に自分のことを置いてくれるだろうかと考えるとき、イケメンで女の子に不自由のないようにみえたA太郎はかつてのモテない（アウレリャノ・ブエンディア大佐になる前の）アウレリャノ少年のように映るのだった。

　こうして、A子ちがいのA子さん、あるいはA子さんを思うA太郎の力を借りて、私は再び私のA子を思い出す。鎌倉大仏の話を彼女が好んだこと。鎌倉大仏の中に入って出てくるなり、「Ｅｍｐｔｙ！」と声を上げた助手のチェンさんのこと。私は可能な限り思い出そうと力を振り絞る。それで私は彼女と鎌倉大仏に実際に行く約束をして、でもなぜか上野公園に行くことになったのではなかったか。あれはどういう経緯だったのだろう。東京駅で待ち合わせたのに、横須賀線が不通だった。それで地下鉄に乗り換えて、上野に行ったのだった。記憶はそこで断絶している。わからない。あの時、私は彼女に『百年の孤独』の話をしたのだったか。今、私は途方に暮れている。

「ある日の午後、彼がカタルニャ生まれの学者の本屋へ出かけていくと、四人の口達者な若者が、……盛んに議論を戦わせていた。……本屋の老主人は、……議論に加わるようすすめた」(p.582)が、それが「あつい友情のいとぐちとなった。その日からアウレリャノは、夕方になると、最初でしかも最後の友人となったアルバロ、ヘルマン、アルフォンソ、ガブリエルという四人の論客と落ち合った」。閉じこもりきりだったアウレリャノにとってそれは天啓であった。そして、「あるばか騒ぎの夜にアルバロから」(p.583)こう教えられたのだった。

《文学は人をからかうために作られた最良のおもちゃである》(p.583)

私は『百年の孤独』はドリフターズのコントであるとかつて書いた。「みんなは議論のあとで、娘たちが飢えのために春をひさぐ家――マコンドの場末の見せかけだけの女郎屋へ押しかけた」。それは言うなれば、エア女郎屋だった。「そこでは手で触れられる物までが非現実的だった」。「額縁にはいった版画は、出版されたことのない雑誌から切り抜かれたものだった」し、「女主人が客の来たことを知らせるとやって来るおどおどした娼婦でさえも、ただの空想の産物にすぎなかった」のである。彼女たちは「絶頂に達するころに驚いたような声で、あら、天井が落ちそうだわ、などと叫んだ」(p.584)のだった。しかし、町にはもはや落ちてくるべき天井も、たらいも残ってはいなかった。

「アウレリャノ自身は同じ愛情と連帯感で四人の仲間と結ばれていると感じ……ていたが、実際には、ほかの者よりはガブリエルに近づいていた。その結びつきは、彼がたまたまアウレリャノ・ブエンディア大佐の話をし」(p.585)、「ガブリエルだけがでたらめでないと信じた夜に生まれたものだった」のである。彼の曾祖父はヘリネルド・マルケス大佐だった。「アウレリャノとガブリエルは、誰も信じない事実に根ざした、いわば共犯関係で結ばれていた」のだった。「ガブリエルは眠くなるとその場で寝てしまうたちだった。アウレリャノは何度も金細工の仕事場へ移してやった」(p.586)。

それで思い出すのが、またしても『それでも家を買いました』のことだ。かつて田中美佐子は、マイホーム探しに奮闘する夫の三上博史に向かって、「海老名は、絶対にイヤー！」と絶叫したという記憶が私には克明に残っていた。にもかかわらず、見返してみたらそのようなシーンは見つからない。気を落とす私に、幼馴染である岩村くんは、そのようなシーンは確かに存在したに違いない、そうでなくてはおかしいとまで言って信じてくれたのである。彼はそのドラマを一話たりとも見たことがなかった。

この文章を考えながら、書店の会計の列に並んでいると、私の目の前をおじさんがすっと通っていった。その時、彼は手刀をしていた。手刀をしているおじさんを私や他の人たちは皆すっと身をかわした。そこに刀など存在しないのに、私たちは暗黙にそこにまるで刀があるように振る舞う。社会的刀の誕生に私は居合わせた。「代わりに読む」も冗談か、からかいだろうか。「代わりに読む」もエアだろうか。いずれにせよ、存在しないものを共有できることこそ一番大事なことであるようだ。

そしてようやく気づいたのだった。私はA子の代わりに『百年の孤独』を読みたかったのだ。彼女は『百年の孤独』が読めないと言っていた。あるいは、『百年の孤独』を読みたくないと言っていたかもしれない。いずれにしても、私はそうであるならばその読まない彼女の代わりに読みたかったのだった。おそらくそれは不可能だろう。当時は気づいていなかったが、そのような冗談としてしか成立しない、本質的に不可能なことを、まるで存在するかのように、彼女と共有し、ふたりして冗談の世界を踊りたかったのである。もはやそれは叶わない。ただ、彼女以外の誰かのために、代わりに読むことはできないだろうか。私は相手を選ばない。誰か一人でいいから、その一人の代わりに読みたい。私はとにかく代わりに読みつづける。

アウレリャノもまた、羊皮紙解読の「最後の鍵《かぎ》を見つけるまでは、かたときも怠るまいと決心したのだ」った。「アマランタ・ウルスラは淋《さび》しさをまぎらわすために、ある朝、アウレリャノの部屋をのぞい」(p.587)て、「また穴ぐらに戻ったのね」と言った。彼女は「抵抗しがたい魅力をそなえていた」。「骨の鳴るのがアウレリャノにも聞こえるくらい間近に、いかにもけだるげに仕事台に肘《ひじ》を突いて、興味ありげに羊皮紙をのぞいた」。解読について話しながら「彼は胸のときめきを抑えるのに必死になった」が、突然「心の奥で眠っていた衝動に駆られたように、その手を彼女のそれの上に重ねた」。「ところが彼女は、……無邪気なやさしさをこめてアウレリャノの人差し指をにぎり、……放さなかった」(p.588)のである。そして、しばらくするとまた唐突に「あとでまた聞かしてね」(p.589)と言い残して、部屋を出ていった。「彼女は彼の疑り深さをわらうだけで、彼が胸に秘めた切ない恋心や不安や嫉妬《しっと》などは、まったく察してくれなかった」(p.591)のだ。「ところがある日、彼女が桃の缶詰を開けようとして指にけがをすると、彼がすっ飛んできて、夢中になって、むさぼるように血を吸いだした。彼女は全身がそそけ立」ち、「あんたみたいに性悪な人間は、立派な蝙蝠《こうもり》にはなれないわよ！」と言った。とうとう「アウレリャノは自制心を失」(p.591)い、心に秘めた苦しみや罪を白状すると、今度は「唾《つば》を吐きかけんばかりの形相で、……「わたしベルギーへ発《た》つわ、船が見つかりしだい！」」(p.592)と彼女は叫んだのである。

アウレリャノが落ち込んでいると、「アルバロがカタルニャ生まれの学者の本屋に飛びこんできて、大きな声で、動物園そっくりの淫売屋をたったいま見つけてきた、と叫んだ」(p.592)。彼らがそこを訪ねると「籐《とう》の揺り椅子にすわって出入りを見張っていた、口数の少ない堂々とした老婆は」(p.593)彼を見て既視感に襲われた。「あら、アウレリャノだわ！」(p.593)「老婆は、実はピラル・テルネラだった」。ふたたび彼女は少年時代の「アウレリャノ・ブエンディア大佐を目の前にしているような、そんな気がしたのだ」(p.593)った。「その夜からアウレリャノは、高祖母とは知らずにその愛情と理解ある同情のなかに身をひそめた」。「ピラル・テルネラの膝にすがって、……さめざめと泣」(p.594)いた。そして、泣きやむのを待つと、「相手は誰だい？」と尋ね、百有余年の人生経験とトランプ占いの腕前で、「心配しないでいいよ。……相手はちゃんと待ってるから」(p.595)と慰めたのだった。

「午後の四時半、アマランタ・ウルスラは浴室を出た」。バスローブ姿で部屋の前を通り過ぎるのを見たアウレリャノは「足音を忍ばせてあとを追い」(p.595)、彼女が寝室でローブの前をはだけた瞬間を襲った。彼女は「声に出さずに」、拒み、身を守ろうとしたが、彼は聞き入れなかった。「ベゴニアの鉢のように彼女を抱きあげ、ベッドにあおむけに放りだし」、「乱暴にバスローブをはぎ取った」のである。「それはすさまじい戦い、死闘だった」が、一方で「憎み合っていた恋人同士が、澄んだ池の底で仲直りをしているようう」でもあった。やがて、拒みながらも「用心深く音を立てないのは、……すぐそばにいる夫の不審を呼びさますことになりかねな」(p.596)いと「口をつぐんだまま笑った」。「ふたりは、同時に敵であり共犯者であることを意識した」のである。「もみ合いはありきたりの前戯に変わり、攻めは愛撫《あいぶ》となった」。「身を守ろうとする意志は」、「あらがいがたい渇望《かつぼう》によって突きくずされた」(p.597)のだった。

ついに結ばれたアマランタ・ウルスラとアウレリャノはどうなるのか。残されたガストンはどうなるのか。ページを繰る私は、『百年の孤独』も残り少なくなっていることに気づく。あと1章でこの物語も終わってしまうのだ。

随分と前のことだが、私は職場のマツヤマくんと話していた時に、「『百年の孤独』を代わりに読む」のラストをどうしようかずっと迷っているんだと言ったことがある。すると彼はこう言ったのだ。

「読んでるだけですよね？」

「うん」

「ラストどうしようかって、それ変じゃないですか？」

私は代わりに読んでいるだけであり、粛々とその最後の一行を読むだけなのかもしれない。そうであるならば、たしかに、奇異な悩みに聞こえるかもしれない。単に読み終えるだけなのに、迷っているという点に少なくとも冗談らしさがあると思ったりしたのだったが、それはつまらないだろうか。しかし、私は考え直した。あなたは一つの物語を読む時に、それが仮にすでに書かれた物語であるならば、「ラストをどうしようか？」という問題に直面しないのか、という素朴な疑問である。あなたはその物語の終わりをどう受け止めるだろうか、あるいはいつ、どこで、どのような姿勢で受け止めるのか。『それでも家を買いました』と同じように、夢のマイホームを手に入れた人々はみなその「家を買いました」という一文に集約されてしまったというのか。もしそうだとするならば、テキストだけがあり、読み方は関係ない。そう言っているに等しい。私はそうではないと断固主張する。物語は読者が読むことで完成する、というような使い古された言い方をしているのではない。しかし、そのようなことを言うまでもなく、読むことには、読んでみるまではわからない不確定性があるし、「代わりに読む」は、ラストをどうしようかという切実な問題に真正面からぶち当たっているのである。

参考文献

1. ガブリエル・ガルシア＝マルケス『百年の孤独』（鼓直訳）、新潮文庫、二〇二四年。
2. Gabriel García Márquez, "Cien años de soledad," 1967.
3. 近藤聡乃『A子さんの恋人』、KADOKAWA、二〇一五〜二〇二〇年。

第20章　代わりに読む人

前章までのあらすじ

独り屋敷に残されたアウレリヤノのもとに、ヨーロッパからアマランタ・ウルスラと夫のガストンが帰ってくる。羊皮紙解読をつづけていたアウレリヤノはアマランタ・ウルスラに恋い焦がれるが、その思いを理解してもらえない。悲嘆に暮れていた彼はピラル・テルネラの助けを借りて半ば強引に求愛し、互いに愛し合うことになった。代わりに読んでいるはずの「私」は、ラストをどうしようかと考えあぐねていた。

「ある祭りの夜、ピラル・テルネラは籐の揺り椅子に腰かけ、楽園の入口を見張るような

長船廣衛氏は仕事の合間を縫って日比谷のGHQに通い、雑誌を書き写した[3]

格好で息を引き取った」。彼女を埋葬すると、「喪服の混血娘たちは、……思い思いに去っていった」(p.599)。「カタルニャ生まれの学者が、常春《とこはる》を恋うるあまり本屋の店を売り払って地中海の故郷の村へ帰っ」て行くと、「わずかに残っていたものも朽ちていった」。もともと、彼が「度重なる戦乱を逃れて……マコンドにやって来たのは、まさにバナナ会社が繁栄を誇っていたころだった」。彼にできることといえば「古版本や数カ国語の原書などを扱う本屋を開くことだった」(p.600)。

私は町の産業の勃興と繁栄を思い浮かべた。と言っても、マコンドを沸かせたバナナ産業ではなく、日本各地の町々をそうさせた半導体産業だった。かつてNHKのドキュメンタリー番組『電子立国 日本の自叙伝』をくり返し観て、

当時のスクラップブックを見せる長船氏 [3]

そこに携わった人々の証言を覚えていた。ちょうど日本の敗戦直後、真空管に代わるものとして、半導体が海の向こうで発明された。伝わってくる少ない情報を手に入れ、日本の研究者たちはどうにかして日本でも半導体を作ろう、先端技術に追いつこうと日夜研鑽を積んでいた。

その涙ぐましい努力の結晶は、マコンドにジプシーたちが運んでくる発明品のようだった。ゲルマニウムを精製するために、ゆっくりとヒーターを動かす必要があり、小さな穴を開けたバケツに水を張り、重りをそこに浮かせてみたり、ゲルマニウムの結晶棒を引き上げ、融点前後の0.1度を調整するために、大雑把な温度計の針に鏡をつけて、温度計を壁に拡大してみたりした。あるいは写真の現像技術を使った精密なエッチングの代わりに、顕微鏡で覗きながら日

インタビュー受ける大野稔氏 [3]

日本画の絵筆で写真エッチング技術に
対抗する大野氏 [3]

針に鏡をつけて温度を壁に拡大して写し出し、
精密な温度計の代用をした [3]

本画の絵筆でタールを塗った。そして、そのような手作りの装置でアメリカの先端技術を再現できた時、彼らは歓声をあげたにちがいなかった。

　そこに朝鮮戦争が勃発する。それまで半導体材料の主流だったゲルマニウムは戦略物資としてアメリカが買い占めると、日本では入手が困難になった。日本にはゲルマニウムが存在しなかったのだ。ある時、研究者が石炭火力発電所の排気ガスの排液からゲルマニウムを精製する方法を発見する。白い粉末を自宅に持ち帰った彼は、気になって眠れない。というのも翌日、精製したその白色の粉末を、高温で燃やしてみないとそれがゲルマニウムであるかわからないのだ。そこで、妻が言う。

「匙に乗せて、台所のガスレンジで燃《も》してみたらいいんじゃないですか？　あれだって結構な高温になりますわよ」

彼は妻の助言どおり粉末を熱した。スプーンは真っ赤になったが、粉末はまったく変化しなかった。それはたしかにゲルマニウムだったのだ。

「まあ、そしたら、できたー、できたーって言うもんですから、わたしが「何ができた？」って聞いたら、「ゲルマニウムができた。なかったんだ。日本にはなかったんだ。日本には、ゲルマニウムがなかったんだ」って。もう興奮して、まあ朝まで大騒ぎで寝ませんでしたわね」

やがてゲルマニウムはシリコンに取って代わられ、またあっという間に、半導体は研究室の時代から、工場での時代に移っていく。しかし、大量生産時代に入っても、人々は目に見えない原因による不良品に悩まされることになったのだった。

「もうね、胃の痛むなんてもんじゃなかったです。そんなの通り越してます。一個もできないわけですから。お客様の納期、十万個納めますと注文も取っておいて。独自路線を追求して、受注しておいて、それで一個もできないわけですから」

「1000個作って、良品が三つ。ほんとの千三つですな。工場長のところに毎日報告に行くわけですよ。昨日は、歩留まりがコンマ3%でしたって。その時点では、その日の良品が一つもなかったりして、明日はゼロ%でしたって言わなきゃならんなと内心考えておるわけです。やっぱり翌日はゼロでありましたって報告しましてね。……まあ、それより悪いことはなかったですな。ハハ、ハハハハ」

その後、集積回路、電卓の開発競争の末に、90年代に日本は半導体生産で世界一に躍り出た。NHKスペシャル『電子立国 日本の自叙伝』はこの日本の半導体産業が絶頂を極めた時期に制作・放映された。黎明期を知る人たちが当時の成功と失敗を語った。彼らにインタビューして記録を残す最後のチャンスだった。書籍版のまえがきで番組ディレクターだった相田洋氏がこのように言っている。

もう時間的には限界に来ているのではないだろうか。トランジスタ発明者の一人であるウィリアム・ショックレーは前年に他界し、ジョン・バーディーンも高齢であり、日本のパイオニアたちが第一線を離れてからすでに久しい。([4] p.3)

世界の人たちは日本人を模倣の人種だと言う。確かに革命的な技術はそのほとんどがアメリカで生み出され、日本がそれを必死で学んで今日に至っている。しかし、棚ぼた式に現在の地位を手にしたのではない。労せずしてそれらを手にできるのであれば、もっと多くの国が日本と同じ位置に達していいはずである。おそらく日本人の資質、日本社会の気風、日本文化の特質などが深く影響しているに違いない。また、なぜ日本人は文明を変えるほどの技術革新を生み出すことができないのか。これもまた日本人の資質、社会の気風、文化の特質と、無縁ではあるまい。([4] pp.2 - 3)

番組最終回で、相田洋氏はこんなことを言った。

「大変嬉しかったことがあります。それは……この番組を観た工学部の方が沢山、電機会社に受験してくださいましたという話を色んなメーカの方からうかがいました」

私たちはその後、日本の半導体産業がどのような道筋を辿ったかを知っている。多くの半導体工場が日本から消失し、工場跡地だけが残された。多くの技術者は他の分野へ、他の町へと散り散りになった。それはマコンドも同じだった。産業が衰退し、そして書店を営む学者が町を去った。

「ヘルマンとアウレリャノが最後まで彼の面倒をみた。まるで子供のように手とり足とり、パスポートや出国関係書類を安全ピンでポケットに留めてやった」(p.602)。学者は彼らに旅先から手紙と写真を送ってきた。「最初の何通かでは、平生《へいぜい》どおりの上機嫌さで旅行中のさまざまな出来事について述べていた」。「彼への返事はヘルマンとアウレリャノが書いた」(p.603) が、日がたつにつれて「本人は気づいていない様子だが、活気と刺激にみちていた手紙がしだいに幻滅の歌と化していった」(p.604)。

学者は「ついにみんなに向かって、マコンドを見捨てるように」、かつて彼が「語ったことをすべて忘れるように」(p.604) とすすめたのだった。

「まずアルバロが、マコンドを去るようにという忠告に従った」(p.604)。彼は「何もかも売り払い、終点のない列車用の万年周遊券を買っ」て、各地から絵葉書をよこした。「アルバロに続いて、アルフォンソとヘルマンが去っていった。……一年後には、マコンドにとどまっているのはガブリエルだけになっていた」。彼ですら、マコンドを出ていこうとして、「特賞はパリ旅行というフランスの雑誌の懸賞にせっせと応募し」(p.605) た。アウレリャノは懸賞の用紙に書き込むのを手伝ってやった。

一方、私はマコンドのことも、半導体で繁栄した町々のことも忘れられないでいる。どうして、それを聞いて心躍らせた半導体の歴史を、そこに青春を捧げた人たちのことを、忘れられると言うのか。

アウレリャノもまた、マコンドを去ろうとなど考えすらしなかった。というのも、ガストンが誰よりも早く航空便を開設しようと「ブリュッセルへ帰って」から、アウレリャノとアマランタ・ウルスラは「ふたりきりで屋敷に取り残されたとたんに」、「隙《すき》をうかがって熱烈な抱擁をかわ」す必要もなく、ただ「長いおあずけを食っていた情事に夢中になった」からだった。ふたりは「この世でもっとも幸福な存在だった」(p.607)。

「こうなるまでに、ずいぶん遠回りをしたわ」(p.607)

今では「アウレリャノは羊皮紙を見向きもしなかった」し、「カタルニャ生まれの学者の手紙にもいい加減な返事を書いた」。「ふたりは裸になる手間さえ惜しんで、……窓や戸を閉め切ってしまい、……泥んこの中庭を素っ裸でころげ回った」。「広間の家具をめちゃめちゃにし、……大佐の野営めいたわびしい色事に耐えたハンモックを狂ったような愛撫でずたずたにし」(p.608)た。映画『タンポポ』でも役所広司がやることになるような手口だが、「ある晩、頭のてっぺんから足の爪先まで桃のジャムをなすりつけて、犬のように舐《な》め合ったり、廊下の床の上で狂ったように愛撫をかわしたりしたのはいいが、二人を生きたままむさぼろうとする人食い蟻の大群に襲われて目をさました」(p.609)。そして、「その道の極意をきわめた彼らは、絶頂に達して力尽きたその疲労を最大限に利用した」(p.608)。「けだるさは欲情そのものよりも豊かな、未知の可能性を秘めていることを知った」(p.609)のである。

「恋狂いのあいまにアマランタ・ウルスラはガストンへ返事を出した」が、ガストンはブリュッセルでの苦戦を手紙で知らせてきた。「仲間たちが飛行機を送ったのは事実であるが、ブリュッセルの船会社が誤ってタンガニカ向けに積みだして、……マコンド族に引き渡してしまった」、おかげで「飛行機を取り戻すだけで二年はかかりそうだという」(p.609)のだ。というわけで彼がふいに戻ってくる心配もなく、二人は愛し合っていた。

ところが、「あるとき突然、ガストンから帰宅の知らせが届いた」(p.610)のだ。動転した二人はめいめいの心を探った末、彼女は「夫に宛てて、つじつまの合ったような合わないような手紙を書いた。……愛情と再会の願いをあらためて述べると同時に、……アウレリャノなしには生きていけない、と訴えたのだ」(p.611)。

「ふたりの予想を裏切って、ガストンから送られてきたのは、冷静な、父性愛にみちたと言ってもいいような返事だった」。「恋の移ろいやすさを教えさとし、……短かった結婚生活における彼と同様に、ふたりが幸福に暮らすことをちゃんと祈っていた」。ところが、「自分を捨てる絶好の口実を夫に与えたような気がした」「アマランタ・ウルスラはかえって侮辱されたような感じをいだいた」(p.611)のだった。どうせあの人は私のことを愛してなどなかったのよ。

「愛してますよ、愛してます」

とあの夫は繰り返していた。あの道内に航空機路線を開設しようとした夫婦、妻が夫に高い年収とすべての家事を引き受けることを結婚の条件に要求した夫婦だ。彼は辛抱していた。「アウレリャノは、アマランタ・ウルスラのこの落胆ぶりにも辛抱づよく耐えた。万事が順調なときも逆境のさいも、良き夫であり得ることを懸命に示そうとしたのだ」った。「生活の窮迫は」(p.611)「愛し合い、幸福に暮らすのに役立つと思われる、友愛のきずなをふたりのあいだに産みだした。……彼らは子供の誕生を待つ身になっていた」(p.612)のである。

「妊娠中のけだるい体をおして、アマランタ・ウルスラは魚の骨のネックレスの商売を開こうとやっきになった」のだが、アウレリャノの「言葉の才能も、百科全書的な知識も、……不思議な能力も、まったく役に立たなかった」。ただ「廊下にすわり込んで、……日が暮れるまで黙って向き合い、たがいの瞳《ひとみ》の奥をのぞき込んでいた」。「未来の不安は、ふたりの心を過去へ向けさせた」(p.612)が、「物心ついたころから、ふたりはいっしょにいさえすれば幸福であるという事実」(p.613)を改めて気づかせた。

ふたりが心配したのは近親相姦だった。「妻と姉弟の間柄ではないかという確信めいたものに苦しんだあげく」、アウレリャノは神父に問いただしたが、それらしき証拠は得られなかった。そこで、アマランタ・ウルスラの母・フェルナンダが彼女に「アウレリャノは捨て子である、籠《かご》に入れられて川に浮いているのを見つけた、と話してくれた」(p.613)ことを認めることにした。もちろん、それは「事実として信じたからではなく、不安から救ってくれるからだった」(p.615)。

「ある日曜日の午後六時に、アマランタ・ウルスラは産気づいた。……愛想のよい産婆《さんば》が、食堂のテーブルの上に彼女を寝かせ」た。「やがて悲鳴がおさまり、大きな男の子の産声が聞こえた。涙を浮かべたアマランタ・ウルスラの目に、……がっしりして気の強そうな」(p.617)、そして「利発そうな目をし」た「子供の姿が映った」。「この百年、愛によって生を授かった者はこれが初めてなので、これこそ、あらためて家系を創始し、忌《い》むべき悪徳と宿命的な孤独をはらう運命をになった子のように思えた」。妻はロドリゴにしようと言ったが、「アウレリャノがいい。三十二度の戦いに勝てるようにね」(p.618) と言って、夫のアウレリャノは子供の名前をアウレリャノにした。

「へその緒を切ったあと」、産婆が「うつぶせにした時である。彼らは初めて、赤ん坊に……豚のしっぽ」があることに気づいたのだった。彼らはもはや誰も「ウルスラの恐ろしい警告を記憶していなかった」。それにこの件はすっかり忘れられてしまった。「アマランタ・ウルスラの出血がいっこうに止まらなかった」からである。血を止めようとしても、「噴水を両手で押えるよう」(p.618) に血が吹き上がった。「おびえているアウレリャノの手を取って、……自分のような女が、死にたくもないのに死ぬわけがない」(p.619) と「つとめて陽気に振る舞った」(p.618)。ところが、やがて「昏睡《こんすい》状態に落ちていった」。「二十四時間がすぎて午後を迎えたとき、……彼女が死んだことを知った。流れる血が自然に止まり、……顔のしみが消え……笑顔がよみがえったのだ」(p.619)。

「アウレリャノはこのとき初めて、自分がどれほど友人たちを愛しているか、いかに彼らを必要としているかを悟った。……彼は母親が用意した籠に子供を寝かせ、遺体の顔を毛布でおおってから、……人気《ひとけ》のない町をあてどなくさまよった」(p.619) のだった。友人たちがかつて住んでいた家の玄関を叩き、酒場で酒を飲み、見ず知らずの男と不幸を語り合ったが、「朝が訪れてふたたびひとりきりになると、広場の真ん中へおどり出て……大きな声で叫んだ」(p.620)。

「ニグロマンタがへどと涙にまみれた彼を助けて、自分の部屋に運んだ」。そして、「目を開けたとたんに、赤ん坊のことを思い出した」。しかし、「その姿が籠になかった」(p.621)。彼は驚き、そして妻が生き返って赤ん坊を見ているのだと合点して、今度は喜んだ。ところが妻の死体はそこにあった。では、産婆が連れて行ったのだろうと考え直したが、それも違ったのだ。

「赤ん坊が目にはいった。ふくれ上がったまま干からびた皮袋のような死体が、石ころだらけの庭の小径《こみち》を、懸命な蟻《あり》の大群によって運ばれていくところだった」(p.622)。

「アウレリャノは身じろぎもしなかった」。その一瞬に「メルキアデスの遺《のこ》した最後の鍵《かぎ》が明らかにな」(p.622)ったからだった。

〈この一族の最初の者は樹《き》につながれ、最後の者は蟻のむさぼるところとなる〉

(p.622)

彼は「メルキアデスの羊皮紙には自分の運命が書きしるされていることを知ったのだ」。

それはまるで円周率の中に、松前藩士の旅の物語が書きしるされていることを知った原口氏のようであった。「死人たちやその死にたいする悲しみを忘れて、外からの誘惑にまどわされないように」、これまでになくてきぱきと「板切れを戸や窓に十字に打ちつけた」(p.622)。アウレリャノは少しもよどむことなく、「立ったまま声に出して読みはじめた」(p.623)。

私は『百年の孤独』を読みながら、同時に代わりに読むとはどういうことなのかをこれまで考えつづけてきた。つまり、

X を代わりに読む＝Y

という方程式の一般解を求めようとしていた。そうしはじめた時、そもそも「代わりに読む」ということの定義すら明らかではなかった。私は定義がどうあるべきなのかを考えつづけた。そしてまた、X＝『百年の孤独』の場合の特殊解を求めようとしていた。さらに、時折『百年の孤独』自体が、何かを代わりに読んでいるのではないか、つまり、

X を代わりに読む＝『百年の孤独』

であるようなXがどこかに存在するのではないかという考えが頭をよぎるようになった。後藤明生が「読んだから書いた」[5]と述べたことを知って、同様に、Xを代わりに読む＝Yの関係をもっと探求しなければと考えた。Xを代わりに読んだものがYであり、Yを代わりに読んだものがZであるというふうにどこまでもつづけていくとき、代わりに読むという操作の行き着く先に、読んだものが再びそれ自身となるような、不動点が存在するのだろうか。あるいは、今私たちが読んでいるものがみな何かを代わりに読むことで書かれたのだとして、だとしたらそれは何を代わりに読んだものなのか？　その何かはさらに何を代わりに読んだものなのか？　これを繰り返していくとき逆向きにたどり着くことになる、原始の代わりに読むの対象は一体何だったのか？　最初に読んだ者は何を読んだのか。

このように「代わりに読む」というキーワードによって、考察を繰り返してはみたけれど、結局のところ、現時点で代わりには読めていないのだと私は思い知る。というのも、「代わりに読まれた」という知らせをついぞ受け取らなかったからだ。代わりには読めない。そこで言う代わりに読むとは、自分で読んだのとまったく同じ効果をもたらすことである。かつてマツヤマくんは、自分で読んだような感覚が、乗り移ってこないといけないと言ったが、仮に乗り移りができたとしても、自分で読んだのと同じ効果はもたらされないだろう。それは実現できない。

一方で、私はしばしば「この人は私の代わりに読んでくれた」と感じる時がある。原理的には代わりに読むことが不可能なのに、そう感じることがある。それは極めて不思議な感覚である。つまり、現時点で可能なのは、偶然にも、誰かが誰かの代わりにうっかり読んでしまった（と感じられるような）状態だけである。だから、私はここで謙虚に、普遍的に代わりに読むことはできなかったと、降伏を宣言したい。A子の、あるいはいかなる人の代わりにも読めなかったのだ。

だとしたら、この『『百年の孤独』を代わりに読む』は失敗だったのだろうか。私はもう一度『代わりに読む』を先頭から読み返した。アウレリャノは「大声で、一字一句もおろそかにせず読んだ」(p.623)。

「メルキアデス自身がアルカディオに読んで聞かせたことのある教皇回状めいた詠誦《えいしょう》」は「アルカディオの銃殺を予言したものだった」ことを知った。私は五代目柳家小さんが明日はいなり寿司を食べたいと言い残して亡くなったことを思い出した。「文字どおり昇天することになる世界一の美女の誕生が、そこに予告されているのを見た」(p.623)。外では「生暖かい、かすかな風が吹き起こった」が、「彼は気づかなかった」。「彼は、自分の存在の最初のきざしを、……美しい娘を追って……荒野をさまよう好色な祖父のうちに認

百年の孤独
ガブリエル・ガルシア＝マルケス
1
よしながふみ
すべてはモテるためである
二村ヒトシ
タモリ鶴瓶の
OBOETERUDEE
わたしの彼氏
青山七恵
ファミリーコンピュータ
地球の歩き方
'06-
New York

よくおしゃべりな人を表現するの
シェア
はてブ
maokabuさん
よくおしゃべりな人を表現するのに「口から
私はずっと、口から先に(赤ちゃんって頭から
思い込んでいました。
が…主人は「母親の口から生まれたんだよ」
なるほど！そういう解釈もあるのか！ピッコ
考えたこともなかったので、感動してしまい
正確なのは、どちらなのでしょうか？？？
詳しい方、よろしくお願いします<(_ _)>
Mister Donut
マリオン 逃げろ
そこだ　それでいい
べて解決したけど
されてて
ときめく
片づけの
魔法
近藤麻理恵
米国「TIME」誌
世界で最も
影響力の
世界で
300万
円周率10万桁への挑戦
ぶっちぎり
世界記録
保持者の
記憶術
原口 證 著
A子さんの恋人
連合軍総司令部
鏡を利用

めた」。「夢中になっていた彼は、二度めに吹き起こった風のすさまじい勢いで、……東側の廊下の天井が落ち、土台が崩れたことにも気づかなかった」。そのことを知らない、いかりや長介が東京駅へと急ぐタクシーで何人の人間と相乗りすることになったかを知った。山村夫妻は数多の苦労の末に「それでも家を買いました」。「彼はそのとき初めて、アマランタ・ウルスラが姉ではなくて叔母であることを知った」。野川雪（小泉今日子）は、謎の黒いコートの男（宇津井健）が東音楽大学の不正を暴く検事であり、実の父は確かに東雪彦（風間杜夫）であることを知った。岡八郎が空手を学んだ方法を私は知った。その頃には「マコンドはすでに」(p.624)「廃墟《はいきょ》と化していた」(p.625)。もはや町には誰も残っていなかった。バナナ会社も半導体工場も、跡形なかった。友人も家族も誰もいなかった。一族の者はみなこの世にすらいなかった。

「アウレリャノは十一ページ分を飛ばし、げんに生きている瞬間の解読にかかった」が、「最後の行に達するまでもなく、もはやこの部屋から出るときのないことを彼は知っていた。なぜならば、アウレリャノ・バビロニアが羊皮紙の解読を終えたまさにその瞬間に、この鏡の……町は風によってなぎ倒され、人間の記憶から消えることは明らかだったからだ」(p.625)。それでもアウレリャノは羊皮紙を読み続けていた。いったい、なんのために？

「まだ、読んでたんですか?」とA子は言った。

そうだ彼はまだ読んでいた。私はそこに代わりに読む者を見いだすのだった。アウレリャノこそ、代わりに読む者だった。一族の年代記を一族の者、ひとりひとりの代わりにただずっと読んでいたのだった。今やマコンドで羊皮紙を読む者は彼ひとりだけだった。彼はただなんの見返りを求めることなく代わりに読みつづけていた。代わりに読む方法はわからない。しかし、代わりに読む者の存在を私は確かに見いだしたのだった。

参考文献

1. ガブリエル・ガルシア=マルケス『百年の孤独』(鼓直訳)、新潮文庫、二〇二四年。
2. Gabriel García Márquez, "Cien años de soledad," 1967.
3. NHK特集「電子立国 日本の自叙伝」、一九九一年。
4. 相田洋『電子立国 日本の自叙伝[上]』、日本放送出版協会、一九九一年。
5. 後藤明生『小説――いかに読み、いかに書くか』、講談社、一九八三年。

あとがき──代わりに読むことはできないという希望

ガブリエル・ガルシア＝マルケスの小説『百年の孤独』を代わりに読むという、どうかしていたとしか思えない冗談のような試みを思いついたのは、おそらく２０１４年のゴールデンウィークだった。ちょうどそれから丸四年かけ、ようやく『『百年の孤独』を代わりに読む』の全文を書き終えた今、私は感動というよりも、どうにか最後まで読み終えることができたという安堵で胸がいっぱいである。

当初は一年ほどで全体を通読する計画であったが、脱線は脱線を生み、脱線にもよしあしがあることに今更ながらに気づくにつれて、遅読の筆は極まった。また脱線の仕方や面白さがさっぱりわからなくなり、一歩も進めなくなったり、後退してしまう事態もしばしば起こった。そんな中で、『百年の孤独』の発表された１９６７年からちょうど50年にあたる２０１７年に、私は完成を目指したが、これにも遅れてしまった。

ただ、『代わりに読む』を書き上げる段になって、私はこの常に遅れてたどり着く私たちこそが、『百年の孤独』で書かれたことだし、そうした私たちをそこで待っていてくれるのもまた『百年の孤独』であったのだと考えずにはいられなかった。そう、アウレリャノも私も、読者は常に書かれたものに遅れてそこにたどり着く宿命なのだ。もし、そのように私たちが常に遅れてたどり着くほかないのだとしたら、その事実をポジティブに受け止め、次のアクションを考えることにこそ意味がありそうだ。

と言っても、それはあくまで「代わりに読む」が遅々として進まなかったことの言い訳にすぎないのかもしれない。特に10章以降は不定期の更新となってしまったため、続き物として読む興が削がれた読者もいたにちがいない。完成が大幅に遅れてしまったことは心からお詫び申し上げたい。もし、筆者の更新を待ってはいられないと、自身で『百年の孤独』を読んだ読者がいたとしたら、望外の歓びである。

『百年の孤独』を代わりに読む』は文字通り、『百年の孤独』をあなたの代わりに読もうとすると同時に、そもそも「代わりに読む」とは何を指し、それが可能であるのかの考察を深めてきた。その詳細は本編をお読みいただくとして、結果からすれば（当然の結果なのかもしれないが）、誰かが誰かの代わりに読んでしまうことはありうるが、普遍的な「代わりに読む」方法は今のところ見つからないという結論に至った。これだけの紙数を尽くしたにもかかわらず、ではこの試みは完全に失敗したのだろうか。

もちろんこれが単なる失敗であったというにはあまりに時間を私は費やしてしまったために、そう簡単には言えないのだが、まさにこう言いたいのだった。

小説を人の代わりに読むことはできないというのは希望である。

私たちは日ごろ多くのことに忙殺されている。古くて長い小説を読んでいると、「なぜ読んでいるのですか?」という質問にたびたび遭遇する。A子が作中で言ったように、「まだ、読んでいるのですか?」という辛辣な質問も時に浴びせかけられる。日々仕事や生活に忙殺されている中で、なぜいまその古典を読むのか? その問いを発した人を納得させることは容易ではない。それでも、もし小説を読むという営みが、まさに余人をもって代え難いものなのだとしたら、それは本人が本人の力で読むしかない、各人が各人で読むしかないのである。そして、だからこそ、どれだけ過去の人がすでに読んだ後であったとしても、私には読む必要があり、読む時間が必要であると社会に向かって、主張することができるのである。つまり、あなたの代わりに誰かがもう読んでしまったから、あなたは読む「必要がない、読まなくていい」ということは他人には言うことができないということだ。これが希望でなくて何だろうと私は思う。

このように『百年の孤独』を読み、「代わりに読む」方法を探求していたが、常に私はガルシア＝マルケスの存在を近くに感じつづけていた。そしてまた、代わりに読むのが、私の愛読してやまない『百年の孤独』であったからこそその探求もやり遂げられたのだった。とにかく、関係のないことに脱線し、それを登坂車線として整備していくということを繰り返してきたが、それは裏返せば、まっすぐに坂を駆け上がっていくガルシア＝マルケスという存在がいればこそなせるわざであった。オリジナルがあり、進むべき方向は決まっている。この心強さはこれまで文章を書いた時にはまったく覚えのないことだった。さらに、ガルシア＝マルケスの小説は、どれだけ無茶な脱線をしようとも、ビクともしない強靭さがある。一方で、どのような無茶をしようともそれを受け入れてくれるしなやかさも兼ね備えているのだ。

私はかつて、小学校で逆上がりができず、夕暮れの校庭で、居残りの練習をさせられたのを思い出す。逆上がりできないもの同士集められても、なかなか逆上がりできるようにはならなかった。ところが、上級生が腰にすっと手を添えてくれるだけで、力など加えてもいないのに、逆上がりできた。初めてできたその逆上がりを、私の体は覚えている。今、ガルシア＝マルケスは私にいわば小説の逆上がりを教えてくれたのだと思う。彼の小説というものに導かれて私は「代わりに読む」を書いた。ひょっとしたら次は自力で文章を書けるのではないか。そんな気がしてならない。その方法を教えてくれたガルシア＝マルケスには感謝をしてもし尽くすことができない。また、鼓直さんの緻密な訳文からも多くを学んだ。

本作において引用した映画やドラマ、小説などはみな私がリスペクトし、愛してやまないものばかりである。そして、リスペクトしていればこそ、それらもまた私が代わりに読むことをあらゆる方法で助けてくれたのだった。夕暮れに逆上がりできなかった私はいつか大車輪に成功することになるかもしれない。

「代わりに読む」の執筆にあたってお世話になった幾人かにさらに謝辞を述べたい。まず、会社の後輩としてたびたび本作に登場するマツヤマくんのモデルになった松村忠幸さんには、職場の社員食堂で夜、しばしば議論をしてもらった。私が思いついたラフなアイデアを聞いて、率直に意見していただいた。彼も含めて、『百年の孤独』を読んだことのない人が本作をいくらかでも楽しめたとしたら、彼のアドバイスによるところが大きい。幼馴染の岩村弘昭さんには、帰省のたびにアイデアを話した。もっとも早い構想段階に、『それでも家を買いました』と『百年の孤独』を並行させるアイデアはうまくいくのではないかと言ってくれたのは彼だった。さらに、Twitterを通じて出会った夜霧さんにも感謝を述べたい。『百年の孤独』はドリフのコントであるという主張に、もっとも早く「面白い」と反応していただいたのが夜霧さんだった。夜霧さんとは直接お会いし、映画や小説についてお話をする濃密な時間を得た。その後、私はどうにかして夜霧さんを笑わせ、そして感動させられないかと考えつづけた。〈おやすみ名前の知らない人たち〉のメンバーや、読書会で知り合った方々には大変多くの励ましをいただいた。個々には書ききれないが、友人・知人との日々の会話、言葉がやがてそれぞれの章になった。お会いしたことのない人と作品について会話できたことも、私が書き進むことの大きな支えとなりました。

書籍版の製作にあたっては、装丁のデザインについて、松岡厚志さん、小田切真彦さんに大変お世話になりました。締め切り間際にもかかわらず、快く相談に乗り、的確なアドバイスをありがとうございました。

最後にもう一度。『百年の孤独』は面白く、私はこれを愛してやまない。一人でも多くの方が、新たに、あるいは改めて『百年の孤独』を読んでくださることを切望する。

2018年4月、強い風の吹く春の日に　友田とん

文庫版あとがき

本書は、２０１８年に自主制作したリトルプレス『『百年の孤独』を代わりに読む』の文庫版である。文庫版あとがきでは、執筆に至る経緯と、リトルプレスを刊行してからのことを手短に述べたい。

小説家を目指しながらも、なかなかうまくいかず行き詰まりを感じていた私は、２０１３年にちょっと軽い気持ちでエッセイをブログに書いて発表するようになった。そのブログ「可笑しなことの見つけ方」では、あるあるや共感によらずに、日常の目の前にあるものごとを、ナンセンスな問いを立てて見つめることで、見落とされている可笑しさを見つけていくことを試みていた。おそらくそうした練習の積み重ねによって私は「代わりに読む」という言葉を思いついたのだろう。これは、私の人生に起きた最大の僥倖だったと繰り返し思う（経緯は第４章参照）。今ではこの「代わりに読む」という言葉の持つ意味の深さや拡がりを、「まえがき」に書いたようにそれなりに言葉にできているが、本書を書き始めた時点では、必ずしも明確ではなかった。ただここには可笑しさの源泉があるという感覚だけを頼りに追求してきた。ちょうど同じ頃に、『百年の孤独』の著者であるガルシア＝マルケスが亡くなり、『『百年の孤独』を代わりに読む』なる文章を書き始めた。

細々とウェブサービスのnoteに発表を続けている間には、ほとんど話題になることはなかった。約4年かけ、2018年の春に全編を書き終えると、自主制作のリトルプレスとしてまとめ、300部製作し、文学フリマ東京というイベントで頒布した。友人の助言で、残部を携えて各地の本屋さんを訪ねて回り、取り扱ってもらうようになると、予想以上に好評で驚いた。版を重ね、結果1500部を売り切った。これが滅法楽しく、水を得た魚のように、書いて刷って売るうちに、自分でひとり出版社・代わりに読む人を立ち上げてしまった。「可笑しさで世界をすこしだけ拡げる」をモットーに掲げた。当初は自著を出版流通させる目的で始めた出版社だったが、やがて活動するうちに次々と出会う面白い書き手の作品をもっと読みたくて、彼／彼女らのエッセイや小説集、そして文芸雑誌を編集し、出版するようになった。同時に著者としてもエッセイや小説を寄稿する機会を得た。書くということと、出版の両方を並行してやってきたからこそ出会えた人がおり、書けた文章があった。

『百年の孤独』を代わりに読む』という冗談から、このような活動の拡がりが生まれたことが、私にはほとんど奇跡と感じられる。まるで、わらしべ長者になったような心境なのだ。しかし、今改めてこうも思う。いかなるものも最初は冗談であったのだと。

最後に、一人一人のお名前を挙げることはできないが、無名の書き手のリトルプレスを熱心に紹介してくださった書店主さん、読んで感想を送ってくれた読者の皆さんに、改めて感謝を表したい。著者である私自身が気づかぬ視点や分析を読者が報せてくれる。これこそ「代わりに読む」であり、「代わりに読む」は今も、日々拡張されている。恐る恐る本書をお送りした『百年の孤独』翻訳者の鼓直さんからいただいた激励の葉書に勇気づけられた。書き始めから十年、ガルシア＝マルケス没後十年の節目に刊行される『百年の孤独』文庫版に合わせて、このたびハヤカワ文庫からこの『『百年の孤独』を代わりに読む』も刊行される運びとなった。出版に漕ぎ着けてくださった早川書房編集部の一ノ瀬翔太さんに感謝する。いつまでもぐるぐると読みつづけるイラストでカバーデザインしてくださった鈴木千佳子さん、ありがとうございます。

『百年の孤独』を求めて、いったい何人の人を本屋さんへと走らせることができるだろうか。本書を手に取った人々の中に可笑しさが満たされますように。

２０２４年６月　著者

第15章　ビンゴ……note、2017年3月12日
第16章　どうして僕らはコピーしたいのか？……note、2017年11月19日
第17章　如何にして岡八郎は空手を通信教育で学んだのか？……note、2018年3月11日
第18章　スーパー記憶術……自主制作版書き下ろし
第19章　思い出すことでしか成し得ないものごとについて……自主制作版書き下ろし
第20章　代わりに読む人……自主制作版書き下ろし
あとがき……自主制作版書き下ろし
文庫版あとがき……文庫版書き下ろし

初出一覧

まえがき……文庫版書き下ろし

第０章　明日から「『百年の孤独』を代わりに読む」をはじめます……note、2014年8月9日

第１章　引越し小説としての『百年の孤独』……note、2014年8月10日

第２章　彼らが村を出る理由……note、2014年8月24日

第３章　来る者拒まず、去る者ちょっと追う『百年の孤独』のひとびと……note、2014年9月14日

第４章　リズムに乗れるか、代わりになれないか……note、2014年9月28日

第５章　空中浮揚に気をつけろ……note、2014年10月19日

第６章　乱暴者、粗忽者ども、偏愛せよ……note、2014年11月9日

第７章　いつもリンパ腺《せん》は腫《は》れている——大人のための童話……note、2014年12月7日

第８章　パパはアウレリャノ・ブエンディア大佐……note、2015年1月3日

第９章　マコンドいちの無責任男……note、2015年2月1日

第10章　ＮＹのガイドブックで京都を旅したことがあるか？……note、2015年7月12日

第11章　ふりだし……note、2015年9月27日

第12章　レメディオスの昇天で使ったシーツは返してください……note、2016年1月31日

第13章　物語を変えることはできない……note、2016年10月2日

第14章　メメに何が起こったか……note、2017年1月8日

◎著者略歴

友田とん（ともだ・とん）

作家、編集者。1978年、京都府生まれ。ひとり出版社「代わりに読む人」代表。大学で経済学、大学院で数学（位相幾何学）を研究し2007年に博士（理学）を取得。企業でコンピュータサイエンスの研究者・技術者として勤務するかたわら、『『百年の孤独』を代わりに読む』を自主制作し発表。同書を書店に置いてもらうため営業（行商）しながら全国を巡る。その後「代わりに読む人」を立ち上げ、独立。他の著書に『パリのガイドブックで東京の町を闊歩する』『ナンセンスな問い』などがある。

本書は２０１８年5月に刊行された自主制作書籍を加筆修正のうえ文庫化したものです。

HM=Hayakawa Mystery
SF=Science Fiction
JA=Japanese Author
NV=Novel
NF=Nonfiction
FT=Fantasy

『百年《ひゃくねん》の孤独《こどく》』を代《か》わりに読《よ》む

〈NF610〉

二〇二四年六月二十五日　発行
二〇二四年七月　十五日　二刷
（定価はカバーに表示してあります）

著者　友《とも》田《だ》とん
発行者　早川浩
印刷者　草刈明代
発行所　株式会社　早川書房
郵便番号　一〇一‐〇〇四六
東京都千代田区神田多町二ノ二
電話　〇三‐三二五二‐三一一一
振替　〇〇一六〇‐三‐四七七九九
https://www.hayakawa-online.co.jp

乱丁・落丁本は小社制作部宛お送り下さい。
送料小社負担にてお取りかえいたします。

印刷・中央精版印刷株式会社　製本・株式会社明光社

ISBN978-4-15-050610-0 C0195

本書は活字が大きく読みやすい〈トールサイズ〉です。